T0034689

OCURRIÓ DE NOCHE

MARC LEVY

OCURRIÓ DE NOCHE

Cualquier forma de reproducción, distribución, comunicación pública o transformación de esta obra solo puede ser realizada con la autorización de sus titulares, salvo excepción prevista por la ley. Diríjase a CEDRO si necesita reproducir algún fragmento de esta obra. www.conlicencia.com - Tels.: 91 702 19 70 / 93 272 04 47

Editado por HarperCollins Ibérica, S. A.
Avenida de Burgos, 8B - Planta 18
28036 Madrid

Ocurrió de noche
Título original: C'est arrive la nuit
© Marc Levy/Versilio, 2020
© 2022, para esta edición HarperCollins Ibérica, S. A.
© De la traducción del francés, Isabel González-Gallarza

Todos los derechos están reservados, incluidos los de reproducción total o parcial en cualquier formato o soporte.
Esta es una obra de ficción. Nombres, caracteres, lugares y situaciones son producto de la imaginación del autor o son utilizados ficticiamente, y cualquier parecido con personas, vivas o muertas, establecimientos comerciales, hechos o situaciones son pura coincidencia.

Diseño de cubierta: Lookatcia

ISBN: 978-84-9139-817-2
Depósito legal: M-18284-2022

Los que viven son los que luchan.
Victor Hugo

A las ocho personas cuyos nombres no puedo revelar y sin quienes
esta historia nunca habría visto la luz

Toda semejanza con personas o hechos reales sería,
por supuesto, pura coincidencia…

Sala de videoconferencia.

La pantalla brilla, el altavoz chisporrotea.

Conexión establecida a las 00:00 GMT por protocolo cifrado.

—*¿Me oye?*

—Perfectamente, ¿y usted?

—*El sonido es bueno, pero aún no recibo la imagen.*

—Haga clic en el botón verde en la parte inferior de su pantalla, el del icono de la cámara. Eso es, ahora sí nos vemos. Buenos días.

—*¿Cómo debo llamarla?*

—No perdamos tiempo, no sé si podremos quedarnos mucho aquí.

—*Estamos a...*

—Convinimos antes de fijar esta entrevista que no habría ninguna indicación de fecha o ubicación en la grabación.

—*Entonces empecemos...*

00:02 GMT. Inicio de la transcripción.

—*Llegará un día en que algunos estudiantes se preguntarán por sus decisiones, por una trayectoria que la llevó a la clandestinidad y la privó de la mayoría de los placeres que ofrece la vida. ¿Qué le gustaría decirles antes de que la juzguen?*

—Que el destino de los demás me preocupaba tanto como el mío propio. Lo que sentía me obligó a considerar el mundo más allá de mi propia condición, a no contentarme con indignarme, protestar o condenar, sino a actuar. Y el Grupo 9 era la manera de hacerlo. ¿Para qué? Para que otros se preocuparan también por un futuro que sería ineluctablemente el suyo, antes de que pudieran comprender las consecuencias. Para preservar sus libertades... ¡la libertad! Supongo que, así formulado, puede parecer grandilocuente, pero le ruego que escriba en su artículo que, en el momento en que me sincero con usted, a mis amigos y a mí nos buscan activamente y nos arriesgamos a ser eliminados o a pasar encerrados lo que nos queda de vida. Espero que eso aporte un toque de humildad a mis palabras. A fin de cuentas, todo esto lo he hecho porque me gustaba, porque me gusta. El miedo vino después.

1

La primera noche, en Oslo

A las dos de la madrugada, empujada por el viento, la lluvia tamborileaba sobre los tejados de Oslo. Ekaterina creía oír caer ráfagas de flechas disparadas desde el horizonte. La víspera, el cielo estaba despejado aún, pero nada era ya como ayer. Desde la ventana de su estudio, contemplaba la ciudad, cuyas luces se extendían hasta la orilla. Ekaterina había vuelto a fumar, pero eso no le preocupaba tanto como tener que dejarlo de nuevo. Había encendido un cigarrillo para matar el aburrimiento, para calmar la impaciencia. Constató el cansancio de sus rasgos en su reflejo sobre la ventana.

Un pitido la sacó de su ensimismamiento y se precipitó sobre su ordenador para consultar el correo que estaba esperando. Sin texto, era solo un fichero que contenía dos páginas de una partitura de música. Para descifrarlas no hacía falta ser experto en solfeo, sino en cifrado. Instalada en su sillón, Ekaterina se divirtió con el reto. Se soltó el cabello, irguió los hombros, lanzó una ojeada a la cajetilla de tabaco, renunciando a fumarse otro cigarrillo, y se puso a descifrar. En cuanto se enteró de lo que decía el mensaje, tecleó unas palabras sibilinas en respuesta.

—¿Qué vienes a hacer a mi ciudad, Mateo? Se suponía que nunca debíamos encontrarnos.

—Te lo explicaré cuando llegue el momento, si es que has entendido bien el *dónde*.

—El *dónde* ha sido casi demasiado fácil, pero no me has indicado *cuándo* —tecleó Ekaterina.

—Vete a dormir ahora mismo.

Mateo no le sugería a Ekaterina que se fuera a dormir, sino que interrumpiera la conexión. La paranoia de su amigo iba a peor. Se había preguntado muchas veces qué clase de hombre era, qué aspecto tenía, qué estatura, si era corpulento, el color de su cabello… Rubio, moreno, quizá pelirrojo como ella, a menos que fuera calvo. Más curiosidad aún le suscitaba su voz. ¿Hablaba rápido o su tono era más bien tranquilo? La voz era lo que más le seducía en un hombre. Aun siendo bonita, podía ocultar muchos defectos; si era pedante, guasona o demasiado aguda descalificaba a todo pretendiente, incluso al más sublime. Ekaterina tenía el don del oído absoluto. Según las circunstancias, podía ser una bendición o una calamidad. Curiosamente, nunca se había preguntado qué edad tendría Mateo. Pensaba que ella era la decana del Grupo, una joven decana, pero se equivocaba.

Dejó los dedos un instante en suspenso sobre el teclado, antes de decidirse a compartir por fin su preocupación:

—Si el tiempo no evoluciona, tendremos que cambiar los planes.

La reacción de su interlocutor se hizo esperar. Por fin, Mateo le dio una información que parecía inquietarlo más que la meteorología del día siguiente.

—Maya no responde.

—¿Desde cuándo? —quiso saber Ekaterina.

La pantalla quedó inerte. Comprendió que Mateo había puesto fin a la conversación bruscamente. Sacó la llave USB de su ordenador, interrumpiendo a su vez la conexión con el servidor relé que impedía que pudieran localizarla. Volvió a la ventana, inquieta al ver que la lluvia redoblaba la intensidad.

Ekaterina ocupaba una vivienda en la última planta de un edificio destinado a profesores de la región. Una torre rectangular de catorce pisos, de ladrillo revestido, que se erguía en el cruce de Smergdata con Jens Bjelkes Gaten. Los tabiques eran tan finos que se oía todo lo que ocurría en los estudios adyacentes. Ekaterina no necesitaba reloj: reconocía cada hora del día y de la noche por los ruidos. El vecino del rellano acababa de apagar la televisión. Debía de ser la una y media, era hora de descansar un poco si quería tener las ideas claras al despertar. Apagó la lámpara de su escritorio y cruzó la habitación hasta la cama.

No conseguía conciliar el sueño. Ekaterina repasaba lo que tenía que hacer por la mañana. A las ocho se instalaría en la terraza del Café del Teatro, al pie del Hotel Continental, donde desayunaban los huéspedes cuando el tiempo lo permitía. Llevaría en el bolso un dispositivo electrónico ligero, un módem, un analizador de frecuencias y un secuenciador de códigos. Tendría diez minutos para piratear y desviar la red wifi del hotel. Una vez conseguido, todos los móviles que se conectaran a ella quedarían a su merced.

—No se confunda, ningún miembro del Grupo 9 desperdiciaría su talento robando números de tarjetas de crédito ni pirateando el contenido de las aplicaciones de mensajería con fines delictivos. Hay tres tipos de *hackers*. A los Black Hat les interesa el dinero; son malhechores que operan en el mundo digital. Los White Hat, a menudo antiguos delincuentes de Internet, han elegido poner sus conocimientos al servicio de la seguridad informática. La mayoría trabaja para agencias gubernamentales o para grandes empresas. A los *hackers* malos siempre los acaban cogiendo, y a los buenos siempre los acaban contratando. Black o White, los mejores forman una casta aparte y están enfrentados en una guerra sin cuartel permanente. Ganar no es solo cuestión de dinero sino de gloria, de honor o de ego.

—Y ¿a cuál de esas dos categorías pertenece Ekaterina?

—A ninguna. Como todos los miembros del Grupo, Ekaterina es una Grey Hat, una fuera de la ley que está del lado del bien. Siempre se ha dedicado únicamente a perseguir peces gordos, y ese día se trataba de uno muy gordo: Stefan Baron, un cabrón poderoso.

Baron era un lobista adinerado a quien el éxito había dado alas.

Después de servir a los intereses de los grupos empresariales del petróleo, el carbón y la agroquímica, y sobornar a parlamentarios y senadores para derogar leyes medioambientales, se había lanzado a un negocio más lucrativo todavía. De lobista había pasado a ser «consejero de comunicación política», un término que designaba en realidad a un propagandista sin escrúpulos, un fabricante de teorías conspiratorias, de crímenes imaginarios, siempre imputados a extranjeros sin papeles, o de medidas supuestamente adoptadas por los gobiernos para seguir acogiendo a más inmigrantes. Baron orquestaba con brío un arsenal de noticias falsas, sabiamente difundidas por sus imitadores en las redes sociales, noticias destinadas a asustar a la gente, que anunciaban la inexorable desaparición de la clase media, la destrucción de su cultura y un porvenir sin esperanza. El miedo era su fondo de comercio. Sembraba el caos para enriquecerse, aupando en los sondeos a sus clientes hasta llevarlos al poder.

Con ese fin había empezado su segunda gira europea. De una capital a otra, Baron se reunía con los dirigentes de grupúsculos y partidos extremistas para descubrir líderes, venderles sus servicios y ayudarlos a ganar elecciones. Cada país que caía bajo el poder de un autócrata se convertía en una fuente de ingresos a largo plazo. Si conseguía sacudir los cimientos del continente, se garantizaría el ingreso en el círculo de las grandes fortunas planetarias. Baron dirigía sus campañas a buen ritmo, surfeando la ola de los conflictos mundiales y su triste cortejo de refugiados.

El mapa de Europa colgado detrás de su escritorio parecía el tablero de un juego de mesa a tamaño natural, en el que cada banderita pinchada daba fe de sus recientes victorias. Hungría, Polonia o Crimea, que sus clientes rusos se habían anexionado después de que Ucrania fuera sitiada por milicias. Italia, donde su pupilo había triunfado. Nada parecía poder parar su trayectoria.

Baron no alcanzaba a sospechar siquiera que un grupito de *hackers* se atrevería a medirse con él. Ekaterina era la primera en dudar a veces del éxito de su proyecto, sí, pero... su abuelo había sido miembro de la Resistencia en unos tiempos en que la lucha de los justos parecía más improbable todavía y eso no lo había desanimado. Desde luego, podía despedirse de conciliar el sueño si seguía dando vueltas a esas ideas.

Se quitó la camiseta y la arrojó a los pies de la cama. ¿Por qué no aplacar la tensión que le impedía dormir dándose un poco de placer? A sí misma y quizá a su vecino, que probablemente espiaría su respiración, mezclada con el rugido de la lluvia que seguía azotando las ventanas.

Antes de cerrar los ojos, pensó como siempre en quienes pasaban la noche en la calle, un pensamiento que le recordaba su juventud...

Ekaterina había sido testigo de su primer asesinato a los diez años. Fue en un callejón de Oslo, donde se había refugiado una noche en que su madre había vuelto a casa más borracha de lo habitual. Un panorama de la calle cuando te pasas la vida en ella. A los doce, harta de los insultos y del desdén de una mujer que nunca la había querido, Ekaterina dejó su casa buscando la tranquilidad en los bancos de los parques, donde dormía de día; el amparo de los puentes, donde leía de noche; y, cuando llegaba el frío, en los sótanos de los edificios cuyas cerraduras forzaba con notable habilidad. A la supuesta edad de la inocencia, Ekaterina soltó amarras. Abandonada a su suerte, muy pronto aprendió a alimentarse de lo que encontraba en los cubos de basura. Qué le importaba la higiene a una niña que nunca había conocido un cepillo de dientes. Su infancia había quedado marcada por la letanía materna: «Nacida de la nada, no eres nada y nunca serás nadie».

$$\backsim$$

—Ekaterina acaba de cumplir treinta y seis años, es profesora de Derecho en la facultad de Oslo, activista clandestina y *hacker* del Grupo 9.

—*¿Cómo se unió al grupo?*

—Más que nuestras habilidades de cifrado, nos han unido nuestras historias personales, así como una voluntad común que nos ha cohesionado alrededor de un proyecto cuyo alcance no supimos adivinar al principio. Pero volvamos a esa tarde de principios del verano pasado.

$$\backsim$$

Mientras Ekaterina se entregaba al placer, Mateo seguía pensativo. Borró todo rastro de su paso por el ordenador del centro de negocios del Hotel Continental antes de abandonarlo, cruzó el vestíbulo desierto e hizo una última búsqueda antes de volver a su habitación. Si la lluvia duraba, estaría allí de refuerzo, no tendría más que enviarle un mensaje a su cómplice para decirle que la relevaba y que abandonara el lugar; pero, para ello, esta tendría que obedecer sus consignas, algo de lo que Mateo no estaba seguro.

2

El primer día, en Oslo

Por la mañana temprano, con su bolso al hombro, Ekaterina cogió un tranvía. Se preguntaba si los nervios que sentía tenían que ver con la misión, con la idea de conocer por fin a Mateo o con no saber por qué infringía la norma quedando en persona con ella. Pero, después de todo, pensó, ¿por qué seguir las normas cuando se vive al margen de la ley? Se apeó en la parada del Teatro Nacional; solo tenía que recorrer unos pasos para llegar a su destino. La lluvia había parado, pero el cielo seguía ominoso, y la terraza, empapada, estaba cerrada. Una ocasión que ni pintada; tras dudarlo apenas un instante, decidió arriesgarse a operar desde el interior del edificio.

El café del Hotel Continental parecía una cervecería vienesa. De las vigas del techo colgaban grandes lámparas de araña que iluminaban un decorado lujoso con aires decimonónicos. Había una veintena de mesas repartidas por la rotonda. Una escalera de hierro forjado subía hacia una galería donde en tiempos debían de estar los músicos que tocaban para los comensales. La sala se prolongaba hacia una barra detrás de la cual había un gran espejo enmarcado por *boiseries*. Ekaterina reparó en dos reservados. Los bancos, de cuero negro y adosados a unos paneles de caoba, ofrecían el escondite perfecto. Dedujo que su objetivo elegiría uno de esos rincones, y los hombres que lo protegían el de al lado. Se instaló en una mesita junto a la ventana, cerca de la puerta. El café estaba aún poco concurrido, había unos diez clientes desayunando. Ekaterina pidió un té y unos huevos benedictinos y le solicitó al camarero el código de la wifi del hotel. Cuando este se alejó, metió la mano en su bolso, activó el módem y abrió desde su móvil la aplicación que le permitía llevar a cabo su misión. Tomando el control del repetidor wifi, creó una copia, le puso el mismo nombre y modificó los parámetros de la red original, para hacerla invisible. Los *hackers* delincuentes engañan con esta técnica a los viajeros que se benefician de una conexión gratuita en los lugares turísticos, pirateándoles los datos en un abrir y cerrar de ojos.

Ekaterina dejó el móvil junto al plato y se puso a comer tranquilamente los huevos.

Stefan Baron entró en el café diez minutos más tarde por la puerta que comunicaba con el vestíbulo del hotel. Como ella había supuesto, se acomodó en el último reservado y su guardaespaldas lo hizo en el de al lado. El cliente de Baron llegó poco después. Se saludaron con un apretón de manos. Uno tenía una expresión tensa, el otro, afable. Con los ojos fijos en su pantalla, Ekaterina iba tomando nota de los identificadores de los móviles que se conectaban a su red. El guardaespaldas consultaba el suyo, pero no Baron, ni el hombre con el que conversaba. Ahora bastaba con observar la actividad para determinar a quién pertenecía cada aparato.

Pulsó una tecla de su móvil para activar el micro. Todo transcurría según lo previsto. Su dispositivo grababa la conversación y aspiraba los datos de Baron y de su cliente segundo a segundo; después habría que descifrarlos, lo cual llevaría mucho más tiempo. Ekaterina se ocuparía de ello de vuelta en casa.

Todo transcurría según lo previsto hasta que un parpadeo en la pantalla del guardaespaldas le hizo fruncir el ceño. Era como una interferencia cuando su móvil trataba de volver a conectarse a la red original del hotel. Al copiar el nombre de la wifi, Ekaterina había cometido un pequeño error que tendría consecuencias. El guardaespaldas se extrañó de que la «n» central de la palabra Continental parpadeara. El fenómeno se acentuaba a medida que el módem oculto en el bolso de Ekaterina perdía potencia conforme se descargaba la batería.

El hombre se levantó bruscamente, rodeó el banco y murmuró algo al oído de su jefe. Baron se sacó el móvil del bolsillo. Al ver al guardaespaldas arrebatárselo y apagarlo, Ekaterina pidió la cuenta al camarero. Cogió el bolso del suelo, evitando cruzarse con la mirada del matón de Baron, que observaba la sala. En una estación, un aeropuerto o una explanada, es casi imposible descubrir a un *hacker*, pero en un restaurante resulta mucho más fácil. El guardaespaldas escrutaba los rostros de los escasos clientes, y su instinto no lo engañó. Se dirigió hacia Ekaterina, al verla levantarse aceleró el paso, y ya no le quedó ninguna duda cuando el camarero interpeló a la joven, que se precipitaba hacia la salida sin pagar.

Con el hombre pisándole los talones, Ekaterina cruzó la calle Stortingsgata y corrió hacia la plaza del Teatro Nacional para llegar a los jardines de la pista de patinaje. Corredora aguerrida, no le faltaba el resuello mientras avanzaba a grandes zancadas. Disfrutaba además de una larga experiencia en huidas, adquirida en su tumultuosa adolescencia. En cuanto al guardaespaldas, tenía entrenamiento militar, aunado a una buena complexión.

Al llegar a Karl Johans Gate, una arteria de doble sentido, estuvo a punto de atropellarla una moto y perdió el equilibrio. Lo recuperó justo a tiempo y, al volver la mirada, vio que su perseguidor, que estaba aún a cierta distancia, había sacado una pistola, lo que le heló la sangre. ¿Qué podía haber en el móvil de Baron para que su guardaespaldas blandiera un arma en plena calle?

Hacía por lo menos quince años que no se enfrentaba a una amenaza así.

En la época en que vivía en la calle, había tenido que huir a la carrera de tenderos a los que había robado algo de comer, y se había librado de más de una puñalada en peleas, ¡pero nunca había estado a punto de llevarse una bala! El miedo le devolvió toda su energía, resurgieron viejos reflejos. Fundirse entre la multitud para ponerse a salvo. Pero las aceras por las que corría no estaban muy concurridas. Una anciana, un mozo que cargaba cajas delante de un supermercado… Tomó por Rosenkrantz' Gate, pasó por delante de una tienda de comida rápida y un *pub* que aún no había abierto sus puertas, y rodeó un camión de reparto. Giró a la izquierda para bordear la fachada del Teatro del Norte, cerrado por la mañana.

Ekaterina corría a toda velocidad, temerosa de que una mano la agarrara del cuello, una patada la hiciera caer o, peor todavía: que una bala detuviera su carrera. ¿Se atrevería el hombre a abrir fuego en plena ciudad? ¿Por qué no?, si su arma tenía silenciador. ¿Hasta dónde estaría dispuesto a llegar para recuperar los datos que ella había robado? Se le ocurrió una idea. Volvió a girar a la izquierda hacia el Paleet, un centro comercial muy frecuentado por la burguesía local y los turistas desde que abría sus puertas. Un sinfín de tiendas repartidas en dos plantas, el lugar ideal para desaparecer. Estaba a solo cien metros. Sintió ganas de mirar atrás, pero se contuvo. Su experiencia de la huida le había enseñado a no caer en esa tentación. Darse la vuelta obliga a aflojar el paso y cuesta unos segundos decisivos, un error que ya había cometido un momento antes y le había costado un resbalón.

Ekaterina soltó un grito de luchador para vaciarse los pulmones y llenarlos de oxígeno. Las puertas del Paleet estaban a la vista. Si su atacante no la mataba, siempre podría debatirse, molerlo a golpes, gritar que la estaban violando; le faltaba el resuello, pero no los recursos.

Irrumpió en el vestíbulo y subió por la escalera mecánica hasta la primera planta, empujando a todos los que se cruzaban en su camino. Le ardía el pecho. Tenía que detenerse, hasta que disminuyera su ritmo cardiaco. Apoyada en la barandilla de la primera planta, inspeccionó la planta baja. Durante un breve instante, tuvo la esperanza de haber despistado al matón de Baron, pero al momento apareció por la puerta.

Lo vio preguntar algo a un guardia de seguridad. Este asintió con la cabeza y cogió el *walkie-talkie*. El matón debía de haberlo convencido de que pidiera al puesto de control que la localizaran en las pantallas de vigilancia. Era hora de poner fin a ese jueguecito del ratón y el gato. El hombre levantó los ojos. Ella se lo quedó mirando, desafiante, y entró en una tienda de ropa que había a su espalda. El matón no tardaría en alcanzarla, ya debía de estar subiendo la escalera. Ekaterina cogió un lujoso pañuelo de trescientos euros. ¿Quién podía pagar semejante cantidad por un trozo de tela? Desde luego ella, con su sueldo de profesora, no. Aguardó, con el pañuelo en la mano. En cuanto vio entrar al guardaespaldas, fue a su encuentro y se pegó a él. Sorprendido, este la agarró del brazo.

—¿Qué le parece una conversación entre adultos, en lugar de llegar a las manos?

El hombre la miró, estupefacto, y Ekaterina aprovechó para meterle el pañuelo en el bolsillo de la cazadora y propinarle una violenta patada en la tibia que lo obligó a soltarla. Ella escapó de inmediato. El guardaespaldas se precipitó tras ella, haciendo sonar la alarma del dispositivo antirrobo situado en la entrada de la tienda. Mientras un guardia lo interpelaba, Ekaterina salió del centro comercial con unos cuantos metros de ventaja.

—¡Cabronazo! —masculló frotándose el brazo dolorido.

Pero aún no había terminado el juego. Una vez en la calle, hizo acopio de las últimas fuerzas que le quedaban y llegó a la estación de tranvías. Ekaterina seguía impresionada cuando subió a un vehículo que estaba a punto de salir. Sin resuello, se dejó caer sobre un asiento mientras el tranvía se deslizaba por los raíles. Su móvil vibró en el fondo de su bolsillo. Lo sacó con una mano temblorosa y leyó el mensaje en la pantalla:

El concierto empieza dentro de una hora.

Una alusión de Mateo a la partitura que había recibido el día anterior. Por suerte, había cogido el tranvía 19, cuyo término era la estación de Ljabru, en la costa, frente a la isla de Malmö, el destino que le había comunicado Mateo.

—¿Cómo voy a saber la fila de butacas? —tecleó.

—Yo te la indicaré. Hasta luego.

El tranvía avanzaba despacio, tardaría veinte minutos en llegar a Ljabru. Con la mirada perdida hacia el mar, Ekaterina pensaba preocupada en cómo iba a reconocerla Mateo. Pero no solo en eso. ¿Había estado apostado cerca del Café del Teatro? ¿Había asistido a su huida? ¿Y qué había venido a hacer a Oslo? ¿Tenía algo que ver con la ausencia de Maya? De hecho, ¿qué había querido decir con «Maya ya no contesta»? ¿La habrían detenido? ¿Habría tomado distancias con respecto al Grupo?

El tranvía se detuvo en la estación Hospital. Para ahuyentar los malos recuerdos, Ekaterina consultó su reloj mientras esperaba a que volviera a arrancar. Habían transcurrido dos años desde la muerte de su madre. Extraña jugada del destino haber tenido que cerrarle los ojos a una madre que nunca la había querido en vida. Sus últimas palabras habían sido: «Qué desastre». Un desastre que su hija no había querido para su propia vida.

La caseta roja del final de línea apareció por fin. Ekaterina se apeó y se dirigió al lugar que le había indicado Mateo.

Diez minutos más tarde, llegó a la pequeña imprenta de Ljabru.

Inclinado sobre una prensa, un anciano alisaba con infinitas precauciones una gran hoja de papel. Ekaterina carraspeó para llamar su atención, temerosa de interrumpirlo en lo que parecía una tarea delicada. El hombre, cuya elegancia la sorprendió, se incorporó. Se disculpó por irrumpir así, obligada a explicar que le habían «pedido» que fuera a su imprenta.

—Es un taller de litografía —la corrigió este con voz amable—. De hecho, si ha venido para encargar tarjetas o papel de cartas voy a tener que recomendarle a alguno de mis compañeros.

—Había quedado con un amigo, pero como está usted solo en el taller, puede ser que me haya equivocado de sitio.

—¿Quiere ver cómo se imprime una litografía? —le preguntó el viejo artesano.

Sin esperar respuesta, movió una rueda con seis brazos.

—El rodillo hace avanzar el carro; cuando la hoja queda bajo la piedra entintada, se opera la magia. ¿Cómo se llama? —preguntó el hombre, ocupado en su tarea.

Ekaterina se presentó. El litógrafo se paró en seco, confuso.

—¡Seré tonto! Yo aquí aburriéndola con detalles que en nada le importan. Mateo la espera en la orilla, en el centro náutico. Mucho término para designar un muelle con unas cuantas barcas amarradas, pero ¡a ver quién entiende el ego de la gente! Le propuse que la esperase aquí, pero ya lo conoce, Mateo es un chico al que le gusta complicarse la vida.

—¿Hace mucho que lo conoce?

—Eso puede preguntárselo a él —contestó el hombre, que había recuperado la sonrisa—. Detrás de mi taller hay una bicicleta, cójala. A pie tardaría quince minutos por lo menos. Tenga cuidado, el freno delantero es un poco seco.

Ekaterina le dio las gracias, rodeó la imprenta y se subió a la bici que tan generosamente había puesto a su disposición. Al ver que era nueva, se preguntó si de verdad sería del anciano o si

Mateo la habría comprado para ella…, como si hubiera previsto de antemano todo lo ocurrido esa mañana.

—*¿Quién es Mateo?*

—Un hombre interesante, complicado, como decía el litógrafo… En honor a la verdad, más complejo que complicado. Hasta su físico es poco común. Mal afeitado, con vaqueros y un sombrero de pescador…, tiene todo el aspecto de un trotamundos que se pasara el año navegando. Pero si se pone un esmoquin, de repente parece un lord.

—*¿Qué viste más a menudo, vaqueros o esmoquin? Ese toque camaleónico, ¿es su arma de seducción?*

—Al contrario, Mateo no busca llamar la atención, necesita fundirse con su entorno, ser un observador invisible… y no perder nunca el control. Las heridas de la infancia dejan cicatrices que nunca desaparecen.

—*La norma instaurada entre los miembros del Grupo de no conocerse nunca en persona ¿era para impedir que los vincularan unos con otros?*

—Exacto.

—*Entonces ¿por qué la infringió Mateo?*

—Porque los datos del móvil del cliente de Baron justificaban riesgos excepcionales.

—*¡Pero Mateo y Ekaterina aún no conocían esos datos!*

—Ellos no, pero yo sí.

El Gran Hotel

OSLO

3

El primer día, en Oslo

Pedaleando colina abajo por las estrechas calles, Ekaterina se juró que, cuando llegara a su destino, si algún encargado del centro náutico le pedía que siguiera ese juego de pistas hasta la isla de Malmö, le mandaría un mensaje a Mateo para decirle que se fuera al cuerno. Y ese no haría falta cifrarlo. Maldiciendo, abandonó la bici a la entrada del muelle. Vio unas pocas mesas delante de una barra de madera, una estaba ocupada por un hombre de unos cuarenta años que leía el periódico y que no tenía muchas probabilidades de ser su contacto italiano. No había nadie más. Pese a la crítica del litógrafo, el lugar no estaba desprovisto de encanto, con su bar pintado de azul, como traído de una isla griega. Ekaterina tenía hambre. Consultó en la barra una carta plastificada cuyo contenido se resumía en tres variedades de bocadillos, un vino blanco barato, una cerveza local y unos cuantos refrescos.

El dueño, un tipo de cabello y barba pelirrojos, salió del bar cargado con una caja de cervezas. Le dio la bienvenida y le preguntó si quería almorzar.

—Me vale cualquiera de los bocadillos, mientras no sea de ayer —le contestó ella.

Los preparaba él mismo cada mañana, le aseguró. Su preferido era el de salmón y pepino. Ekaterina asintió y siguió su recomendación.

—Aparte de ese tipo sentado detrás de mí, ¿no ha visto a nadie? He quedado aquí con una persona.

Por toda respuesta, el dueño sacó una Mack de la nevera, la abrió y la dejó tranquilamente sobre la barra.

—Unos pescadores… Se marcharon temprano por la mañana y no volverán hasta última hora de la tarde —masculló—. Pero ese tipo, como usted dice, que está agitando el brazo, parece que trata de llamar su atención.

Ekaterina se volvió y su mirada se cruzó con la del hombre. Había dejado el periódico y le indicaba con un gesto que se acercara. Cogió la cerveza y el bocadillo y avanzó hacia él intrigada.

—¿Mateo?

—¿Quién si no? —contestó él con voz tranquila.

Ella se sentó en la silla enfrente de él sin decir nada.

—Un italiano de ojos rasgados, ¿es eso lo que te extraña?

—No… Bueno, sí —balbuceó ella.

—De niño me llamaba Mao, pero cuando llegué a Roma, la gente me puso Mateo; al parecer, era preferible…, para mi integración.

—¿De dónde eres?

—De Roma, te lo acabo de decir.

—¿Y antes de Roma?

—Es una larga historia que te aburriría.

—No sé qué ha salido mal esta mañana —dijo Ekaterina—, pero…

—Es demasiado tarde para que te lo preguntes —la interrumpió Mateo—. Y eso que te envié un mensaje para decirte que me dejaras actuar a mí.

—No lo recibí. Y ¿por qué debería haberte dejado actuar?, era mi misión. ¿Es que no confiabas en mí?

—No confiaba en la meteorología…, sabiendo que debías operar desde la terraza. Y para un objetivo de esa importancia, prefería ser precavido. No me equivocaba, ¿verdad?

A Ekaterina le molestó la arrogancia de Mateo.

—¿Estabas en el café? —le preguntó secamente.

—No habría cometido esa imprudencia. Me ocultaba en el vestíbulo del hotel, el lugar ideal para piratear la red sin riesgo de ser descubierto. Te habría bastado con echar un vistazo alrededor para ahorrarte ese mal rato.

Ekaterina no era la clase de persona que se deja amilanar, y menos aún dar lecciones. Iba a ponerlo en su sitio, empezando por recordarle que no había jerarquía en el Grupo.

—La jodiste tú colándote en mi módem, se mezclaron nuestras conexiones.

Mateo soltó una risita desdeñosa.

—¿Cómo iba a adivinar que no seguirías mis instrucciones? Me di cuenta cuando echaste a correr.

—¿Tus instrucciones? Pero ¿tú quién te crees que eres? ¡Y muchas gracias por echarme una mano!

—Hace un momento me reprochabas que no confiara en ti. Y ya ves que sí lo he hecho. No tenía duda de que despistarías a ese hombre, Oslo es tu ciudad. Y, además, alguien tenía que terminar tu misión.

Ekaterina ya había aguantado bastante, apartó su silla dispuesta a marcharse, algo que no alteró en absoluto a Mateo.

Se sacó una tarjeta de memoria del bolsillo y la dejó sobre la mesa.

—Aquí está el contenido del móvil de Baron, así como el del tío con el que se había citado; además, me las he apañado para ponerles un chivato en el teléfono.

Ekaterina miraba la tarjeta, desconcertada e irritada porque Mateo la hubiera superado.

—Me extrañaría que tu chivato siga funcionando —dijo

volviendo a sentarse—. El matón de Baron no es un simple guardaespaldas, si no, no me habría descubierto. Habrá destruido la tarjeta SIM y la habrá cambiado por otra.

—Es probable, pero no la modernísima BlackBerry de su jefe, un modelo que escasea y que cuesta unos mil dólares. La tacañería de Baron es legendaria, no hay más que ver cómo viste. Mi chivato está en el coprocesador del aparato… Puede sustituir la SIM tantas veces como quiera, eso no cambiará nada. Y, ahora, puedes aplaudir y reconocer que estás tratando con un hombre de recursos insospechados.

—Y de una modestia igual de insospechada… Aparte, ahora sabe que la tenemos tomada con él.

—La conversación con su cliente apunta a lo contrario.

—Su cliente se llama Vickersen, es el presidente del Partido de la Nación, un neonazi megalómano.

—Pues la megalomanía de Vickersen nos ha salvado. Sin duda ha concluido que eras una periodista interesada en él y solo en él. No te ocultaré que ha habido un momentito incómodo cuando has salido corriendo, pero ha tranquilizado a Baron, explicándole que la prensa de izquierdas no lo dejaba en paz…, es el precio que tiene que pagar por su creciente notoriedad, según él.

—¿Su creciente notoriedad? A Vickersen lo conocen en su casa a la hora de comer, y también en los ambientes fascistas, pero fuera de eso, no, no lo creo.

—Entonces, ¿tú por qué lo conoces?

—Hace unos diez años, dio que hablar porque se sospechaba que estaba vinculado a Breivik, el autor de la matanza de Oslo y de Utøya. Las autoridades no pudieron reunir pruebas suficientes para inculparlo de complicidad, pero el jaleo le dio popularidad entre los ultranacionalistas. Dicho esto, te aseguro que no va mucho más allá.

—Entonces su encuentro con Baron tenía como objetivo aumentar su popularidad.

—Puede ser —reconoció Ekaterina—. Le gusta ir de víctima del sistema para lavar su imagen. Baron pierde el tiempo con él —masculló—, Noruega no puede caer en manos de la extrema derecha. ¿Estás seguro de que no sospecha nada?

—Baron es tacaño, arrogante y, sobre todo, demasiado soberbio para imaginar siquiera que alguien pueda atacarlo. No ha dudado ni un momento de que ibas detrás de Vickersen. El escandaloso líder de un grupúsculo de extrema derecha tiene más motivos para ser espiado por una periodista local que un discreto consejero de comunicación estadounidense.

—Al final, las cosas no han salido tan mal entonces… Bueno, eso si obviamos el hecho de que su guardaespaldas me ha perseguido pistola en mano.

Mateo miró a Ekaterina estupefacto.

—¿Una pistola de verdad?

—Estuve tentada de pararme a preguntarle si era de juguete pero, vete tú a saber por qué, al final pasé.

Mateo cogió la tarjeta de memoria y se la dio a Ekaterina.

—Entonces sí que «no han salido tan mal las cosas». Para que llegue a eso, los datos que les hemos robado deben de ser muy valiosos. Pero, antes de lanzar las campanas al vuelo, nos queda descifrarlos…

Le pareció todo un detalle que Mateo la vinculara por fin al éxito de la misión, pues correr por las calles de Oslo no era ningún triunfo, al menos no uno del que quisiera jactarse.

—¿Qué clase de chivato es y cómo funciona?

—Es el mismo principio que el de un espejo sin azogue en una comisaría. Podremos verlo y oírlo todo con la condición de que el objetivo esté en la sala de interrogatorio y nosotros al otro lado del espejo.

—¿Siempre te expresas con tantas metáforas? —le preguntó con sarcasmo.

—Vuelvo a empezar: he infectado sus móviles con un virus que graba todos los datos todo el rato: mensajes, correos, fotos, archivos y conversaciones. Pero, para recuperarlos, hay que estar conectado a la misma red, ¿entiendes ahora?

—Gracias, lo había entendido desde el principio, pero tu sistema me parece arcaico.

—Arcaico pero discreto. Seguimos a distancia a nuestros objetivos, activamos el enlace con los chivatos en el momento oportuno y, así, limitamos el riesgo de que nos detecten.

Ekaterina bebió un trago de cerveza y observó a Mateo.

—¿Y cómo me imaginabas tú a mí? —le preguntó.

—No te imaginaba —contestó Mateo.

—Mentiroso. ¿Puedo preguntarte a qué te dedicas en la vida real?

—¿La vida real? Qué extraña manera de decirlo. Pertenecer al Grupo 9 es una realidad, a menos que para ti solo sea un sueño… ¿o una pesadilla?

—De adolescente, robé unos gemelos muy pequeñitos en una chamarilería, como los que usa la gente en el teatro. Como nunca había ido al teatro, no tenía ni idea de para qué servían, pero me parecían bonitos. Por curiosidad, miré por ellos. Tenía gracia ver el mundo encogido; no resultaba muy útil, pero era extraño, como tú dices. Al volver al centro, fui el hazmerreír de todos cuando mi vecina me explicó que los estaba cogiendo al revés. Así es que, para contestar a tu pregunta, sueño o pesadilla, a veces es una cuestión de punto de vista.

—¿Qué clase de centro?

—Es una larga historia que te aburriría. No has contestado a mi pregunta.

—Cuanto menos sepamos unos de otros, menos expuestos estaremos.

—Eres tú quien se saltó la norma provocando este encuentro… Además, ¿quién dicta las normas?

—No estaba previsto que se produjera este encuentro. No estaríamos donde estamos si las cosas no hubieran estado a punto de salir mal esta mañana. Esto no es un juego, y cuanto más poderosa sea la gente a la que atacamos, menos lo será. Nos persiguen tanto como los perseguimos nosotros a ellos. El primero que tropiece se arriesga a perderlo todo.

—Visto así, pese a todo parece un juego.

—Un juego peligroso, entonces.

—¿Qué clase de trabajo haces para poder permitirte una estancia en Oslo, y encima entre semana?

Mateo observó a Ekaterina sonriendo.

—En todos estos años, ¿qué idea te hacías de mí, al otro lado de la pantalla?

—Ninguna.

—Mentirosa —contestó él sonriendo.

Llevó los ojos fugazmente al pecho de Ekaterina.

—¿Tienes frío? —le preguntó.

—No, ¿por qué?

—Por nada. Bueno, ¿qué, vas a contestar a mi pregunta?

—Tienes una voz bonita, que no es poco.

—Es la primera vez que me lo dicen.

—Siempre hay una primera vez para todo. ¿Qué problema hay con Maya, le ha pasado algo?

—No tengo ni idea. Hace unos días, me mandó un mensaje raro. Me dijo que había encontrado un regalo de su novio al volver a su casa, tan valioso que se preguntaba si no sería para su amante.

—¡Es un mensaje en clave! ¿Te dijo qué era el regalo?

—No.

Ekaterina se llevó la botella de cerveza a los labios y la levantó para apurar las últimas gotas.

—Maya no tiene novio —dijo.

—Eso pasa hasta en las mejores familias, pero ¿cómo lo sabes?

—Si lo tuviera, sería una novia, así que si te ha hablado de un tío, es que intentaba transmitirte un mensaje.

41

—He dado mil vueltas a sus palabras, en vano. He intentado contactar con ella, pero ni una palabra desde ese mensaje.

—Maya viaja mucho por trabajo, estará de avión en avión.

Mateo pidió otra ronda de cervezas. Se levantó para ir a buscarlas a la barra. A Ekaterina le pareció más alto de lo que había supuesto; emanaba una fuerza de él que no la dejó indiferente.

—Pareces saber muchas cosas de ella —dijo volviendo a la mesa.

—Lo que ella quiso contarme el año pasado cuando pirateábamos los servidores de Monsanto. Cuando no estaba en sitios lo bastante seguros, no había forma de contactar con ella. Y cuando eso duraba demasiado tiempo, nos comunicábamos por lista de correos. Es frustrante pensar que se ha inventado un medio de comunicación increíble para luego convertirlo en una fantástica herramienta de vigilancia para los gobiernos más autoritarios. Es de locos que una carta manuscrita sea menos comprometedora que un correo electrónico. A veces se sinceraba conmigo en nuestras conversaciones en clave. Maya es una trotamundos, trabaja para una agencia de viajes. Tiene hasta un blog. Algo que no me parece muy prudente, dicho sea de paso. Bueno, nunca cuelga fotos de ella, solo de sus viajes, y no en tiempo real, claro.

—La prudencia consiste también en llevar vidas normales y corrientes —intervino Mateo.

—Me levanto a las cinco de la mañana, doy clase todo el día para despertar las conciencias de estudiantes desilusionados; cuando vuelvo a casa es para preparar las clases del día siguiente; el fin de semana corrijo evaluaciones, y cuando por fin tengo un rato de descanso, lo dedico a perseguir a los malos de este mundo desde una pantalla de ordenador. No creo que mi vida sea normal y corriente.

—No es eso lo que quería decir —contestó Mateo—. No hay nada más sospechoso que no existir en Internet. Dicho esto, tengo curiosidad por saber por qué Maya se sincera contigo.

—Porque me tira los tejos. Bueno, no voy a hacerte perder el tiempo. En el vocabulario de Maya, «regalo» significa «desplazamiento». De modo que, en su mensaje, te informa de que se ha marchado. «Valioso» lo ha dicho para indicarte que podría concernir al Grupo. ¿Lo pillas?

—En absoluto.

—Pues es bien sencillo: «He recibido un regalo de un cliente» es un viaje de trabajo; «He encontrado un regalo valioso al volver a casa» significa que ha decidido marcharse tras haber obtenido una información importante. ¿Lo has entendido?

—Es un código absurdo.

—Puede, pero funciona. La prueba es que no habías entendido nada. Ahora bien, lo que quiere decir con «amante» sigue siendo un misterio. Y otro misterio, ¿por qué te ha enviado a ti ese mensaje y no a mí?

—¿Porque también me tira los tejos a mí? —sugirió Mateo con una expresión pícara.

～

—*¿Quién es Maya?*

—Es, de lejos, la más loca del grupo, y también la más valiente. Al menos lo era entonces. Maya nunca respetó las normas.

—*¿Cuáles eran las normas?*

—Además de las ya mencionadas, no hablar nunca a nadie del Grupo, ni siquiera a los allegados; no meter nunca a un tercero en una acción; no lanzarse nunca a un ciberataque sin haberlo preparado concienzudamente y no hacer nunca el mismo dos veces, por el riesgo de ser identificado; saber renunciar cuando las condiciones así lo exigen, y trabajar en tándem, en grupo de tres, pero nunca todos juntos para no exponer al Grupo. Aunque nos saltamos todas esas medidas de seguridad, sobre todo la más importante: operar desde la pantalla del ordenador y si de verdad hay que hacerlo sobre el terreno, mantenerse a distancia del objetivo. Pero el trabajo de Maya le ofrecía unas libertades que ella aprovechaba bien. Lo que voy a contarle ocurrió unos días antes de que Mateo y Ekaterina se vieran en el centro náutico de Ljan.

4

Unos días antes, en París

Maya miraba caer el cierre metálico sobre el escaparate de la agencia de viajes. El tintineo la sosegaba, como si ese cierre, al caer sobre su jornada de trabajo, le devolviera la libertad.

Hay dos Mayas, la de día y la de noche, dos personalidades opuestas en todo, o casi; es más o menos lo que ocurre con cada miembro del Grupo 9, pero en ella este desdoblamiento es más acusado.

Le había dicho a su asistente que podía marcharse media hora antes. Después de las cinco, los clientes ya no llamaban. Como cada tarde, había ido al trastero a cambiarse la falda y la blusa por un atuendo deportivo para ir a correr a orillas del Sena. Sonó su móvil, ella miró la pantalla sin aceptar la llamada y contestó al mensaje de texto disculpándose con su amiga, tenía trabajo acumulado y no podría ir a la cena como habían convenido. Una mentira dictada por un impulso repentino, algo habitual en ella. Volvió a su escritorio, sacó un espejito del cajón y no le gustó nada lo que vio en él. Retocándose el maquillaje, trató de recordar la última vez que se había sentido libre de preocupaciones. Ese pensamiento le quitó las ganas de ir a correr.

Salió de la agencia por la puerta trasera y bajó por la callejuela hacia la entrada del aparcamiento de L'Alma. El aparcacoches del restaurante Marius et Jeannette acababa de empezar su turno. Maya le entregó las llaves con una sonrisa de complicidad. Disponía de una plaza en uno de los huecos alquilados por el local, justo enfrente de la garita de seguridad. A cambio del servicio, le daba a Albert un billete de cien euros a fin de mes. Este bajó a buscar su Austin Cooper, un modelo que ya no solía verse por las calles de París: verde con el techo blanco, el volante de baquelita, los asientos de cuero Connolly y la palanca de cambio de madera. Era un coche nervioso y ágil. A Maya le gustaba recuperarlo cuando volvía de uno de sus viajes. Cada cual tiene su propio refugio, el de Maya era un coche que le había regalado su padre al cumplir los veinte. Todavía miraba a veces el asiento del copiloto y lo veía a él sentado, enseñándole el arte del doble embrague.

El rugido del motor se amplificaba en la rampa del aparcamiento. El aparcacoches era hábil, aparcó sin que chirriaran los neumáticos. Maya le dio las gracias mientras este le sujetaba la puerta y se instaló al volante, pensando en el mejor itinerario para volver a su apartamento en el barrio del Marais. Nada más llegar a casa, se daría un baño relajante, pediría *sushi* y se pasaría la velada viendo distraídamente la tele mientras comprobaba los *likes* de las últimas fotos que había publicado en Instagram, un escaparate más eficaz para atraer clientela que el de la avenida Marceau, cuyo alquiler le costaba una fortuna… Pero su padre le tenía tanto apego a esa agencia que a veces sentía rondar por allí su fantasma. «La clase no tiene precio», solía repetirle, enseñándole los trucos del oficio. Desde que era adolescente, se la había llevado consigo de viaje a todas partes para que viera mundo y se familiarizara con sus clientes principales, seguro de que tomaría su relevo pero sin sospechar que, pasados los veinte años, su hija no se dedicaría únicamente a organizar viajes para una clientela acomodada.

Sonó su móvil, no el de costumbre sino otro desechable, lo que significaba que tendría que renunciar a sus planes. Cuando la melodía se interrumpió al tercer timbrazo, tuvo la confirmación. Dio media vuelta en la avenida George-V, condujo por las calles que bordeaban el Sena hacia el puente de Bir-Hakeim y aminoró la velocidad en el túnel Citroën. Los guardias municipales solían ocultarse allí, apuntando con su pistola radar a los ingenuos que desconocían la trampa.

Maya avanzó por la rotonda, recorrió una sucesión de calles, luego los bulevares des Maréchaux, bajó otra rampa de aparcamiento hasta el último sótano y se detuvo frente a la pared del fondo. Apagó los faros y el motor, con la vista fija en el retrovisor. Cuando se hubo asegurado de que el lugar estaba desierto, salió del coche y se dirigió a la puerta de un local técnico. En el interior miró a una pequeña cámara que escaneó su retina y esperó a que se abriera un tabique corredero, antes de entrar en una habitación oculta de paredes grises iluminada por una hilera de fluorescentes.

El mobiliario era monacal, una silla y una mesa metálica donde la aguardaba un sobre de papel de estraza. Lo abrió y encontró dentro la foto de una niña, sin nada escrito detrás. ¿Qué edad tendría, unos siete u ocho años? Una madre lo habría sabido. ¿Quién era esa niña de carita de ángel maltrecho? En el fondo del sobre descubrió también una tarjeta en la que se leía escrito a máquina:

21:30, cibercafé Rue de Rome.

¿A qué venía ese juego de pistas? No había lugar más seguro que la guarida de los tres monitos, el nombre de esa habitación insonorizada y hermética a las ondas, en la que uno no podía ser visto ni oído ni comunicarse. Un lugar aislado del mundo.

Algo no cuadraba. Maya se sentó para reflexionar. Nada la obligaba a apresurarse. La razón de ser de la guarida era disponer de tiempo para asimilar y comprender documentos que no podían circular por ahí de ninguna manera.

—*¿Quién la había convocado a la guarida?*

—Unos años antes, Maya había sido reclutada como emisaria por el servicio de inteligencia francés. En el transcurso de sus viajes, a veces tenía que murmurar una palabra al oído de un visitante en un museo, dejar una nota en el bolsillo de una prenda de ropa entregada a la camarera de un hotel, esconder una llave USB en los aseos de un restaurante, recibir un sobre o hacer alguna foto discretamente. ¿Quién habría podido sospechar de ella? Maya organizaba viajes para los clientes privilegiados de grandes empresas. Como acompañante o cuando viajaba sola, la conocían en los mejores hoteles del mundo y ella conocía sus puertas traseras, gracias a la complicidad de porteros, aparcacoches, conserjes, guías locales, a veces incluso de policías a los que remuneraba para asegurar la protección de sus invitados o para obtener permisos especiales. Maya era una emisaria ideal.

—*Una emisaria… ¿No era miembro en toda regla de los servicios de inteligencia?*

—No, estos la utilizaban como mercenaria. Les convenía hacerlo así. Si surgía algún problema, Maya no podía recurrir a sus empleadores ni tener ningún vínculo con ellos, pues no la tenían contratada en sentido estricto. Sus honorarios eran generosos, pero su discreción y su eficacia justificaban de sobra sus tarifas.

Perpleja, Maya abandonó la guarida y volvió a su Cooper. ¿Alguien habría recurrido al canal oficial del servicio de inteligencia para hacerle llegar un mensaje que no tenía nada de oficial? Y, de ser así, ¿con qué fin? Esperaba aclarar la situación en el segundo punto de encuentro.

Condujo hacia el barrio de Europa y cogió la foto, que se

había traído consigo, para observarla mientras se detenía en los semáforos en rojo.

—¿Quién eres? —murmuró.

Hasta obtener más datos, Maya dedujo que quien la hubiera enviado allí tenía poca o nula formación en el arte de la invisibilidad. Los cibercafés disponen de cámaras y sus ordenadores están aún más vigilados que los demás. En su bolso tenía lo necesario para enmendar el error: una tableta 4G equipada con una tarjeta SIM desechable. Aparcó el Austin en la Rue de Rome, a unos veinte metros del punto de encuentro.

En pocos minutos se introdujo en el servidor del cibercafé, en el corazón de una consola. Ahora que ya estaba virtualmente en el lugar, solo quedaba aguardar a que su contacto se manifestara.

Una secuencia de números y letras que confirmaba la autenticidad de la conexión apareció de pronto en la pantalla de su tableta. Ella tecleó un código para autentificarse a su vez.

Poco después apareció otro texto en la pantalla:

@C9# I2_ V27/il TQ

Sentada al volante de su Cooper, Maya se puso a descifrarlo.

«C9» designaba un «paquete» de gran importancia, pero no decía nada de su naturaleza.

El símbolo # significaba que debía recogerlo y llevarlo a buen puerto.

El «I2» indicaba que debía recurrir al servicio de lista de correo para recibir las siguientes instrucciones.

Tecleó el resto de la secuencia en el programa de su tableta:

_ V27/il TQ

Apareció el mapa de una ciudad; reconoció enseguida que se trataba de Estambul. Hacía poco que habían cambiado el código de cifrado. Pensó, con razón, que si alguien se había infiltrado en el canal del servicio de inteligencia estaba muy bien informado.

Proceder a la extracción de un paquete sensible en territorio extranjero no estaba dentro de sus atribuciones. ¿Por qué encargarle una misión así a un simple emisario? No era normal. Los temores de Maya estaban fundados pues, si la detenían en Turquía, eso tendría consecuencias. ¿Cómo comprobar que esa orden de misión procedía verdaderamente de sus mandantes habituales? La elección de ese cibercafé era tan poco lógica que sospechaba que se trataba de una trampa.

Maya apagó su tableta, sacó la tarjeta SIM y la quemó en el cenicero con una cerilla. Luego dio media vuelta y condujo deprisa hacia el Marais.

—¿*Usted estaba al tanto de sus actividades paralelas?*
—Sí.
—¿*Los demás también?*
—No, no tenían motivo para saber lo que hacía Maya al margen de sus ciberataques. Cuando se enteraron, eso arrojó luz sobre algunas cosas.
—¿*Qué cosas?*
—El Grupo estaba compuesto por *hackers* fuera de serie, no por superhéroes. Seres humanos, con sus puntos fuertes y sus debilidades, pero todos fantásticos programadores. Rusos, chinos, estadounidenses, los superábamos a todos… Maya gozaba además de una sólida experiencia sobre el terreno, la norma de no abandonar la pantalla del ordenador no iba con ella.
—*Y, durante todo ese tiempo, ¿eso nunca despertó sospechas en el Grupo?*
—Ekaterina dijo haber sospechado algo, pero yo creo que lo decía por presumir.

—*¿Maya tenía, pues, tres caras: agente de viajes, emisaria para el servicio de inteligencia y* hacker *del Grupo 9? ¿Por qué era usted la única que estaba al corriente?*

—Si de verdad quiere entender lo que ocurrió, tengo que contarle esta historia desde el principio, y para eso tenemos que volver a Oslo.

AVENIDA
GEORGES-V,

PARÍS

5

El primer día, en Oslo

Mateo miraba hacia la isla de Malmö desde el bar del centro náutico de Ljan. Estaba preocupado. Lo raro era que se le notara.

—Deberías evitar el centro de la ciudad unos días. Si yo fuera el matón de Baron, removería cielo y tierra hasta encontrar a la «periodista» que perseguía a mi jefe y a ese tal Vickersen. Al ver que no aparece por ninguna parte, estaría aún más alerta.

—Y si fueras ese tipo que blandió el arma, ¿qué harías después? —le preguntó Ekaterina con voz tranquila.

—Intentaría identificarla. Esperemos que los guardias de seguridad no hayan querido entregarle las grabaciones de las cámaras del centro comercial. Pero, en tu huida, es muy probable que hayas pasado delante de un banco o de un edificio equipado con videovigilancia. Es imposible dar un paso en una gran ciudad sin que te filme alguna cámara. Y, por unos miles de coronas, un empleado poco escrupuloso podría ser más conciliador que los guardias del Paleet.

Ekaterina pensó en la jugarreta que le había hecho al matón de Baron. Tenía un motivo legítimo para pedir que le dejaran ver las grabaciones: demostrar que no había robado el pañuelo. Entonces, salir del Paleet con una captura de pantalla sería una simple formalidad. Y en los ambientes de extrema derecha no le costaría mucho encontrar *hackers* que quisieran peinar los servidores de toda Noruega para identificarla.

Pero no había razón para asustarse. Ya no se parecía en nada a la adolescente fichada en varias comisarías de la ciudad. Y si pirateaban los servidores de su banco, de la red de transporte público o de la facultad donde enseñaba, era poco probable que un programa de reconocimiento facial estableciera una correspondencia entre las fotos de identidad que daba y su verdadero rostro. Cuando posaba ante un fotomatón, unas veces tenía el pelo rubio, otras, moreno, pero nunca de su color verdadero, y se introducía algodón bajo las mejillas para realzar los pómulos. Alguna vez, un empleado más concienzudo que los demás se había sorprendido al ver su foto, pero la ingenuidad con la que contestaba: «Soy yo, no he cambiado tanto en seis meses, ¿o será culpa de las pastillas?», siempre le había permitido salirse con la suya.

Pero en cuanto se trataba del anonimato de los miembros del Grupo, Mateo se volvía paranoico. No pensaba compartir su inquietud con él, ya fuera fundada o no. Podría llegar a excluirla del Grupo 9. Y eso le daba más miedo que ser perseguida por un hombre armado.

—Estás muy callada, ¿en qué piensas?

—¿Soy la única a la que has conocido en persona?

—Hace tiempo cené en el restaurante de Diego, pero para él yo solo era un cliente más.

Ekaterina no le preguntó cómo era Diego, Mateo no se lo habría dicho, pero acababa de enterarse de que tenía un restaurante.

—¿Y Cordelia, tienes idea de a qué se dedica?

—¿Y tú?

—Tiene gracia, te comportas como si estuvieras por encima de nosotros. Si Diego ignoraba tu identidad, ¿cómo es que tú conocías la suya?

—Digamos que fue una feliz coincidencia.

—Eso no es una respuesta… ¿Te crees nuestro jefe?

—Desde que operamos juntos, ¿alguna vez te he dado la impresión de sentirme superior?

Ekaterina le sostuvo la mirada con mordaz intensidad. La tensión se hizo tan palpable que el dueño del bar se preocupó y les preguntó desde la barra si todo iba bien. Mateo lo tranquilizó con un gesto de la mano.

—¿Ves? —suspiró—, hasta en los sitios más anodinos siempre hay alguien observándote. Un director de orquesta no da órdenes a sus músicos, coordina las partituras.

—Pero aun así dirige —contestó Ekaterina—, y has dicho «sus» músicos. Sin embargo, si somos lo que somos, es para luchar contra la tiranía de los jefes, grandes y pequeños.

—Si eso es lo que piensas de mí, es ridículo e hiriente.

—Solo me extraña tu presencia esta mañana. La lluvia es una excusa fácil.

—No tendrías motivos para reprochármelo, te lo avisé. De una vez por todas, Ekaterina, nuestro Grupo no tiene jefe, pero reconozco haber sido su coordinador —confesó Mateo.

Esa revelación la dejó sin palabras. ¿Coordinador o iniciador? La pregunta tenía para ella una importancia fundamental. El Grupo era su única familia, la que había encontrado tras años de vagar perdida. Su trabajo como profesora debería haberla definido, al menos en sociedad. Pero la verdadera personalidad de Ekaterina se revelaba en sus actividades clandestinas, eran lo que daba sentido a su vida, como si el verdadero mundo de Alicia estuviera al otro lado del espejo.

—Pongámoslo así —prosiguió—: ¿A quién reclutaste primero? ¿Y qué número me asignaste a mí?

—Te equivocas completamente. No he dicho que fuera el instigador, sino el coordinador, y solo durante un tiempo. Somos nueve, estábamos vinculados unos a otros antes incluso de saberlo, compartíamos los mismos valores, los mismos objetivos, los mismos códigos de comportamiento. Atacábamos a los mismos objetivos y, extrañamente, con los mismos medios operativos. Hoy cada cual aporta sus competencias, sus talentos. Aplicamos normas de seguridad que nadie ha impuesto pero que nos parecen evidentes, somos cómplices, amigos virtuales, desde luego, pero amigos de verdad. Ninguno de nosotros tiene un número asignado, sería contrario a nuestros principios. Una estrella no tiene una punta más importante que las demás.

—Las puntas de una estrella… —prosiguió Ekaterina—. Me gusta esa imagen, nos pega. Se te dan muy bien las metáforas malas, Mateo.

—Gracias por el cumplido.

—¿Te preocupa Maya?

—Si no me preocupara no te lo habría comentado.

—Estará en un rincón perdido donde las comunicaciones no son seguras. El año pasado, cuando se fue a Tayikistán, estuve ocho días sin tener noticias suyas, y lo mismo cuando se fue a…

—No son sus viajes lo que me preocupa, sino lo que dice en su mensaje. Y lo que me has contado no me tranquiliza nada.

La mirada de Mateo cambió cuando pronunció esas palabras. Como si reprimiera otras que lo agobiaban.

—¿Qué me estás ocultando? —preguntó Ekaterina poniendo una mano sobre la suya.

—Nuestros últimos golpes fueron arriesgados, y los tipos como Baron son de verdad muy peligrosos, tú misma lo has comprobado esta mañana.

—¿Más peligrosos que los traficantes de seres humanos a los que atacamos el año pasado, o que el dictador sudamericano cuyas cuentas ayudamos a embargar en Estados Unidos? Recordarás que, cuando *The New York Times* publicó nuestra información, desaparecimos todos de la red durante tres semanas. Yo creía ver polis encubiertos y agentes de la CIA por todas partes. Y al final… no tuvimos ningún problema.

Esta vez Mateo retiró la mano antes de contestarle.

—La idea de que te disparen supera con creces todos mis temores.

—De acuerdo —concedió ella—, evitaré ir a pasear cerca de tu hotel, prometido.

—Deberías incluso alejarte de Oslo unos días, hasta que se aclaren un poco las cosas.

—¿Para ir adónde? Mi trabajo no me permite viajar cuando me da la gana, y tengo un programa que descifrar. Te preocupas demasiado, Mateo. El matón de Baron seguro que tiene cosas mejores que hacer que encontrar a quien seguía a Vickersen. De aquí a unos días, su jefe volará a otros cielos para convertirlos en infiernos, y más vale que descubramos cuál será su próximo encuentro y, sobre todo, con quién.

—Nos enteraremos por mi chivato cuando llegue el momento.

—Creía que había que estar cerca para que funcionara.

—Precisamente, me alojo en el mismo hotel que él y hemos pirateado la wifi. ¡A mí no me han descubierto!

—¿Tienes pareja?

—¿Por qué me lo preguntas? —se extrañó Mateo.

—Porque las mujeres se cansan pronto de los hombres que siempre quieren tener razón.

—¿Tanto como se cansan los hombres de las mujeres que los juzgan por tonterías?

Ekaterina sonrió, Mateo tenía don de réplica. Él se levantó para pagar la cuenta en metálico y la invitó a seguirlo.

Pasearon por la bahía. Antes de despedirse, Mateo la citó para el día siguiente. A la misma hora, en el mismo lugar. Para entonces ya tendría que haber sido capaz de descifrar los datos obtenidos del móvil de Baron.

—*¿Los miembros del Grupo se conocían todos entre sí?*

—No, intercambiábamos información en los foros para preparar nuestros ciberataques, a veces operábamos entre varios, pero nunca todos juntos, como ya le he dicho. Aunque la composición de los equipos variaba, nadie podía presumir de haber trabajado con el Grupo por entero. La nuestra era una amistad especial, estábamos muy unidos, sentíamos curiosidad unos por otros, pero había muchas cosas de nosotros que no sabíamos.

—*¿Como qué?*

—La doble identidad de Vitalik, por ejemplo, o que Cordelia y Diego eran hermanos…, y que no los unía solo el parentesco, sino también un pacto.

CENTRO NÁUTICO DE LJAN

6

Diez años antes, en Madrid

En junio de 2010 Diego tiene veinte años. Está en segundo de Informática en la Universidad Carlos III de Madrid, y resulta ser un alumno prodigio. Ese día que empieza va a decidir el resto de su vida. Se sube al autobús y le sonríe a una chica de su edad con la que ha cruzado una mirada. Diego tiene encanto, aunque él no lo sabe, lo que añade a su atractivo. La chica no parece molesta de que se siente a su lado. Diego ve el libro que tiene en el regazo y le murmura que le encantó esa novela. Ella piensa que no es verdad, que es una frase que le dice solo para ligar con ella, pero Diego le comenta haberse encariñado mucho con el personaje de Cordelia, quizá solo porque su hermana se llama así también. Entonces ella comprende que no lo ha dicho por presumir y su sinceridad la conmueve. No dice nada, saca un boli de su bolsa de lona verde con el logo del US Army, garabatea una nota en el marcapáginas y se lo da, justo cuando el autobús aminora la velocidad.

Se levanta, Diego se incorpora para dejarla pasar mientras le echa un vistazo a la nota. Ha escrito una dirección electrónica: A1b2010@uam.es. Nada que le informe del nombre de la desconocida. Mientras baja del bus, le grita:

—¡¿Cómo te llamas?!

Pero las puertas ya se han cerrado y, desde la calle, ella le indica con un gesto que no tiene más que escribirle.

El dominio «@uam.es» está reservado a los estudiantes de la Universidad Autónoma de Madrid. Allí imparten la carrera de Bioinformática en la que Diego estuvo a punto de matricularse, una vía que le tentó, pero al final prefirió estudiar programación. Puede que ella sí esté haciendo esa carrera. Sabe que rara vez su conversación suscita mucho entusiasmo entre las chicas que le gustan, así que sería una suerte que ella estudiara Bioinformática. Esa manera de destapar el bolígrafo con los dientes, de mordisquear el capuchón mientras escribía… Esa chica irradiaba ganas de vivir, y su silueta era… Diego busca la palabra…: angélica. Quiere decirle adiós con la mano antes de que el bus vuelva a arrancar, pero la joven se aleja ya con paso rápido.

Él también tiene prisa, el tráfico es denso y aún falta mucho para su parada.

Después de clase, se irá corriendo al centro, al restaurante en el que trabaja. Ser camarero es agotador, pero en un establecimiento de esa reputación, es también un honor. Necesita ese trabajo para ayudar a sus padres a pagar sus estudios. Mira a los viandantes y, de vez en cuando, se vuelve pensativo hacia la ventanilla trasera. Le ha afectado mencionar el nombre de Cordelia. Echa muchísimo de menos a su hermana. Desde que ella consiguió una beca para el MIT, en Boston, no ha vuelto a España por falta de medios. De eso hace ya dos años. Cordelia y Diego siempre han sido inseparables, al menos hasta que sus estudios los alejaron. Cada domingo se escriben largas cartas manuscritas que escanean y se envían por correo electrónico. Es un proceder algo anticuado, pero a Cordelia le parece mucho más auténtico. Afirma que, en una carta manuscrita, las primeras intenciones siempre quedan a la vista, aunque se tachen después. Por más que Diego argumente que podría estar pasando a limpio un borrador, Cordelia está convencida de que es demasiado vago para hacer algo así. Y, como tiene razón —suele tenerla—, se ha convertido en un verdadero juego entre ellos. Adivinar lo que ocultan los tachones, descifrar lo que no se dice.

Diego se pasa el día corriendo de un aula a otra, de un bus a otro, pero el único sitio en el que no le importan las prisas es en el restaurante, cuando tiene que pasar de la sala a la cocina, recuperar el aliento delante del chef y su equipo, observar la preparación de los platos, la presentación, y correr a servírselos a los clientes. Le gusta espiar su placer cuando los prueban. Diego tiene un gran sentido del honor y está orgulloso de formar parte de un equipo con tanto talento.

Desde hace seis meses, también está muy orgulloso de haber conseguido piratear el servidor de un estudio californiano. Es un cinéfilo; de niño soñaba con ser director de cine, pero renunció por ser una profesión que no ofrece mucha seguridad. Así que está encantado de poder acceder por un pasillo secreto a películas que nunca se proyectarán en España.

Le hace gracia que nadie detecte sus líneas de código; cada semana las cambia de sitio dentro del programa que gestiona las películas del estudio americano. Se cuida mucho de compartir con nadie sus proezas, no quiere correr el riesgo de ser descubierto.

Sentado en su pupitre, consulta el reloj. Son las dos de la tarde en Boston, Cordelia estará en clase. Abre una ventana en su pantalla para enviarle un mensaje, un simple:

—Hola, ¿qué haces?

Espera su respuesta, que no tarda en llegar.

—Lo mismo que tú, estudiar, bueno, no, porque tú me estás escribiendo.

Le cuenta enseguida lo de la chica del bus, sin omitir detalle. La pantalla parpadea y Diego lee:

—¿Y tú qué haces, tonto?

—No tengo ninguna oportunidad, ¿es eso? —contesta.

—No, eso no es lo que he dicho.

—Entonces, ¿por qué me llamas tonto?

—Porque deberías estar escribiéndole a ella y no a mí. Te ha dado su dirección de correo, ¿no?

—¿Quién te dice que me apetezca hacerlo?

—Entonces sí que eres tonto, Chiquito. «Era tan ligera que pensé que saldría volando cuando se alejó con su vestido blanco con dibujos azules y espigas de lavanda…», son tus propias palabras; ningún chico se fija en esa clase de detalles, y menos aún el imbécil de mi hermano.

—Vale, tienes razón una vez más, pero no hace falta que me llames imbécil.

—Sí que hace falta porque me encanta.

Diego le pregunta a Cordelia qué tal le va. Está agotada. Desde que le prohibió a su padre mandarle dinero, acumula trabajitos después de clase, mucho más duros que hacer de camarero en un restaurante de altos vuelos. A primera hora de la tarde, trabaja para una empresa de mensajeros, dos horas a siete dólares la hora; con las propinas a veces se saca hasta treinta. Después, en un restaurante de comida rápida a seis dólares la hora y, por último, en una tienda de lencería que abre los jueves por la noche. Ese empleo sí que está bien, allí cobra comisión, como mínimo treinta dólares por noche, trescientos las semanas buenas; con eso se paga el alojamiento y la comida. Pero, que no se equivoque, todo ese tiempo perdido sin poder estudiar no impedirá que llegue a ser mejor programadora que él.

Pero todo eso Diego ya lo sabe.

—Bueno, ahora déjame en paz y escribe a tu dulcinea, estoy en clase.

—Yo también. Te echo de menos —dice Diego.

—Y yo a ti —contesta Cordelia y teclea el odioso XOXO para despedirse.

Diego tiene los ojos fijos en la pantalla. El sol de Madrid se pasea por las mesas. El profesor ayudante corre las grandes cortinas color naranja que cuelgan de las ventanas. Diego teclea:

—¿Cómo te llamas?

Tras vacilar un segundo, envía su correo a A1b2010@uam.es. Mientras espera la respuesta, un vigilante lo saca de su ensimismamiento anunciando que queda una hora para el final del examen.

—Alba, ¿y tú?

Diego contesta y se enfrasca de nuevo en el examen. Cuando vuelve a su casa es ya medianoche. Agotado, se da una larga ducha. Se ciñe una toalla a la cintura, se pone una camiseta y se sienta en el taburete ante la pantalla.

—¿Has proseguido con la lectura? ¿Por qué capítulo vas? —le escribe a Alba.

Esas palabras fueron las primeras de una relación que empezó tres meses después en un viejo cine de Madrid al que Diego llevó a Alba a ver *Las uvas de la ira*.

Se besaron poco después de que las luces volvieran a encenderse. Pero antes intercambiaron una mirada, ambos tenían los ojos empañados; lejos de avergonzarse, les hizo gracia. Ella cogió las mejillas de Diego entre sus manos y llevó sus labios a los suyos; un beso de cine en una sala de cine, solo podía ser el principio de una relación que tenía que durar. Y duró.

Alba tiene un año menos que Diego, no estudia Bioinformática, sino Derecho. Sin embargo, le apasiona su conversación. Más aún cuando Diego le habla de *cookies*, esos chivatos que se implantan en nuestros ordenadores en cuanto navegamos por la red. Para controlar nuestras búsquedas, lo que leemos en Internet, lo que compramos, en resumen, para saberlo todo de nosotros.

—Para saber ¿qué? —pregunta Alba preocupada.

—¡Todo! Tu edad, tu sexo, lo que te interesa, tu entorno social, tus creencias, tu estilo de vida, lo que te hace reaccionar, positiva o negativamente.

—Pero ¿con qué derecho y por qué? —insiste ella.

—Para predecir tu comportamiento, para crearte deseos y

necesidades que no tienes, para manipularte como a una auténtica marioneta.

Alba se echa a reír, convencida de que le toma el pelo; a Diego le encanta hacerlo y a ella le gusta complacerlo fingiendo creerse sus trolas, incluso las más tremendas. Se ha convertido en un juego para ellos. Cuando se ven en casa de Diego, tarde por la noche, o cuando pasan juntos los domingos, rivalizan a ver quién le hace creer al otro lo más increíble, y cada vez que Diego gana la partida, se lleva un beso, igual al que se dieron en la sala de un viejo cine, hace ya dos años. Sus besos no envejecen y nunca lo harán. Esta vez, Alba no se dejará engañar, se ve a la legua que es una trola, un nombre de galleta para algo tan infame, ¡imposible! Sin embargo, el semblante de Diego se ensombrece. Están sentados ante el gran estanque del parque del Retiro, hace un día espléndido, se quieren apasionadamente, sin dudar ni un segundo de que están hechos el uno para el otro, y disfrutan cada segundo la suerte que tienen de haberse conocido…, pero Diego no sabe fingir.

Alba comprende que le dice la verdad y, para que el día no se ensombrezca más todavía, ella le dice que quizá por eso los ha unido el destino. Los legisladores como ella meterán en cintura a los que roban sin sonrojo la vida privada de los demás; los programadores como él proporcionarán las pruebas de sus infamias, y un día los combatirán juntos.

Combatirlos… La palabra deja a Diego pensativo. Le confiesa a Alba el truquito que le permite ver todas las películas que quiere. Una vez más, ella no lo cree, pero Diego ha recuperado la sonrisa y la invita a su casa esa misma noche. No tiene más que elegir la película que le apetezca. Alba acepta el reto.

—*Cría cuervos*, de Carlos Saura.

—He pirateado un estudio americano, no la filmoteca de Madrid —contesta Diego tranquilamente.

Alba sospecha que la está engañando, pero le sigue el juego.

—Vale, *El abogado de Lincoln*, con Matthew McConaughey. Acaba de salir, no vas a poder encontrarla.

—¿Por qué? ¿Es que te gusta esa clase de hombre? No tenemos el mismo físico —se inquieta Diego.

—Porque me gustan las pelis de abogados —contesta ella burlándose de él.

Y, mientras Matthew McConaughey y Marisa Tomei hacen el amor, Diego le cuenta con detalle sus talentos como *hacker*, prometiéndole que solo los utiliza para hacer el bien.

—Ah, ¿porque piratear películas es hacer el bien, según tú? —replica Alba.

—No, pero no le hago daño a nadie —contesta Diego.

—Tú vales más que eso —le dice ella.

*

Junio de 2013, pasan los meses y Diego y Alba siguen queriéndose. Son felices, tremendamente felices, hasta el día en que, gracias a sus brillantes resultados, Alba ve abrírsele las puertas de un programa de intercambio universitario a final de curso.

Diego piensa que Boston es una ciudad maldita que le roba a todas las personas a las que quiere. Primero a su hermana y ahora a Alba. Pero, como la quiere, la anima a aprovechar la oportunidad. Se escribirán mientras ella esté fuera. Está acostumbrado. No correos ni mensajes que no dicen nada, la distancia no los alejará, se contarán las cosas de la semana en cartas de verdad, manuscritas, que escanearán y se enviarán por correo electrónico cada domingo.

*

Han transcurrido casi dos años desde que Alba se fue y ni ella ni Diego han faltado un solo domingo a su ritual epistolar.

Cordelia quiso conocer a la novia de su hermano, quería formarse su propia opinión. Alba y Cordelia se cayeron bien, pero sus horarios no les dejaron apenas tiempo para verse. Si hubieran estado en el mismo campus, las cosas habrían sido distintas. Compartieron una comida de Acción de Gracias en la habitación de Cordelia y una cena de Nochebuena en la de Alba. Cuando los estudiantes estadounidenses vuelven a sus casas, sus compañeros extranjeros se quedan solos en el campus.

Es un domingo de junio de 2015. Diego está delante de la pantalla de su ordenador, le envía su carta a Alba y espera la suya a vuelta de correo. Son las dos de la tarde en Boston, las ocho de la tarde en Madrid. Se prepara un café, el décimo del día. Duerme muy poco. Es su último curso de carrera y cada noche, al volver del restaurante, aún tiene que estudiar largas horas antes de acostarse. Diego va al cuarto de baño, deja la puerta abierta y se afeita con un ojo en el espejo y el otro en la pantalla del ordenador que está sobre la mesa de la habitación contigua. La cuchilla se desliza por su mejilla derecha y por su cuello cuando, de pronto, tiene un mal presentimiento. Al cuerno la tradición, Alba siempre es puntual. La llama, el timbre del teléfono se eterniza. Diego recorre nervioso su estudio de un lado a otro, vuelve a llamarla, otra vez sin respuesta. No duda un segundo de la fidelidad de Alba, la distancia no ha mermado en nada la fuerza de su amor. Lo que lo preocupa es otra cosa. Muy al principio de su relación, la primera vez que Alba se quedó a dormir en su casa, intrigado por lo mucho que tardaba en el cuarto de baño, abrió la puerta y la sorprendió con una jeringuilla en la mano. Sus miradas se cruzaron. Diego se había fijado en los minúsculos puntitos rojos que aparecían y desaparecían en la piel de Alba, unas veces en la tripa, otras en los muslos, a veces en los brazos, pero no se había preguntado de qué eran. Lívida, se contentó con sonreír antes de preguntarle: «¿Quieres que te enseñe a pincharme?».

Alba sufre diabetes de tipo uno. Ha introducido en sus vidas una higiene alimentaria notable. Diego sabe que se controla escrupulosamente la glucemia, pero quizá le haya ocurrido algo. Como ese día en que… Estaban charlando, sentados delante del estanque del parque del Retiro, y de pronto Alba se puso muy pálida, con la frente perlada de sudor. Al intentar recoger su bolso del suelo, se desplomó; él trató de retenerla, pero se le escurrió entre las manos y cayó, como una muñeca desmadejada.

Diego vuelve a llamarla, sin obtener respuesta; luego llama a su hermana y le suplica que corra a casa de Alba. Por suerte, Cordelia va de camino a entregar un paquete. Al oír la voz de su hermano comprende que, aunque es posible que Alba simplemente se haya quedado dormida delante de la pantalla —«le puede pasar a cualquiera», le dice para tranquilizarlo— tiene que tomarse en serio lo que le pide. Nunca lo había notado tan alarmado, tan frágil. Se detiene en seco, da media vuelta sobre la rueda delantera de la bicicleta, cambia de marcha y se pone a pedalear a toda velocidad.

Pasa por Rockingham, toma a la izquierda en Granite, ataja por el campo de béisbol, toma Brookline a contramarcha para llegar más deprisa a la rotonda, zigzaguea entre los coches por la cuesta que sube hacia el puente, cruza el río Charles y gira bruscamente en Mountfort; un taxi hace sonar su claxon, Cordelia le contesta con un corte de mangas y prosigue su carrera desenfrenada, vuelve a zigzaguear en Beacon y se inclina hacia un lado al coger la bifurcación en St Mary's Street. Piensa que su hermano está loco, no, que la va a volver loca a ella, si es que no se mata antes en bicicleta. Por suerte, Cordelia es una ciclista aguerrida. En Monmouth Street frena, controla el derrape y se para en seco delante de una farola, pone la cadena a la bici y se precipita en el interior del pequeño edificio. Sube corriendo las escaleras, llama al timbre y golpea con los nudillos la puerta 2C. Sigue en conversación telefónica con Diego por los auriculares, esa llamada le va a costar una fortuna.

73

—¿Estás seguro de que está aquí?

—¡Entra! —grita él.

Pero ¿cómo?

Llama con insistencia, pide ayuda, un vecino sale al rellano, es alto y fuerte; Cordelia le ordena que eche abajo la puerta, el hombre retrocede, se lanza sobre la puerta con todos sus fuerzas antes de gemir, frotándose el hombro dolorido.

—Bueno, hasta aquí hemos llegado —suspira Cordelia. Le indica al vecino que se aparte, coge carrerilla y propina una patada maestra a la cerradura. El marco se desprende. Cordelia entra en el estudio y le dice a su hermano que lo llama luego.

Alba está tendida en el suelo, en posición fetal, con los brazos doblados debajo de la tripa. Cordelia la vuelve con cuidado y la descubre tan pálida que le cuesta contener las lágrimas; pero el pecho de Alba sube y baja débilmente. Cordelia la abraza, la llama, la sacude para despertarla. El vecino se ha quedado paralizado en el umbral, Cordelia le grita que llame a una ambulancia, primero en español y luego en inglés.

Acuna a Alba. A lo lejos se oye el sonido de una sirena. Le suplica que abra los ojos, le acaricia la cara, se asusta de la frialdad de su frente. La sirena calla, oye a los camilleros subir la escalera. Entran y la apartan sin miramientos. Cordelia les dice que Alba es diabética. No son médicos, solo auxiliares. Uno de ellos ve el estuche sobre la mesa, le pide a Cordelia que se lo alcance, lo abre, coge el glucómetro y pincha a Alba en el dedo. Su expresión cambia al leer la medida. Ahora el tiempo está contado.

Alba sale de su casa en camilla, Cordelia la acompaña en la ambulancia. El cuerpo va dando tumbos, dos grandes correas de color naranja impiden que se caiga. El grito de la sirena deja a Cordelia petrificada. Se agarra lo mejor que puede, el corazón le late acelerado, busca la mirada del enfermero, que no aparta los ojos del monitor lleno de cables que unen el pecho de Alba a la máquina.

Entran en urgencias del hospital; llevan a Alba corriendo por un largo pasillo, se abren dos puertas. Una enfermera le explica a Cordelia que no puede pasar de ahí, que vendrá alguien a buscarla.

Se queda esperando, va de un asiento a otro en esa sala de paredes gris azulado. Por fin encuentra fuerzas para coger el móvil, Diego la ha llamado más de cien veces. Intenta tranquilizarlo, todo saldrá bien, le asegura; no, los médicos aún no le han dicho nada. Irá a informarse, prometido. Se quedará ahí el tiempo que haga falta, hasta que pueda ponerse Alba al teléfono, esperará toda la noche si es necesario, eso también se lo promete. Su hermana mayor siempre ha cumplido sus promesas. Todo irá bien, añade antes de colgar.

*

Diego ya no ve películas, ha cerrado la puerta robada a los estudios de cine. Ha cumplido los treinta este año, es dueño, junto con dos amigos, de un bar de renombre en el casco antiguo de Madrid. Es un hombre inteligente que se ha hecho a sí mismo o casi. Los libros se han convertido en sus más fieles compañeros, los protagonistas de las novelas lo han traído de vuelta al mundo de los vivos. Afable, sabe estar en cualquier parte y, sin embargo, se ha convertido en un solitario y valora mucho su libertad. Su padre era linotipista y su madre, comadrona. Se separaron poco después de nacer él. En el colegio, Diego presumía de tener dos cuartos y el doble de juguetes que sus amigos. A su padre le hacía gracia que sus dos hijos hubieran elegido estudiar informática, la disciplina que había hecho desaparecer su oficio.

Todos los domingos, Diego va al cementerio, se sienta al pie de la tumba de Alba y le lee el relato de su semana, escrito en una carta.

*

75

Cordelia no volvió a Madrid al acabar sus estudios. Dejó Boston y se afincó en Londres. Sigue escribiéndose diariamente mensajes cifrados con su hermano. Está decidida a cumplir la promesa que le hizo. La muerte de Alba, hace ya cinco años, cambió sus vidas…

*

En junio de 2015, Cordelia sacrificó sus ahorros para coger un vuelo en compañía de los padres de Alba, que habían viajado a Boston para repatriarla. Diego la esperaba en el aeropuerto. Fueron juntos al tanatorio.

El día del entierro, esperó el momento para contárselo todo a su hermano. Esa tarde de domingo que nunca olvidaría en la que, con expresión abatida, el médico se acercó a ella en la sala de espera del hospital. Le preguntó si era familia de Alba, ella mintió y dijo que era su cuñada.

—Era medio verdad —le murmuró a Diego—, lo habría sido si…

Calló. Él le cogió la mano y se la apretó con fuerza, con demasiada fuerza, pero ella no se quejó. La gente pasaba delante de la tumba, se recogía un momento y arrojaba una rosa antes de ir a dar el pésame a los padres de Alba. Diego estaba algo apartado, su hermana no se separaba de él.

—Alba no se olvidó de pincharse —le reveló Cordelia.

El médico le había explicado que cada vez eran más frecuentes los casos como ese. Y, al ver que ella no lo entendía, sacó del bolsillo de su bata un frasco de insulina que expuso a la luz de la ventana.

«Está cortada —le dijo—. A veces a la mitad, a veces a un cuarto de su contenido. —Cordelia seguía sin entender—. Los enfermos sin dinero se diluyen la insulina —añadió el médico en voz baja—. Los laboratorios han triplicado el precio de las dosis, eso solo este año, y los seguros demoran a propósito los papeleos para no cubrir los gastos. Hay que tener medios suficientes para costearse el tratamiento, y los estudiantes…, y si encima son extranjeros… Vamos, que es un drama terrible», concluyó con un suspiro. Le dio unas palmaditas de consuelo en el hombro y se fue.

La tierra fresca fue cubriendo el ataúd de Alba, Cordelia no se decidía a contárselo todo a su hermano pero, cuando por fin lo hizo, lo vio apretar la mandíbula con una expresión que no le conocía.

En el camino hacia la salida del cementerio, le rodeó los hombros con el brazo y sintió algo extraño, como si Diego se hubiera convertido de pronto en el hermano mayor, como si su hermano pequeño se hubiera quedado sentado para siempre sobre la tumba de Alba, «1991-2015».

Él le preguntó sin alterarse qué laboratorios eran esos que habían aumentado el precio de la insulina.

Diego es un hombre de honor.

BOSTON

PARQUE DEL RETIRO, MADRID

7

Junio de 2020, en Londres y Madrid

Separados por miles de kilómetros, sentado cada cual delante de su pantalla, Cordelia y Diego unían sus talentos para colarse en los servidores de una compañía farmacéutica con sede en Inglaterra. Una intrusión de esa envergadura coronaba largos meses de investigación y debía desarrollarse siguiendo un plan preciso.

En esta clase de batalla, los golpes los infligen líneas de código cuya eficacia depende de la manera en que están implantadas. Existen muchos métodos para que un pirata informático logre sus propósitos, pero todos se resumen a fin de cuentas en dos modos de operar: actuar en masa en varios frentes para sembrar el pánico entre las defensas del adversario, o progresar sin despertar sospechas o, dicho de otro modo, llegar a la cámara acorazada sin que salte la más mínima alarma. Cordelia y Diego habían elegido este enfoque y sabían cómo poner toda la suerte de su lado.

En el seno de toda gran empresa siempre hay un empleado diligente, dispuesto a responder a cualquier hora a un correo urgente enviado por su superior, un correo que contiene un documento que debe estudiar sin demora. La técnica es de una sencillez asombrosa: el archivo adjunto oculta un minúsculo programa que se propaga por el sistema informático como un virus en un organismo vivo. Mientras las defensas no lo detecten, el sistema inmunitario no se despierta. El virus prosigue su camino eligiendo los órganos en los que propagarse. Cuando está listo para pasar al ataque, este es fulminante. El astuto genio de la gripe es un modelo similar.

Un mes antes, Cordelia había logrado hacerse con el organigrama de una sucursal inglesa del grupo Talovi. Para ello se desplazó una mañana a Gilford, una pequeña ciudad situada a unos cuarenta y ocho kilómetros del centro de Londres.

Aparcó el coche en un estacionamiento público, cogió del maletero un casco de bici y su cazadora de mensajera, recuerdos de su vida en Boston, y añadió a su atuendo unas gafas de sol para impedir que pudieran identificarla las cámaras de vigilancia. Acto seguido se presentó en la recepción de un complejo de oficinas modernas. Le anunció a la recepcionista que el destinatario del sobre que traía debía firmar él mismo el recibo. Pero a esta no le constaba en el registro ningún empleado que respondiera a ese nombre. Mascando un chicle, Cordelia soltó un largo suspiro, de esos que dan a entender al interlocutor que nos está haciendo perder el tiempo.

—Podría comprobarlo ahí —insistió, señalando la pantalla que asomaba detrás del mostrador.

Algo que la recepcionista se apresuró a hacer, no tanto para complacer a Cordelia como para ahorrarse la desagradable visión de su masticación. En cuanto tecleó la contraseña de acceso al terminal, Cordelia activó discretamente su móvil, guardado en el bolsillo de la cazadora. Para el éxito de la operación, la distancia entre ambos aparatos no debía superar un metro. No podría haberlo hecho mejor ni poniendo su móvil directamente sobre el ordenador de la recepcionista. Los servicios informáticos consideran siempre que los ataques vendrán del exterior, proteger el terminal del vestíbulo no es, pues, una prioridad. Para cuando la empleada hubo terminado de buscar al destinatario del sobre, Cordelia ya había absorbido todo el directorio de la filial inglesa de Talovi.

—Lo siento, pero no encuentro a nadie con ese nombre —suspiró a su vez la recepcionista.

—¡Allá ellos, tendrán que pagarme el doble de la carrera! —exclamó Cordelia.

Y se marchó con su sobre de papel de estraza, que contenía un catálogo de venta de material médico por correo. En cuestión de prudencia, no conviene escatimar.

La segunda fase del plan requirió algo más de tiempo. Cordelia y Diego se repartieron la lista de empleados de la filial inglesa de los laboratorios Talovi y llevaron a cabo sus búsquedas en paralelo, espulgando la red metódicamente para dar con un candidato idóneo: un alto directivo que se prodigara con frecuencia en las redes sociales. Una de esas personas que, con toda una batería de fotografías y comentarios, disfrutan mostrando que su vida es más bonita que la de los demás, o su forma de pensar más pertinente. Diego encontró el perfil ideal, y a Cordelia le bastaron dos noches de trabajo para dar con el nombre de su superior jerárquico.

La tercera fase consistió en descifrar la contraseña de la dirección de correo que su presa había hecho pública en su perfil de LinkedIn. Cordelia se puso manos a la obra sin gran dificultad.

Edward Beauchamps, responsable de creatividad del departamento de *marketing*, exhibía su vida sin pudor. Fotos de sus hijos y de su esposa en sus celebraciones de cumpleaños, nombres etiquetados, fotos geolocalizadas de las comidas de domingo en su residencia secundaria, sin olvidar el Aston Martin, aparcado delante de su casa con el número de la calle a la vista así como la matrícula del coche.

La cuarta y última etapa del plan consistió en colocar el correo trampa. Para falsificar el adjunto, Diego se limitó a reproducir un informe de actividad publicado dos meses antes por el laboratorio.

Una hora más tarde, Cordelia envió un segundo correo a Beauchamps, en el que le rogaba que no tuviera en cuenta el primero, emitido por error.

El mal estaba hecho, Beauchamps había abierto el informe y el virus se propagaba ya.

Desde ese momento, Cordelia y Diego pudieron acceder a todos los correos intercambiados en los servidores de Talovi sin que el responsable de los servicios informáticos sospechara nada.

A los dos hermanos les interesaba una única actividad del laboratorio: la comercialización de los medicamentos de la clase terapéutica insulina, indispensables para la supervivencia de los pacientes diabéticos, y cuyos precios habían aumentado un mil por ciento en los últimos quince años. Una subida para la que no había justificación ninguna. Y, para colmo de cinismo, se había cumplido casi un siglo del descubrimiento de la insulina y sus autores habían cedido los derechos por un dólar simbólico para que todos los enfermos pudieran tener acceso al tratamiento. Sin embargo, el vial alcanzaba los trescientos dólares en Estados Unidos. Un paciente diabético utilizaba de media tres viales al mes, cuatro en algunos casos. Y si no existía alternativa genérica más barata era porque los laboratorios modificaban regularmente las fórmulas para renovar sus patentes, impidiendo así que su producto, del que dependía la supervivencia de decenas de miles de hombres, mujeres y niños, pudiera ser de dominio público.

Cordelia había descubierto todo esto durante los meses posteriores al entierro de Alba. De regreso en Boston, cada vez que circulaba en bici revivía la carrera desenfrenada de esa tarde de domingo que no dejaba de atormentarla. Se había dedicado en cuerpo y alma a una investigación que ocuparía lo esencial de su tiempo libre de los siguientes tres años. Todos los fines de semana visitaba los hospitales de Boston y su periferia para recoger los testimonios de enfermeras, médicos de urgencias y pacientes. Cada tarde, pasaba horas ante la pantalla de su ordenador buscando expedientes médicos, artículos o informes estadísticos sobre la mortalidad ligada a la diabetes. Mes a mes iba descubriendo el alcance del escándalo y sus consecuencias en vidas humanas. El médico que le cerró los ojos a Alba no había exagerado lo más mínimo, en Estados Unidos había centenares de casos idénticos, y año tras año el número de muertes no dejaba de aumentar. Siempre por el mismo motivo, pacientes jóvenes y no tan jóvenes se veían incapaces de adquirir su tratamiento, incluidos aquellos que disponían de un seguro médico, por las constantes subidas de precios de los laboratorios.

Cordelia orientó entonces su investigación a la manera en que se comercializaba la insulina y conoció a un comercial de una distribuidora de productos farmacéuticos que estaba descontento con sus condiciones laborales. Consiguió soltarle la lengua tras emborracharlo una noche en la barra de un bar.

Al sexto tequila, descubrió que cuatro compañías se repartían ese jugoso mercado mundial. Solo la insulina representaba un volumen de negocio de 15 millones de dólares diarios para los laboratorios Talovi, o 5,5 mil millones de dólares al año.

Doce meses durante los cuales Cordelia pedaleaba sin fin para ganar lo justo para proseguir sus estudios y sobrevivir en Boston.

El comercial, que desembuchaba sin freno, admitió que los laboratorios pactaban entre sí los precios ante la mirada cómplice de las aseguradoras, los distribuidores y los intermediarios farmacéuticos. Todo el mundo se aprovechaba del sistema. Y él lo sabía de sobra, si confesaba era para aliviar su conciencia. Al día siguiente de aquella velada, que a Cordelia le costó una resaca inolvidable, su investigación dio un giro. Para demostrar que el sistema era corrupto, denunciar los acuerdos ilegales y llevar ante la justicia a los que movían los hilos de dichos tejemanejes, aún tenía que obtener pruebas irrefutables. Algo que estaba lejos de haber conseguido.

Si Cordelia no había vuelto a Madrid una vez concluidos sus estudios era porque había conseguido un puesto de analista de datos en una empresa informática de Londres. Al cabo de dos años, ascendió a ingeniera de redes, consiguiendo así los medios técnicos necesarios para lograr sus fines y hacer justicia. Desde entonces llevaba una vida aparentemente normal, aunque le resultara muy difícil definir el concepto de normalidad en un país donde seis familias se repartían tanta riqueza como todo el resto de la población.

Cada vez que sucumbía al desánimo, abría un cuaderno en el que había pegado una foto recortada de una revista italiana del corazón. En ella se veía al presidente de Talovi, en atuendo veraniego, llevándose el móvil al oído y contemplando enternecido, desde la cubierta superior de su yate, a su mujer y a sus hijos mientras conducían motos de agua en el puerto de Portofino. Junto a esta había pegado una instantánea de Diego y Alba, un selfi que se habían hecho en un banco del parque del Retiro.

*

Tras dos años de investigaciones, de seguimientos y de preparación, Cordelia y Diego aún no habían logrado su tan ansiado propósito: vengar a Alba haciendo pagar a los responsables de su muerte. Esperaban que su ciberataque a la filial del gigante farmacéutico cambiara por fin las tornas.

La semana siguiente a su intrusión en los servidores, aislaron entre miles de correos aquellos que contenían las palabras clave que les interesaban. Al cabo de un mes de trabajo asiduo, al no encontrar nada que les permitiera incriminar a nadie, Diego acabó por sospechar que los acuerdos ilegales se hacían fuera de las redes informáticas. Un callejón sin salida para un pirata informático, algo que reducía a la nada todos sus esfuerzos…, salvo por un golpe de suerte.

En vista de los riesgos que entrañaban, las actividades criminales de los laboratorios solo podían mencionarse en la cúspide de las jerarquías. Los dos hermanos se concentraron entonces en tres ordenadores: el del director general, el del director financiero y el del director comercial.

Aconteció un pequeño milagro: el director financiero, que se había dejado en casa el cargador del móvil, cometió la imprudencia de conectarlo a su portátil. Cuando la conexión apareció en su pantalla, Cordelia sintió la emoción de un butronero que, tras pasar dos meses excavando un túnel, da un último golpe de pico y ve derrumbarse ante él la pared de la cámara que alberga la caja fuerte. Su satisfacción fue tal que no se preguntó siquiera a qué se debía la apertura providencial de esa ventana en su pantalla. Y lo que descubrió superó con mucho sus mayores expectativas: una agenda personal, que para ella tenía más valor que un río de diamantes.

Diego y ella habían pasado tanto tiempo espiando a ese hombre que les parecía conocerlo mejor que a su propia familia. Habían mirado con lupa sus correos y sus citas, no se habían perdido una sola publicación de su esposa en Instagram y FriendsNet, sabían cuándo disfrutaba de una velada entre amigas aprovechando que su marido trabajaba hasta tarde, cuándo se iba la familia de fin de semana a su casa de campo en Kent, por no hablar del filón de información obtenido gracias a la domótica con la que estaba equipada su residencia principal. Videoportero en la puerta de entrada, cámaras en las zonas comunes… En casa de los Sheldon hasta las bombillas estaban conectadas. Diego podía seguirlos de una habitación a otra. Era tan fácil piratear esos sistemas que Cordelia se preguntaba si no sería mejor que esa gente dejara directamente la llave de su casa en la cerradura para facilitar la tarea a los ladrones. Además de una importante cantidad de detalles de la vida privada de Sheldon, la geolocalización de su móvil y el uso de su tarjeta de crédito los informaban en tiempo real de sus desplazamientos. Los dispositivos Alexa se llevaban la palma en cuanto a la información que proporcionaban. El que estaba en uno de los estantes de la cocina le dio a Cordelia una pista clave. Durante el desayuno, la señora Sheldon le preguntó a su marido si pensaba acompañarla a la reunión del colegio de sus hijos el jueves a mediodía. Sheldon se disculpó, tenía una reunión importante ese día con un visitante que venía del extranjero, le era imposible aplazarla. Movida por la curiosidad, Cordelia abrió una ventana con la agenda de Sheldon en su pantalla, dos días después a mediodía no tenía nada apuntado. Estudió la agenda de su móvil y encontró en ella la palabra «Paddington», anotada ese día y a esa hora; la anomalía la intrigó. Consultó las páginas anteriores y constató que la misma palabra, «Paddington», aparecía el primer jueves de cada trimestre, siempre en la agenda del móvil de Sheldon, nunca en la de su ordenador. Extendió su búsqueda a los tres últimos años y vio que la anomalía era sistemática.

Cordelia se conectó a su cuenta segura de correo para compartir sus conclusiones con Diego. Los malhechores de alto copete eran lo bastante prudentes como para no intercambiar ningún mensaje por teléfono y menos aún por correo electrónico. Un día que su padre ironizaba sobre la vacuidad del mundo virtual, en el que le parecía que su hija pasaba demasiado tiempo para su gusto, le había recordado que no subestimara nunca el poder de una conexión humana. Una lección que ella no había olvidado. Conclusión: los directivos de los laboratorios pactaban los precios de la insulina encontrándose en persona.

—Pues si es así, estamos perdidos —se lamentó Diego.

—¡No si los pillamos in fraganti! —contestó Cordelia—. Y puede que tenga una idea; bastante atrevida, pero merece la pena pensarla un poco.

Nada más enviarle ese mensaje a Diego, se abrió otra ventana en su pantalla.

¿Cuál es esa idea atrevida en la que estás pensando?

Cordelia se sintió herida en lo más hondo. Otro miembro del Grupo 9 se había unido a la conversación, pero ¿quién? Ekaterina habría avisado que era ella; Maya habría empezado por saludar; Vitalik, que había aprendido idiomas con manuales para turistas y solía expresarse con errores de sintaxis y un curioso vocabulario, habría escrito: «¿Qué estratagema hay en tu mente?» o algo parecido; Janice, con su estilo florido, habría dicho: «¿A qué estáis jugando?», o más bien: «¿En qué berenjenal os estáis metiendo otra vez?». Una pregunta tan condescendiente solo podía venir de Mateo.

—¿Hace mucho que estás ahí? —le preguntó Cordelia.

—Acabo de conectarme, te andaba buscando.

—¿Estás en tu casa?

—No, estoy de viaje —contestó él.

—Quédate en línea, te voy a mandar una cosa por correo.

En un mensaje cifrado, Cordelia le mandó los elementos más comprometedores del caso. A Mateo le bastó con hojear unas pocas páginas para entender lo que tenía en la cabeza.

—Os desaconsejo por completo que vayáis sobre el terreno sin estar perfectamente preparados. Corréis el riesgo de agitar el hormiguero y de dar al traste con todo lo que habéis conseguido hasta ahora. Si los responsables que están metidos en esto sospechan algo, buscarán el origen de la filtración y revisarán con lupa sus sistemas informáticos. Tus acciones siempre me han inspirado el mayor respeto, así como las de Diego, de hecho, pero actuar detrás de una pantalla y buscar el contacto directo son cosas muy distintas. No subestiméis el poder de las multinacionales, sobre todo cuando se trata de proteger a sus directivos. Pondrán toda la carne en el asador para identificar a quienes buscan atacarlos y no se andarán con miramientos cuando lo hagan.

Cordelia no le contestó enseguida. Salvo cuando operaban juntos, Mateo nunca se había permitido inmiscuirse en sus planes. Lo que más le extrañó fue que le sugiriera renunciar. Esperaba que Diego terciara, pero su hermano no dijo nada.

—¡Ya hemos perdido suficiente tiempo, que se nos unan otros miembros del grupo! —tecleó con vehemencia Cordelia—. Si somos muchos, lo lograremos. El encuentro se celebrará en la estación de Paddington.

—Es una estación inmensa —prosiguió Mateo sin alterarse—, y ¿qué esperas obtener? El objetivo de tu misión es demasiado impreciso para arriesgarnos a reunir...

Cordelia no le dejó terminar la frase.

—¿Denunciar a unos tipos cuya codicia ha acarreado la muerte de miles de personas te parece un objetivo demasiado impreciso? Entonces no tenemos la misma visión del Grupo —se sublevó ella—. ¿Qué propones tú? ¿Que cada cual actúe a su aire para evitar a toda costa que nos pillen?

—No es ni lo que he dicho ni lo que pienso —protestó Mateo.

Mateo y Cordelia tenían razón. Actuar entre muchos aumentaba el riesgo de exponer al Grupo, pero evitar la muerte de otras Albas era la ilustración perfecta de su razón de ser. Mateo conocía a Cordelia y Diego lo suficiente para saber que nada les haría tirar la toalla. Les sugirió que dieran una vuelta por la Internet oscura, la cara oculta de Internet donde, entre otras cosas, los piratas informáticos de toda índole y de todos los países intercambiaban servicios, remunerados en criptomoneda. Quizá encontraran a alguien que ya hubiera pirateado las cámaras de la estación de Paddington. Solo tendrían que negociar el precio con la persona dispuesta a cederles el acceso. En ese tipo de transacción nadie hacía preguntas, pero utilizar líneas de código escritas por otra persona entrañaba el riesgo de que esta aprovechara para piratearte a su vez. Acceder a la red de vigilancia de la estación de Paddington en menos de veinticuatro horas requería asumir ciertos riesgos.

—Cordelia tiene razón —intervino Diego—. Si se nos unen otros miembros del equipo, tendremos más posibilidades de dar con nuestro objetivo. Merece la pena —añadió.

—Pongamos que funcionara; y después ¿qué? —preguntó Mateo.

—Si somos varios, tendremos ojos suficientes para cubrir toda la estación —contestó ella.

—Siempre y cuando puedas controlar las cámaras —insistió Mateo.

—Iré a Paddington, me guiaréis por teléfono y seguiré a Sheldon hasta pillarlo in fraganti.

—¿In fraganti de qué delito? ¿Un intercambio de notitas? No me parece algo muy sólido para sacar a la luz un escándalo.

—¡No es verdad! Si consigo hacer una foto de dos directivos de laboratorios farmacéuticos hablando de incógnito en una estación, cuando son competencia entre sí, tendremos una prueba de su complicidad.

—¿Por qué habrán elegido Paddington? —se preguntó Diego—. En Londres hay mil sitios donde fundirse entre la multitud.

Las pantallas permanecieron mudas, Mateo y Cordelia reflexionaban sobre la pregunta.

—¿Adónde van los trenes que salen de allí? —preguntó Diego.

—¡Ya lo tengo! —tecleó Cordelia—. La cuestión no es adónde van sino de dónde vienen. El Heathrow Express une el aeropuerto y la estación en veinte minutos. Debe de ser que su contacto llega de Estados Unidos. Nada más discreto que un tren para pactar los precios, no hay cámaras en los vagones.

Durante la hora siguiente, los tres amigos elaboraron un plan de acción. Arriesgado según Diego y peligroso a ojos de Mateo, pero ni uno ni otro lograron convencer a Cordelia de que renunciara.

—Por cierto, ¿para qué me buscabas? —le preguntó a Mateo.

—Ekaterina nos va a necesitar en los próximos días, pero ya que vas a pedirle que te ayude, ya te lo contará ella misma.

Era ya tarde esa noche cuando cerraron la comunicación.

En Madrid, Diego salió de su despacho, bajó la escalera de caracol que llevaba al restaurante, cruzó el claroscuro de las cocinas, donde los quemadores seguían parpadeando en los fogones, y oyó el rumor de la sala. Empujó las puertas de vaivén: su equipo estaba reunido alrededor de la barra. Pasó detrás del mostrador, se sirvió una copa de mezcal y se unió a la fiesta.

En Londres, Cordelia dejó el portátil a su lado sobre la almohada y apagó la lamparita de noche. La tormenta rugía, la lluvia azotaba las ventanas, un relámpago iluminó el cielo. Se acurrucó debajo del edredón y trató de poner la mente en blanco.

En Oslo, Mateo observaba la calle desde la ventana de su habitación de hotel. Las luces de la terraza del Café del Teatro se apagaron. Ekaterina estaba demasiado ocupada para pedirle nada. Maya seguía sin dar noticias, lo que lo inquietaba cada vez más. Vaciló un momento, pero al final renunció a avisar a los demás miembros del grupo.

—*Si no era esa, ¿qué clase de operación habría convencido a Mateo para reunir al Grupo?*

—¡Pero si ellos ya estaban trabajando juntos! Solo que aún no lo sabían. Cada miembro tenía el mismo tipo de objetivo en sus ciberataques: la gente que abusaba escandalosamente de su poder...

—*«¿Ellos?»... ¿Para usted era distinto?*

—Debería haber dicho «nosotros». Pero yo fui la primera en entender que nuestras acciones convergían en un mismo punto, así como lo que nos iba a costar llevar a buen puerto el verdadero proyecto que nos unía: aniquilar a la Hidra, un monstruo de varias cabezas.

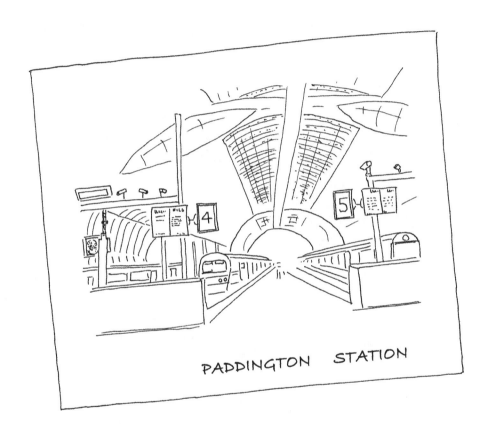

PADDINGTON STATION

8

El segundo día, en Oslo

Ekaterina había dedicado toda la noche a averiguar los secretos del chip que Mateo le había entregado. Lo que descubrió al amanecer arrojó luz sobre las razones que habían llevado al matón de Baron a blandir el arma en plena calle: una conversación aterradora. Eran solo las cuatro de la mañana, pero aun así le envió un mensaje a Mateo para adelantar su cita. Dadas las circunstancias, era imposible esperar hasta la tarde como habían convenido.

Incapaz de acostumbrarse a las noches de verano noruegas, Mateo tenía el sueño ligero. Leyó el mensaje y, tan preocupado como ella por el descubrimiento, cambió el lugar del encuentro, considerando que el centro de la ciudad seguía siendo poco seguro. Propuso Sandvika, Ikea sería el lugar perfecto para no llamar la atención, y Ekaterina podía llegar en autobús. Pero ella no tenía tiempo para entregarse a un juego de pistas, así que le rogó que fuera a su facultad antes del comienzo de sus clases.

Se reunieron a las siete y media en el aparcamiento de la universidad.

*

Ekaterina lo invitó a subir a su viejo Lada. Hacía tiempo que el cuentakilómetros estaba roto pero, quitando ese defecto, el habitáculo, que olía a limpio, y la tapicería de escay, brillante de cera, daban fe del cuidado con que la profesora trataba su coche.

Con las facciones cansadas tras una noche demasiado corta, Mateo aceptó encantado el vaso de café que ella le ofreció.

—¿Qué has encontrado? —le preguntó.

Ekaterina se sacó un dictáfono del bolsillo y lo dejó en el espacio entre los dos asientos.

—Prefiero que lo escuches tú directamente, no me creerías si no. Distinguirás la voz de Vickersen de la de Baron gracias al acento distinto.

Pulsó la tecla *play*. Mateo oyó un chisporroteo y empezó la conversación.

—*Encantado de verlos* —pronunció la voz nasal de Baron.

—*Bienvenidos a nuestro país.* —Esta, más aguda, era la del político que encabezaba el partido nacionalista.

—*¿Están preparados?*

Se oía ruido de loza, una taza que alguien dejaba sobre un platillo.

—*Estamos totalmente preparados, en cuanto pasemos a la acción, no tendrán más que...*

—*¿Está seguro de sus hombres?* —interrumpió Baron en tono insistente.

—*Tengo plena confianza en ellos, no los hemos elegido porque sí. Están tan decididos como nosotros a poner punto final a la situación actual* —afirmaba Vickersen.

—*A mí eso me trae sin cuidado, ¿tienen o no tienen la capacidad para llevar a término una operación como esta?*

Ekaterina invitó a Mateo a inclinarse hacia el dictáfono para que no se perdiera ni una palabra de lo que venía a continuación.

—*Están dispuestos a sacrificarse, ¿le basta eso como garantía?*

—*Si el plan se ejecuta al pie de la letra, no veo razón para llegar*

a ese extremo; antes al contrario, de aquí a cuarenta y ocho horas, sus
hombres serán tratados como héroes.

Baron soltó una risita despectiva.

Un ruidito desagradable le arrancó una mueca a Mateo. Baron tenía la manía de frotarse las mejillas mal afeitadas y cubiertas de eccema. Prosiguió, con voz más imperiosa:

—*¿Y nuestros culpables?*

—*Están en lugar seguro* —contestó Vickersen.

Siguió un silencio. Mateo reconoció el tableteo de un teclado de móvil; el sonido era digital, el de una BlackBerry habría sido mecánico; era, pues, Vickersen el que había desbloqueado su terminal. Se oyó un frufrú de tela. El político se acercaba a Baron y le enseñaba su pantalla.

—*¡Bórrela enseguida, es usted un inconsciente por conservar eso en su móvil!* —se indignó Baron.

—*Solo para sus ojos* —contestó Vickersen con un tono afable que traducía su satisfacción.

—*Deme su teléfono, caballero.*

Una tercera voz con un fuerte acento norteamericano había interrumpido la conversación. El guardaespaldas acababa de entrar en escena. El sonido de la grabación se hizo más sordo, Mateo percibió un chasquido, ruidos de fondo y luego nada. Debía de ser el momento en que Ekaterina había echado a correr; el resto ya lo conocía.

Esta se guardó la grabadora en el bolsillo. Mateo se quedó callado.

—¿De qué hablaban? —preguntó por fin.

Ekaterina cogió su bolso del asiento trasero del Lada y sacó una carpeta que dejó sobre su regazo.

—Si Baron no lo hubiera tildado de inconsciente, nunca lo habría descubierto —dijo ella—. Pero me he imaginado que Vickersen estaba tan seguro de sí mismo que ya no temía mostrarse imprudente. Conecta con frecuencia el móvil al ordenador. He rastreado la IP y es la de su oficina. Te ahorro los detalles, le he dedicado el resto de mi corta noche.

Sacó entonces de la carpeta una foto que había impreso en su casa. En ella salían dos hombres atados a una silla. En sus rostros se veían las marcas de golpes violentos. El color de su piel no dejaba lugar a dudas, no eran colaboradores de Vickersen.

—Estos son los «culpables» de los que hablaba el cabrón de Baron —dijo Ekaterina.

—Culpables ¿de qué? —preguntó Mateo.

—En ese momento de mis averiguaciones, todavía no lo tenía muy claro, así que seguí buscando en su ordenador. Una hora más tarde, descubrí esto —dijo sacando otra hoja de la carpeta.

Le pasó una foto aérea en la que aparecían numerosos edificios, un itinerario trazado con rotulador negro y tres cruces en rojo. Una señalaba una pequeña construcción rematada por un tejado en forma de V invertida, otra marcaba un edificio alargado cuya fachada parecía curva y la tercera indicaba un edificio cuadrado, más modesto.

—¿Sabes a qué corresponde esta foto?

—Puedes ver que es una ampliación, es solo un fragmento de plano, por lo que es difícil de saber. Conozco bien mi ciudad, pero acostumbro a circular por las calles, no por las nubes. Podría tratarse de un barrio periférico, de una zona administrativa… He hecho algunos intentos de superposición con imágenes por satélite disponibles en la red, pero Oslo y su periferia forman un vasto territorio, he dado palos de ciego sin encontrar nada concluyente.

—¿Un banco? ¿Planearán atracarlo para llenar sus arcas?

—¿Cómo podría un atraco convertir a los hombres de Vickersen en héroes en «cuarenta y ocho horas»?

—El crimen perfecto —sugirió Mateo—. Se llevan el dinero y entregan a las autoridades a dos falsos culpables a los que habrán matado a golpes.

—Te estás acercando, pero atracar tres bancos seguidos,

encima en un perímetro tan reducido, es poco probable, incluso para ladrones de primera. Y las vías de acceso que salen en este plano no parecen calles, sino más bien caminos. Por no hablar de que los billetes nuevos son fáciles de rastrear. Nunca tendrían tiempo de blanquear el botín antes de las elecciones, que se celebran dentro de dos semanas. Se trata de una acción mucho más grave.

—¿Qué clase de acción?

—La matanza de Utøya provocó un seísmo en el país y puso en tela de juicio a los movimientos de extrema derecha, que buscan desde entonces reconstruirse una reputación. Imagínate entonces que los dos tipos que salen en la foto, dos hombres de tez oscura, sean responsables de una nueva matanza. Imagínate también que los que los detienen, que se ven obligados a matarlos a golpes, sean simpatizantes de Vickersen, o incluso miembros del partido nacionalista… ¿Quién se lleva el premio gordo? La sangre de las víctimas aumentaría el caudal de votos para los ultranacionalistas.

—¿De verdad crees a Vickersen capaz de llegar tan lejos para ganar las elecciones? —preguntó Mateo.

Ekaterina hizo una pausa antes de proseguir:

—Ahora entiendes por qué el matón de Baron desenfundó el arma. Me pregunto incluso qué le impidió dispararme. Te reconozco que yo tampoco he pegado ojo desde entonces.

—¿Has averiguado dónde y cuándo sería el ataque?

—Me parece que lo que he averiguado ya es bastante —observó ella—. Voy a mandarle todo esto a la brigada antiterrorista.

—¿Enviar qué? —replicó Mateo—. ¿Un esquema en el que no pone nada y la foto de dos tíos con moretones, pretendiendo que el cabecilla de un partido político reconocido, asociado a un alto consejero estadounidense, se dispone a organizar una matanza para ganar las elecciones? ¿Quién nos creería? Como mucho, interrogarían a Vickersen…, y lo soltarían por falta de elementos tangibles. Y, en cuanto salga de la comisaría, pondrá el grito en el cielo diciendo que es un escándalo, que hay un complot político contra él… y acaparará la atención de los medios.

—Si con ello conseguimos que no muera nadie, habrá valido la pena, ¿no?

—Pero solo podemos compartir tus descubrimientos de forma anónima, y no se tomarán en serio unas acusaciones anónimas, eso sin contar con que es probable que Vickersen tenga apoyos en la policía. Como ocurre siempre, la tomarán con quienes lanzan la alerta, en este caso concreto, nosotros. Empecemos por reunir pruebas, averiguando dónde y cuándo actuarán, y luego ya veremos.

—Vale, pensemos entonces. La acción tendrá que ser de noche a la fuerza; a pleno día, los verdaderos culpables no pasarían inadvertidos. Baron ha dicho que los hombres de Vickersen se convertirían en héroes pasadas cuarenta y ocho horas, la conversación es de ayer por la mañana, por lo que la acción será esta misma noche.

—Lo cual nos deja muy poco tiempo para descubrir dónde —concluyó Mateo.

—Llego tarde a clase, es algo raro en mí, mis alumnos estarán preocupados. Termino las clases a las dos. Te he impreso planos de la ciudad y de la periferia, y fotos por satélite; estúdiatelo todo a fondo, yo me pondré a ello en cuanto acabe. Reunámonos de nuevo a las cuatro, o antes si alguno de los dos descubre algo.

Al bajarse del coche, Mateo se despidió de Ekaterina con un abrazo. Un gesto inesperado que la sorprendió pero no le resultó desagradable.

Y, mientras ella echaba a andar hacia el edificio en el que enseñaba, Mateo se dirigió a su moto aparcada cerca.

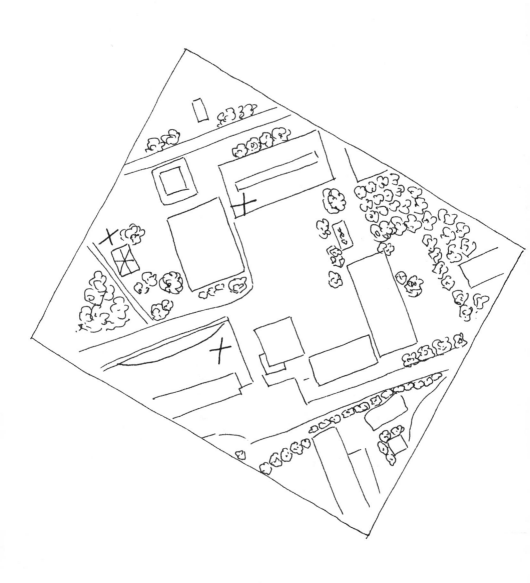

9

El segundo día, en Madrid

La negociación había sido ardua, pero Diego había terminado por ponerse de acuerdo con un Black Hat cuya identidad nunca conocería y que tampoco sabría nunca nada de la suya. El vendedor pertenecía al grupo PT82.

Para demostrar el valor de su mercancía, le había permitido acceder a la red de cámaras de la estación de Paddington. A cambio de los códigos, le exigía veinte mil dólares en criptomoneda, una suma de la que ni él ni su hermana disponían. Diego le propuso entonces alquilarle la conexión a cambio de un importe más razonable, con la promesa de no averiguar su identidad. El Grupo 9 era lo bastante conocido en el mundillo para que bastara con su palabra. Tras una noche de arduas negociaciones, comprador y vendedor se habían puesto de acuerdo: dos horas de conexión a las cámaras de la estación a cambio de mil dólares. Intercambiaron los protocolos informáticos y, una vez transferido el dinero a un monedero electrónico, Diego obtuvo el acceso a una puerta oculta en los ordenadores del puesto de vigilancia de la estación.

—*¿Qué es el grupo PT82?*

—¡Nuestros adversarios! Provienen de La Granja, una gran organización de desinformación financiada por Moscú cuyo objetivo es sembrar discordia en Europa y Estados Unidos.

—*¿Cómo?*

—Empleando a un ejército de trols. El grupo PT82 ha sido identificado en cuatro acciones importantes: una campaña en FriendsNet para promover la secesión de Texas —por absurdo que parezca, se sumó mucha gente—; una cuenta falsa de Black Lives Matter en la que colgaban, de nuevo en FriendsNet, montajes de vídeo con detenciones policiales a la salida de las urnas para aterrorizar a los electores negros norteamericanos y conseguir así que no fueran a votar; una campaña de intoxicación que acusaba a Hillary Clinton de estar en nómina de potencias extranjeras; y una campaña de incitación al odio para cohesionar a los miembros de la derecha dura conservadora haciéndoles creer que las minorías latinas, hispanas, judías y árabes conspiraban para tomar el control del país. En total, quinientas publicaciones con más de trescientos cuarenta millones de visualizaciones.

—*¿Sabía FriendsNet que se utilizaba su red para un ataque tan directo a la democracia?*

—Evidentemente.

—*¿Y no hicieron nada para impedirlo?*

—Al contrario, todo eso les hacía ganar mucho dinero.

—*¿Por qué esa colaboración con PT82 cuando sus objetivos son tan radicalmente opuestos?*

—Quizá le parezca extraño, pero la respuesta a su pregunta radica en una forma de interés mutuo. Los miembros de PT82 pensaban que íbamos a comprometer intereses occidentales, en este caso concreto, los laboratorios farmacéuticos; siendo así, estaban dispuestos, previo pago, a echarnos una mano. Y nosotros teníamos un objetivo a largo plazo; el fin justifica a veces que se crucen líneas rojas, aunque no nos guste.

El segundo día, en Londres y Madrid

El director financiero abandonó las oficinas del laboratorio a las 11:15. Gracias al chivato colocado en su móvil, Diego podía rastrearlo y lo espiaba desde que había salido de su casa por la mañana temprano. Avisó a Cordelia. Ella también abandonó su puesto de trabajo para adentrarse en las profundidades del metro londinense. Salió a la superficie en la estación de Paddington y aguardó bajo el gran reloj. Con su pantalón vaquero, una sudadera fina cuya capucha reposaba sobre sus hombros, unos auriculares en los oídos y un bolso grande sobre el regazo, era una joven cualquiera, similar a tantas otras. A las 11:40 el taxi de Sheldon se acercaba ya a la estación; Diego estaba ante la pantalla de su ordenador en el pequeño despacho de su restaurante. La operación había comenzado, tenía acceso a las cámaras de vigilancia, pero por ahora era el único conectado, ningún otro miembro del grupo había respondido a la llamada.

El mismo día, en Oslo

Mateo estaba de vuelta en su habitación de hotel. Había algo que no entendía: ¿por qué había recurrido Vickersen a los servicios de un consejero americano? No le faltaban hombres entre sus filas dispuestos a organizar acciones violentas, entonces, ¿qué justificaba el viaje de Baron a Oslo? Aun siendo el instigador de lo que parecía un intento de golpe de Estado, ¿por qué exponerse a viajar a Noruega?

Mateo se quedó petrificado. Acababa de formular el motivo. La matanza no era sino el preámbulo de una operación de mayor envergadura, sabiamente orquestada. Sembrar el caos, suscitar el odio, esa era precisamente la tarea en la que se había especializado Baron. Nada más cometer la matanza, el consejero pondría en marcha su aparato de comunicación. Sus tropas se encargarían de inundar las redes sociales con información falsa.

Entre otras actividades, Baron dirigía una revista de extrema derecha que difundía desde hacía varios años teorías conspiratorias entre millones de usuarios de FriendsNet. Y, para ello, disponía de una mano de obra pletórica y gratuita, cientos de adeptos que publicaban diariamente fotografías y reportajes de agresiones, violaciones o atropellos de toda índole, supuestamente cometidos por inmigrantes que nunca deberían haber cruzado las fronteras. Justo después de la matanza, las redes se inundarían de mensajes para denunciar la laxitud del Gobierno ante una invasión galopante, respaldados esta vez con imágenes reales y testimonios de horrores. Todo ello llevaría a exaltar a los simpatizantes de Vickersen que supuestamente habrían detenido a los culpables. Las cadenas de informativos no perderían ocasión de avivar la psicosis difundiendo en bucle las mismas imágenes de espanto. Aterrorizar a la población era la manera más eficaz de dar fuerza a las voces y a los movimientos populistas. Dos semanas más tarde, el partido de Vickersen ganaría las elecciones. Un golpe de Estado encubierto.

Mateo se preguntó si no tenía razón Ekaterina cuando hacía un rato había querido acudir a las autoridades. ¿Por qué no adelantarse a Baron y revelar la conspiración? Para ello bastaría con publicar en Internet la fotografía de dos hombres violentamente golpeados y anunciar que en veinticuatro horas aparecerían muertos, acusados de haber perpetrado una matanza, lo cual, visto su estado, era evidentemente imposible. Eso bastaría para desacreditar seriamente el discurso que Vickersen tenía previsto defender después de la matanza. Por desgracia, también aumentaría la confusión, sin la certeza de que al final el público entendiera lo que se estaba tramando. Y alertaría a Baron, le haría dudar de que la supuesta periodista que había perturbado su conversación matutina en el Café del Teatro solo persiguiera a Vickersen. Si se sentía amenazado, desaparecería, aguardaría a que pasara la tormenta y reanudaría sus tejemanejes en otra parte.

Mateo prefería jugar la carta del largo plazo: destruir la empresa de Baron de una vez por todas, lo cual exigía mostrarse paciente y a la vez encontrar rápidamente la manera de evitar la tragedia que iba a producirse esa misma noche. Volvió a enfrascarse en el estudio de los planos de la ciudad y las fotos aéreas.

Ese mismo día, en Londres

Cordelia apenas podía contener el nerviosismo. Se levantó, dio unos pasos y volvió a sentarse bajo el gran reloj. Desde Madrid, Diego le hablaba a través de los auriculares. La notaba tan nerviosa que eludió confesarle que él era su único respaldo.

—Relájate, vas a terminar por llamar la atención, respiras tan fuerte que te oigo como si estuvieras aquí a mi lado.

—¡Hago lo que puedo! Ya me gustaría verte a ti en mi lugar.

—He encontrado una información apasionante sobre la estación. La reina Victoria fue el primer monarca regente que viajó en tren, y lo tomó en Paddington, en 1842. Le gustó tanto ese viaje que adoptó definitivamente el ferrocarril como medio de transporte para ir a su castillo de Windsor.

—Mira, Diego, te quiero mucho, pero no me aburras con Wikipedia, estoy intentando concentrarme, avísame cuando alguno de vosotros vea a Sheldon.

—No te preocupes, ya va de camino. Mira, otro dato fascinante y que tiene que ver con uno de tus grupos favoritos. Me diste tanto la vara con Supertramp de adolescentes… Pues que sepas que el fondo sonoro de la canción *Rudy* se grabó en Paddington; acuérdate, detrás de la música se oye una voz que anuncia que el tren de las 19:45 con destino a Bristol saldrá por la vía dos, con paradas en Reading, Didcot, Swindon…

—¡Que te calles ya! —protestó Cordelia.

Estaba claro que su hermano no pensaba callarse, pues lo oyó tararear:

Rudy's on a train to nowhere, halfway down the line
He don't want to get there, but he needs time
He ain't sophisticated, nor well educated
After all the hours he wasted, still he needs time…

Se le escapó una media sonrisa y acabó por cantar con él el resto del estribillo:

He needs time, he needs time for living.

Pero Diego dejó de cantar de pronto.

—¿Qué pasa? —preguntó Cordelia.

—Empieza el juego. Según el GPS, su taxi está en Eastbourne Terrace, entrará por el acceso lateral. Ya está, lo veo en la primera pantalla: gabardina, gorra marrón, maletín de cuero en la mano. Está entrando en la galería comercial, no te muevas, va directo hacia ti.

—¿Él solo? —preguntó Cordelia.

—Más solo que la una, lo tendrás en tu punto de mira dentro de, espera… Ha dado media vuelta.

—¿Qué quieres decir?

—¿No entiendes lo que significa dar media vuelta?

—Es imposible que me haya visto, no me he movido siquiera.

—¡Cálmate! —suspiró Diego—. Solo va al aseo.

Cordelia soltó un taco en su lengua materna. No se le había ocurrido que el intercambio de información pudiera ocurrir en otro lugar desprovisto, naturalmente, de cámaras: ¡los aseos! Se levantó.

—¿Qué haces? —se inquietó Diego—. ¿No pretenderás seguirlo al aseo de caballeros?

Cordelia examinó el escaparate de la tienda Burberry, miró un impermeable, podría esconder la melena bajo la capucha y hacerse pasar por un hombre, pero renunció a la idea, no le daba tiempo. Se acercó. Esperaba sorprender a los dos hombres cuando salieran. Aunque no los sacara juntos, una foto de uno y luego del otro sería elocuente. No podía ser una simple casualidad que los directivos de dos laboratorios rivales se encontraran en el mismo momento en los aseos de una estación, a miles de kilómetros del lugar de trabajo de uno de ellos.

—¿Tienes a la vista la puerta?

—En un mundo civilizado, podría aspirarse a cierto respeto de la vida privada. Te veo con tanta claridad como si estuvieras en la tele, me encanta mirarte, de hecho —dijo Diego divertido.

—Estate atento, Diego —le suplicó Cordelia—. Y apáñatelas para grabar a todos los que salgan del aseo.

Cordelia había dedicado tanto tiempo y tantos esfuerzos a atrapar algún día a un tipo como Sheldon que no podía contentarse con probabilidades ni con una grabación de mala calidad ni, menos todavía, con un fracaso. Cogió el móvil con una mano y llevó la otra a la puerta de los aseos.

—¡Cordelia! —exclamó Diego—. No hagas eso.

—Aprovecho el efecto sorpresa, saco una foto y salgo pitando.

—¡Lo vas a mandar todo al traste! Hay un banco a tu derecha, ve a sentarte, finge consultar el móvil y ten paciencia.

Por el auricular, Cordelia oyó la canción de Supertramp, esta vez interpretada por el grupo.

—Estás pero que muy loco, Diego.

Paró la música. Sheldon acababa de reaparecer en la pantalla, abrochándose el botón de la chaqueta justo cuando pasaba delante de Cordelia.

—Es el momento de la verdad —susurró Diego—, o bien sale de la estación, o bien… Bingo, se dirige a los andenes. Tenía razón yo, había ido a…

—Vale, que sí, ya lo he pillado. Lo sigo a distancia y tú no lo pierdas de vista.

—Salen dos trenes para Heathrow, el primero dentro de cinco minutos, el siguiente, un cuarto de hora después, espero que tome ese.

—¿Por qué? —preguntó Cordelia, apretando el paso.

—Porque aún no has comprado billete.

Cordelia temía perder a Sheldon entre la multitud. Debía mantener una distancia suficiente para no perderlo de vista pero evitar a la vez que la descubriera.

—¡Vigílalo! —le dijo a Diego precipitándose hacia un terminal de venta de billetes.

Rebuscó en sus bolsillos hasta encontrar la tarjeta de crédito, compró uno de ida y vuelta y volvió deprisa al vestíbulo de la estación.

—¡Lo tienes a cien metros por delante de ti! —gritó Diego—, vía 13, a la izquierda, el tren sale dentro de noventa segundos.

Cordelia corrió hacia el andén, se oyó un timbre, las puertas se cerraron, ella saltó al estribo del primer vagón y logró meterse en el tren justo cuando arrancaba.

—Has desaparecido de mis pantallas, hermanita. Ahora ya solo cuentas con tus propios ojos.

—Tú sigue hablándome al oído. Pero ¿dónde están los demás? —masculló Cordelia, avanzando hacia el siguiente vagón.

—Es mejor que te guíe una sola voz, concéntrate en lo que tienes que hacer.

Cordelia recorrió el convoy casi vacío. Una veintena de pasajeros ocupaba los tres coches por los que ya había pasado. El

Heathrow Express avanzaba a toda velocidad, por las ventanillas desfilaba un paisaje de arrabal, Londres quedaba ya lejos. Cordelia pasó a otro vagón, contempló la moqueta y los asientos de color morado; era difícil tener peor gusto, pensó.

Coche 4, seguía sin ver a Sheldon. Un revisor con el que se cruzó por el camino le indicó que la clase *business executive* estaba dos vagones por delante. ¿Cómo no se le había ocurrido al sacar el billete? *Executive,* un término que le iba como un guante a Sheldon, era la clase de hombre que se negaría a viajar en clase turista, incluso para un trayecto de quince minutos. Aceleró el paso y encontró al director financiero sentado en el coche 6. La moqueta crema y los asientos marrones justificaban sin duda el precio del billete.

Sheldon estaba solo, había dejado el maletín sobre el asiento contiguo al suyo. A Cordelia le asaltaron las dudas.

—¿Dónde está su contacto? —se inquietó en voz alta.

Quedaban como máximo diez minutos para que el Heathrow Express llegara a su destino.

—Dos posibilidades —sugirió Diego—: el encuentro tiene lugar en la terminal, lo que contradice tu teoría de las cámaras; o, lo que sería más lógico, durante el trayecto de vuelta. ¿A qué hora volverán a Londres? Espero que no tengas que esperar demasiado.

—¿Puedes consultar los horarios de los vuelos procedentes de Estados Unidos?

—¿Puedes ser más precisa?

—Si la memoria no me falla, los laboratorios Rova están en Pennsylvania, y la sede de Gibartis, en Nueva York, pero los dos laboratorios más importantes que venden insulina están en Nueva Jersey y en Indiana.

Oyó a Diego teclear.

—El vuelo de Filadelfia aterrizó esta mañana a las diez, el de Newark tomará tierra dentro de media hora, otro de JFK una hora más tarde, y no veo ningún vuelo procedente de Indianápolis. De todas formas, los pasajeros salen todos por la misma puerta, en la terminal 3.

—Sheldon no se expondrá a recibir a su contacto en la puerta.

—No sé qué decirte —contestó Diego—, esta gente se siente tan invulnerable...

—No tanto como crees, si no ¿por qué se tomarían tantas molestias en ocultar sus maniobras?

Cordelia prefirió pasar al vagón siguiente antes de que el revisor le reclamara el billete. Era mejor no llamar la atención teniendo que pagar una multa.

El Heathrow Express aminoró por fin la velocidad al entrar en la estación subterránea del aeropuerto. El tren se detuvo primero en las terminales 3 y 4. Sheldon se apeó.

Cordelia lo siguió al andén y entró en el mismo ascensor que él, con cuidado de colocarse a su espalda. En cuanto las puertas de la cabina se abrieron, salió y lo precedió por el largo pasillo que llevaba a la terminal 3, aflojando el paso para que la adelantara.

Sheldon se detuvo en mitad de la galería comercial, consultó su reloj y se instaló en la barra de una cafetería situada en el centro de la terminal.

El suelo de mármol resplandecía a la luz de junio que entraba por las grandes cristaleras. Cuánto lujo en un edificio cuya construcción debía de haber costado miles de millones. Entre ese sitio, un mero lugar de paso, y el centro de Londres, se extendían arrabales que se pauperizaban por falta de medios para mantenerlos, barrios periféricos que un tren exprés cruzaba a toda velocidad para que nadie pudiera verlos. Cordelia consultó sin mucho interés un menú que había en una de las mesas que rodeaban la barra a la que estaba instalado Sheldon. Caviar, salmón ahumado, los precios estaban muy por encima de sus posibilidades. Se demoró un momento en un quiosco de prensa, fingió contemplar el escaparate de una tienda de ropa, sin perder de vista a su objetivo, que almorzaba tranquilamente. Estaba convencida de que el encuentro se produciría en esa cafetería. Diego tenía razón, su sentimiento de impunidad era tal que les traían sin cuidado las cámaras.

Cordelia se apoyó en una columna. Era un puesto de observación ideal, situado entre Sheldon y el lugar por el que salían los pasajeros.

Se abrieron las puertas del control de aduanas. Un joven agitó un ramo de flores, unos conductores blandieron sus pancartas, una madre se precipitó hacia su hija, que la esperaba subida a hombros de su padre. Y, en medio de todo ese jaleo, apareció un hombre que avanzaba con paso firme sin buscar ningún rostro.

De cabello corto y bigote, vestía un traje elegante y no llevaba más equipaje que un maletín. Cordelia se desplazó a la vez que él, apañándoselas para mantenerse a su altura, bordeando los escaparates de las tiendas, mientras el hombre se dirigía a la cafetería. Sheldon había dejado el maletín sobre la silla que estaba a su derecha, no había ninguna otra libre. El hombre del bigote estaba ya a pocos metros. Sheldon se levantó e hizo un discreto gesto de cabeza. Cordelia siguió su mirada y vio otra barra, situada frente a la cristalera que dominaba las pistas. Comprendió la razón de esa elección: durante el encuentro estarían de espaldas a la sala, sería imposible fotografiarlos. Cordelia se negaba a fracasar cuando estaba tan cerca de lograr su objetivo, y tampoco estaba dispuesta a defraudar a Diego, aunque sabía que su hermano nunca se lo reprocharía. Sheldon se había apartado de la barra para abrocharse la chaqueta y apretarse el nudo de la corbata antes de reunirse con su contacto. Cordelia no apartaba los ojos de él.

Sin saber qué instinto la empujaba, avanzó, pasó detrás de él, cogió el asa del maletín de cuero y se alejó con una sangre fría extraordinaria.

Miró fijamente la salida de la terminal —le quedaban sesenta metros que recorrer—, se pegó el maletín al vientre y siguió avanzando, sin apresurarse. Cincuenta metros, percibía la agitación a su espalda. Cuarenta metros, oyó a Sheldon gritar ¡al ladrón! Treinta metros, tres policías se precipitaron hacia ella. Veinte metros, se cruzaron con ella y la adelantaron. Diez metros.

—¿Qué gritos son esos? —preguntó su hermano, preocupado.

—Ahora no —susurró ella.

Había llegado a la acera. Una mujer bajó de un taxi, Cordelia aprovechó para meterse ella. El conductor se volvió y se disculpó, estaba prohibido recoger clientes ahí. Con amabilidad, le indicó la parada de taxis, al otro extremo de la calle. Cordelia improvisó, le dijo que estaba embarazada y que no se sentía bien, debía llegar a la consulta de su médico, en Canary Wharf, lo antes posible. El taxista la observó. No parecía tener mucha tripa, pero desde luego no le vio buena cara, tenía la frente bañada en sudor y la tez muy pálida. «De acuerdo», suspiró. Le rogó que se instalara lo más cómodamente posible, que se abrochara el cinturón y que no diera a luz en su coche. El taxi arrancó, Cordelia miró por la luna trasera, unos policías habían invadido la acera. Pero, conforme la terminal se alejaba de su vista, la jauría se iba haciendo más pequeña.

Ciento cincuenta libras esterlinas para llegar a Londres: el precio de su huida. No había tráfico, una suerte, dijo el taxista para tranquilizarla. De vez en cuando la miraba por el retrovisor. Un tipo simpático. Desde que habían salido a la autopista, le preguntaba regularmente si todo iba bien y le hacía preguntas para animarla: «¿Niño o niña?»; «¿Ya está decidido el nombre?»; «¿Y a qué se dedica el padre?». A Cordelia no le gustaba mentir pero se le daba bien, se prestó sin mucho desagrado a ese numerito de improvisación. Estaba ya de cinco meses pero no se le notaba nada, se lamentó, el médico decía que era por su constitución. Una niña, añadió, Carmen, en recuerdo de su abuela, a la que tanto quería. «Un detalle que la conmoverá desde el cielo —aseguró el taxista— y que le dará suerte a la niña».

Cordelia siempre había creído en la suerte. Si algún día tenía una niña, le debería unas cuantas explicaciones sobre la elección de su nombre.

—¿O sea que tu constitución explica que no tengas tripa? Pero qué cara más dura tienes —susurró Diego—. ¿Me vas a contar lo que ha pasado? —añadió.

—Todo va bien —murmuró ella.

—Pues claro que todo va bien —contestó el taxista.

En sus veinte años en el oficio, siempre había llevado a todos sus clientes a buen puerto. Diez minutos más y llegarían a su destino.

Cordelia se disculpó, tenía que hacer una llamada, y apagó el interfono que permitía comunicarse con el conductor.

—Antes no podía hablar —le explicó a su hermano—. Sheldon conocía el terreno mejor que yo; no podía fotografiarlos... Pero he conseguido salirme con la mía.

—¿Qué has hecho?

—Le he robado el maletín a Sheldon.

Diego se quedó sin habla. Cuando la recuperó, le preguntó a su hermana si se había vuelto loca. Sheldon denunciaría el robo, la policía examinaría las grabaciones de las cámaras de vigilancia de la terminal. Tardarían unas horas, un día como máximo, en identificarla.

—Eres un encanto —suspiró—, entonces he hecho bien en ponerme esta horrible sudadera con capucha... ¡¿Por quién me tomas?!

Cordelia miró por fin el contenido del maletín: dos sobres, uno grande y uno pequeño, que abrió primero.

—¿Qué has encontrado? —le preguntó Diego.

Cordelia no contestó pero, al contar cincuenta mil libras esterlinas en billetes grandes, adivinó que Sheldon no acudiría a la policía. Para ocultar sus maniobras, los responsables eran aún más cautos de lo que había supuesto Diego. No solo no intercambiaban correos, sino que también se abstenían de encontrarse. Sheldon no se había citado con un directivo como él, sino solo con un mensajero, muy bien remunerado para transmitir información. Había robado el maletín por un impulso repentino, porque no conseguía encontrar un ángulo desde el que sacar una foto, y sonrió al pensarlo pues, de haberla sacado, no habría servido para demostrar nada. Sheldon no se ocultaba de las cámaras, le traían sin cuidado. Nadie habría podido vincular a su contacto con ningún laboratorio rival.

Pero ¿cuál de los dos hombres se disponía a entregar al otro documentos tan comprometedores que no podían entregarse en persona y por avión? La respuesta debía de estar en el segundo sobre… ¡o no!

Cordelia lo abrió, muy nerviosa.

Al hojear su contenido, su sonrisa se amplió.

—Bueno, ¿qué hay en ese maletín? —se impacientó Diego.

—Dos o tres cosas que tengo que examinar, no te preocupes, te llamo a última hora de la tarde —le prometió cuando el taxi aparcaba delante de Canary Wharf.

Y colgó.

Cordelia le entregó dos billetes de cien libras al taxista y rechazó la vuelta.

Esperó a que el taxi se hubiera alejado antes de entrar en el metro.

La línea Jubilee iba directa hasta West Hampstead. Desde allí podría llegar andando a su casa, en Camden.

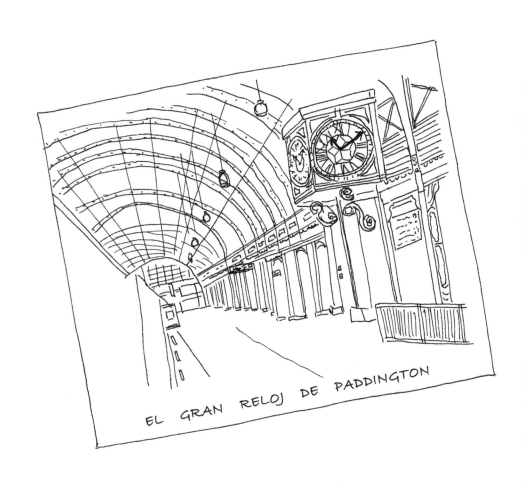

EL GRAN RELOJ DE PADDINGTON

10

El segundo día, en Oslo

Sin interrumpir su exposición, Ekaterina echó una ojeada al reloj de pared del aula. Quedaba un cuarto de hora para el final de la clase. Una clase que podía recitar de memoria, pero ese día no tenía ganas de enseñar. Había pensado en poner a trabajar a sus alumnos, repartirles una copia del esquema y pedirles que identificaran el lugar al que correspondía. Pero, para ello, habría tenido que explicarles por qué les asignaba esa tarea en lugar de impartirles la clase que esperaban. Además, se habría expuesto a revelar sus actividades paralelas. La aguja grande saltó de menos cuarto a menos diez, el viejo reloj avanzaba a saltos de cinco minutos. De pronto, Ekaterina calló. Dejó transcurrir el tiempo suficiente para que los alumnos se extrañaran de su silencio. Siguió un momento incómodo, que se tradujo primero en un intercambio de miradas, seguido de un murmullo, interrumpido por una joven sentada en la primera fila que preguntó con voz traviesa:

—¿Se encuentra bien?

Ekaterina inspiró hondo y, por primera vez en su carrera, dejó a un lado la lección para interpelar a sus alumnos.

—Ayer —empezó—, ante una asamblea diez veces más numerosa que esta, el presidente de Estados Unidos se dirigió a los estudiantes. Sí —suspiró—, en nuestros días los políticos vienen a hacer campaña hasta en las universidades. Después de todo, ¿por qué no? El dirigente de la mayor nación del mundo libre expuso su programa: levantar un muro de hormigón y de acero en la frontera con México, en lugar de construir escuelas y hospitales; prohibir el aborto; y devolver a sus países a los solicitantes de asilo —criminales, según él—. Desdeñando a la ciencia, se burló del calentamiento global. El presidente concluyó su exuberante diatriba con un precepto: «América primero», un pensamiento profundo que puede resumirse como sigue: despreciar la suerte de los demás y del planeta para no pensar más que en uno mismo. Lo más increíble no son las barbaridades que profirió, sino el hecho de que los estudiantes lo aclamaran y se precipitaran a que les firmara un autógrafo un hombre que se jacta de poder abatir a un viandante a plena luz del día en la Quinta Avenida sin que su popularidad se vea afectada. Este presidente ha sido condenado por la Cámara de Representantes por un delito de abuso de poder y corrupción. Lo que me interesa hoy, puesto que se dirigía a jóvenes de una edad similar a la de la brillante asamblea a la que me dirijo yo ahora mismo, es comprender lo que puede llevar a unas mentes, vírgenes aún de toda lucha, a adherirse a esa falta de humanidad. En otras palabras, ¿cómo ha podido el odio arrasar ya a esa juventud?

Ekaterina observó a sus alumnos para ver quién era el primero en aventurarse a responderle.

La joven que se había extrañado del silencio prolongado de su profesora se levantó y sugirió:

—¿Por patriotismo?

—No —contestó Ekaterina con firmeza—. El patriotismo es el amor a la patria; el odio a las demás naciones es nacionalismo.

—¿Por adoctrinamiento? —propuso un alumno sentado en la tercera fila.

—El adoctrinamiento es una consecuencia, no una causa. Pero podríamos formular el problema de otra manera: ¿por qué esos estudiantes se adhieren a la doctrina que se les propone cuando esta desafía los valores humanos más elementales?

Una tercera alumna se levantó, miró de arriba abajo a los presentes y anunció fríamente:

—La respuesta es simple: por una necesidad de pertenencia. Solos, nos sentimos débiles y vulnerables, el grupo nos da fuerza y razón de ser.

Ekaterina le pidió que fuera más precisa.

—La horda —contestó su vecino—. Esos estudiantes formaban una horda, vociferante y aterradora para cualquiera que hubiera querido sustraerse a ella. Para existir, la horda ha de tener un enemigo al que convertirá en su presa. Los nazis designaron a los judíos, mediante una buena dosis de propaganda y de desinformación, como responsables de todos los males de Alemania y cohesionaron así al pueblo, alimentándolo con odio. El presidente estadounidense recurre a esos mismos métodos, cohesionando a los olvidados, a los extremistas, a los fundamentalistas religiosos, a los oligarcas, a todos los que se benefician de sus favores.

Al dar las doce, el reloj interrumpió al alumno. Ekaterina recogió sus papeles, la clase había terminado. La asamblea se dispersó en un barullo que la dejó pensativa. ¿Cuántos de sus alumnos respaldarían las ideas de las corrientes populistas que no dejaban de crecer, cuántos de ellos se disponían a integrarse en ellas para sentirse unidos y fuertes en sus movimientos de odio?

Al salir del aula, Ekaterina fue a sentarse a la sombra, en los escalones de la fuente. Dedicó su pausa para almorzar a tratar de averiguar dónde tendría lugar el ataque y cómo impedirlo. Cada curso, inauguraba sus clases insistiendo en el papel del método en todo proceso de aprendizaje.

Aplicando ese principio a sus propias reflexiones, comparó el esquema robado del móvil de Vickersen con los planos aéreos de la ciudad que había cuadriculado metódicamente, sin éxito hasta entonces.

Vio a dos de sus alumnos salir de la cafetería. Magnus y Andrea eran inseparables, nadie alcanzaba a saber si eran pareja o solo amigos. La saludaron y siguieron andando hacia la biblioteca. Tras un segundo de vacilación, Ekaterina se llevó dos dedos a la boca para emitir un silbido, lo bastante fuerte para que se volvieran, extrañados, y comprendieran que los invitaba a reunirse con ella.

Les indicó con un gesto que se sentaran a su lado en los escalones de la fuente.

—¿Por qué nos ha contado todo eso hace un rato? —preguntó Magnus.

—Pues no sé —mintió Ekaterina—. ¿Os ha chocado?

—Sí, y creo que ha hecho bien. ¿Cuál era la respuesta acertada? —preguntó Andrea.

—Hmm —masculló Ekaterina, que tenía otras preocupaciones en la cabeza—. La comparación con el adoctrinamiento de los nazis era tentadora, pero no pertinente. El presidente de Estados Unidos no ha llegado aún a ese punto. Se ha erigido en héroe de su propia dramaturgia y ha convertido la vida política estadounidense en una especie de ficción de la que él es la estrella. Aviva las frustraciones y las transforma en indignación, para hacer uso de ella. Parte de la población se siente ya libre de todo tabú moral y lo idolatra por ello. Pero, si bien su narcisismo y su falta total de empatía lo fortalecen dentro de sus fronteras, el papel de Estados Unidos en el mundo se ha debilitado.

Y, antes de que Andrea o Magnus le hicieran otra pregunta —el que no arriesga no gana—, les alargó las fotos.

—¿Os dice algo esto?

Los dos estudiantes se inclinaron sobre la hoja.

—Tranquilos, no es una prueba, solo os pido una ayudita —precisó Ekaterina.

Magnus cambió una mirada cómplice con Andrea y levantó la cabeza, divertido.

—No digas nada, Andrea, estoy seguro de que es una prueba.

—Que no —protestó Ekaterina—, os lo aseguro.

—Pues, a ver, la imagen no es muy buena —contestó Andrea—, pero la curva de este edificio recuerda a la forma curva de la fachada de nuestra biblioteca, y el cuadradito del tejado puntiagudo podría ser la sede del parlamento de los estudiantes —al menos, la posición es la misma.

—Y el rectángulo de la derecha tiene que ser el Bunnpriss, nuestro centro comercial —concluyó Magnus satisfecho—. Bueno, ¿qué, dónde está la trampa?

Ekaterina se levantó y miró a su alrededor. ¿Cómo podía haber estado tan ciega sobre la personalidad de su adversario, su amargura y su rencor, cómo no había entendido antes que esa universidad en la que había estudiado era el templo de una diversidad que siempre había odiado? Sin embargo, habían disfrutado de la misma docencia, frecuentado las mismas aulas, un detalle que Ekaterina se había cuidado de no compartir con Mateo. Si este se hubiera enterado de que había coincidido con Vickersen durante sus estudios, que se habían enfrentado en ásperas discusiones en el parlamento de los estudiantes, su paranoia se habría multiplicado. Vickersen había preparado su ataque con un método implacable. Los tres edificios señalados por una cruz en el esquema tenían en común que eran frecuentados hasta altas horas de la noche. Las avenidas que los unían quedaban casi desiertas después de las diez, lo que permitía a los asesinos introducirse en el lugar sin ser vistos y moverse rápidamente de un sitio a otro para perpetrar su matanza. Y, ya fuera en la sala de lectura de la biblioteca, en el parlamento de los estudiantes o en el centro comercial del campus, los asaltantes perpetrarían una auténtica carnicería. Pero el método de Vickersen no acababa ahí. Al tener como objetivo la juventud, la acción provocaría una onda de choque sin precedentes en el país, uniendo corrientes de pensamiento normalmente opuestas.

Un seísmo que provocaría un auténtico tsunami de imágenes, testimonios de horror en Internet, en la primera plana de los periódicos y en las pantallas de televisión. En un primer momento, los ciudadanos de todas las edades se quedarían anonadados, para acto seguido sublevarse. ¿Quién se atrevería entonces a alertar contra las alianzas de ideologías contrarias, a defender a la comunidad de supuestos asaltantes —inmigrantes, clandestinos— a los que los valerosos adeptos de Vickersen habrían detenido en su locura asesina?

Ekaterina sentía mucha rabia porque Vickersen hubiera elegido a sus alumnos como blanco de su ataque. Aunque era una joven docente (se le hacía raro que la llamaran «señora»), no por ello se sentía menos responsable del porvenir de sus alumnos. Y, ahora, con más razón. A Magnus y a Andrea les sorprendió su expresión enfadada, casi asustada. Ekaterina se recobró cuando Magnus le hizo una pregunta y pugnó por recuperar la calma.

—¿Qué significa este esquema?

—Me pregunto si no estará preparándonos la administración una de sus típicas jugarretas —improvisó.

—¿De qué tipo? —intervino Andrea.

—Reducir la biblioteca para crear nuevas aulas o confiscar el edificio del parlamento de los estudiantes para trasladarlo fuera del campus. Pero es demasiado pronto para sacar conclusiones definitivas, este documento no debería haber caído en mis manos. Os prometo que os mantendré informados; mientras tanto, cuento con vuestra absoluta discreción. Y esto sí que es una prueba…, de la que dependerán vuestros resultados de fin de curso. ¿Está claro?

Los dos alumnos asintieron, tomándose muy en serio las palabras de su profesora. Ekaterina se avergonzaba de haber tenido que recurrir a esa amenaza, pero las circunstancias así lo exigían. Recogió sus cosas, dijo que tenía prisa, les agradeció su ayuda y corrió al aparcamiento.

Sentada en su coche, llamó a Mateo, rezando por que contestara al teléfono.

—Aún no he descubierto nada —le confesó este.

—Yo sí, no tienes idea del alcance de lo que traman. Nos vemos al pie de mi casa dentro de diez minutos.

Colgó y soltó un grito de rabia golpeando el volante. Un conductor, que se había detenido a su altura en un semáforo, se la quedó mirando estupefacto y levantó el pulgar para preguntarle si estaba bien. Ekaterina le contestó con un corte de mangas y arrancó a toda velocidad.

Su móvil sonó desde el asiento de al lado. Con una rápida ojeada comprobó que la llamada venía de un número oculto.

—¿Qué quieres? —preguntó.

—Tu dirección —contestó Mateo con voz tranquila.

Ekaterina se la dio y se pasó dos semáforos en ámbar, esquivando de milagro a un ciclista después de un adelantamiento arriesgado. Levantó el pie del acelerador: no era el momento de que la detuviera la policía.

En cuanto llegara a su casa, se centraría en el ordenador de Vickersen y sus colaboradores y encontraría seguro alguna prueba concluyente. Siempre que trabajara con método, pensó. Para empezar, debía hacer inventario de las direcciones de todos los destinatarios de los correos intercambiados en las últimas semanas, descifrar los mensajes e identificar a los miembros de la célula terrorista. Cogió el móvil y volvió a llamar a Mateo.

—¿Estás ya cerca?

—Voy tan rápido como puedo sin matarme en la moto.

—Vickersen es el cerebro, pero no actúa solo. Hay que ir a por sus guardaespaldas, averiguar quiénes son sus lugartenientes e identificar a los tipos que van a cometer el atentado. Buscar también quién les ha procurado armas. Entre las transferencias de fondos y las entregas materiales, es imposible que no hayan dejado rastros.

—¿Y los dos tíos de la foto? No creo que Vickersen los tenga de rehenes en su casa. Espero que estén aún con vida, ellos son los primeros a los que tendríamos que encontrar, ¿no crees? La gente no desaparece así como así. Sus familias los deben de estar buscando, y si consiguiéramos saber quiénes son...

—No hay tiempo. Vickersen no los ha elegido al azar. Seguramente serán clandestinos, por lo que no es nada probable que algún allegado vaya a comisaría a emitir un aviso de búsqueda. Pero igual un correo o un mensaje nos da pistas sobre el lugar donde los tienen encerrados.

—Vale, llego en unos minutos.

Mateo cortó la comunicación. Ekaterina miraba fijamente la carretera, el miedo le atenazaba el estómago. Había tantas pistas posibles y les quedaba tan poco tiempo antes de que llegara la noche...

$$\backsim$$

—*Si tan preocupada estaba, ¿por qué no acudió directamente a la policía?*

—Como último recurso, Ekaterina estaba decidida a avisar a la seguridad del campus, aunque ello supusiera que la descubrieran. Para ella, salvar vidas justificaba sacrificarse y confesar que, detrás de la profesora, se ocultaba una pirata informática buscada por varios gobiernos y servicios secretos extranjeros. Y si los policías ponían en duda su palabra, si un esquema y una foto no bastaban para convencerlos, estaba dispuesta incluso a contarles algunas de sus hazañas. Las que había hecho ella sola, pues nunca se habría atrevido a poner en peligro a otros miembros del Grupo.

—*¿Qué hazañas?*

—El ciberataque al Deutsche Bank, por ejemplo. Reveló una impresionante operación de corrupción y blanqueo... Pero, como el escándalo era ya de dominio público, descartó la idea, pues le habría resultado difícil demostrar que era ella el origen de las filtraciones. Entonces pensó en revelar otro escándalo que aún era confidencial, fruto de un ciberataque a los servidores de una empresa minera: unos altos funcionarios brasileños habían cobrado sobornos para autorizar la arriesgada construcción de una presa que se rompió el año pasado y costó la vida a doscientos habitantes de la aldea de Brumadinho. Pero, en ese momento de la historia, todavía esperaba poder proteger su anonimato encontrando otra manera de impedir que Vickersen lograra su propósito.

〰

Ekaterina dejó el coche en el aparcamiento, cogió su cartera y salió. Mateo la esperaba al pie de su edificio.

—Vas a notar mucha diferencia con tu gran hotel —le dijo entrando en el portal—. Y eso que tienes suerte, hoy funciona el ascensor.

El rancio olor que subía por el hueco de la escalera, las baldosas medio rotas del vestíbulo y las puertas de la cabina con raspaduras reavivaron en Mateo el recuerdo de sus años de juventud tras su llegada a la periferia de Milán.

Ekaterina pulsó el botón del piso catorce.

—Bueno, el ático, no está mal —recalcó él con voz burlona.

—Búrlate todo lo que quieras, me da igual. Tengo buenas vistas, me gusta. ¿Cómo es tu casa?

—Está lejos, muy lejos, enterrada en mis recuerdos —contestó él lacónico.

Se instaló un silencio entre ellos. Ekaterina se colocó frente a la puerta. Mateo aprovechó para observarla de espaldas; le encontraba un porte elegante.

—El objetivo de Vickersen es mi universidad —soltó al llegar a su planta.

Abrió la puerta de su estudio y le hizo pasar.

—¿Cómo lo sabes?

—La imagen corresponde a tres edificios del campus. He comprendido todo el alcance de su proyecto, diabólico y trágico. Y solo tenemos unas pocas horas para impedirlo.

Mateo sacó el ordenador de su bolsa. Ekaterina le dio la contraseña de su red segura y se pusieron manos a la obra.

Durante las dos horas siguientes, peinaron los discos duros de Vickersen, consiguieron colarse en los ordenadores de dos de sus colaboradores y accedieron a las cámaras de vigilancia de su apartamento, que hacía las veces de cuartel general del Partido de la Nación, pero no encontraron nada concluyente aparte de la fotografía de los dos hombres golpeados, que Ekaterina ya tenía.

Apartó la silla y fue hasta la ventana. El verano era tan bello…

—Lo que buscamos debe de estar protegido por un cortafuegos muy sólido. Nunca lo conseguiremos a tiempo —concluyó.

Mateo seguía extrañamente tranquilo, lo cual la irritaba… y la reconfortaba a la vez.

—Vamos a pedir ayuda a los demás —propuso.

—No cuentes con Diego ni con Cordelia, están ocupados.

—¿Ocupados en qué? ¿Qué hay más importante que esto? Una vez más, pareces saber mucho sobre cada uno de nosotros —añadió con amargura.

—Para ya con tus indirectas, me han contactado esta mañana, son ellos los que nos necesitaban a nosotros.

—¿Por qué no me lo has comentado?

—¿Cuándo? ¿Durante tus clases? Bueno, Janice tiene una habilidad especial para franquear los cortafuegos, voy a ver si puedo ponerme en contacto con ella, si es que se digna contestarme…

—Yo me encargo —contestó Ekaterina.

Volvió a su ordenador y tecleó unas líneas de código que abrieron una ventana negra en su pantalla.

A miles de kilómetros de allí, en Tel Aviv, una ventana idéntica se abrió en la pantalla de la periodista, en su despacho de la sede del diario *Haaretz*.

EL PARLAMENTO DE ESTUDIANTES

11

El segundo día, en Tel Aviv

Janice trabajaba en la redacción de un artículo que debía haber entregado hacía dos días a su redactor jefe. Efron era el último del gremio que aún estaba dispuesto a encargarle trabajo. Al ver aparecer una ventana negra en su pantalla, levantó el bolígrafo de la hoja. Hacía mucho tiempo que no utilizaba ese canal de comunicación. Contestó con un mensaje cifrado para comprobar quién buscaba contactar con ella. La respuesta fue otro mensaje cifrado, y Janice reconoció la firma de Ekaterina.

—Encantada de leerte, pero ¿por qué has utilizado este viejo canal? —le escribió.

—Pues precisamente porque este foro es tan viejo que ya nadie le presta atención. Y, sobre todo, para despertar tu curiosidad y que me contestaras enseguida.

—Bien visto.

—Te necesito urgentemente —se sinceró Ekaterina.

—¿Qué entiendes tú por «urgentemente»?

Ekaterina le describió los planes de Vickersen.

—No me extraña —contestó Janice—. Por todas partes resurgen movimientos de ultraderecha y parecen más dispuestos que nunca a pasar a la acción. La semana pasada les comunicamos a

131

los americanos el escondite de una célula neonazi, sus miembros tenían armas para parar un tren y estaban a punto de pasar a la acción. Evitamos una matanza en una mezquita.

—¿Hablas en plural? ¿Es que ahora trabajas para el Mossad? —preguntó Ekaterina.

—No, es una forma de hablar, pero les pasamos el dato. Te voy a ayudar, bueno, si puedo.

Ekaterina le dio las direcciones IP que obraban en su poder, y Janice le pidió que le precisara lo que tenía que buscar en concreto.

—Sus documentos de contabilidad, informes de reuniones, transferencias fuera de lo normal, su material de propaganda, todo lo que pueda tener que ver con la operación. La única manera de detenerlos a tiempo es encontrar pruebas y denunciarlos antes de que pasen a la acción. Si Vickersen se sabe expuesto, tendrá que pararlo todo.

—¿Por qué no revelar lo que ya sabes?

—Lo he pensado pero, con la cantidad de noticias falsas que circulan en la red, sin algo concreto, nadie me tomará en serio. Vickersen nos acusará de calumniarlo. El partido nacionalista dirá que es todo una conspiración. No evitaríamos nada, eso no hará más que empeorar las cosas.

Una segunda ventana se abrió en la pantalla de Janice.

—Por no hablar de que, si alertamos a la prensa, llamaremos la atención sobre nuestro grupo. Los servicios de inteligencia noruegos se emplearán a fondo para identificar a los que levanten la liebre —intervino Mateo.

—¿Eres tú, Mateo? No sé ni para qué pregunto, ese temor solo puede ser tuyo… —dijo Janice divertida.

—Es a Vickersen a quien hay que decirle lo que sabemos, pero tenemos que contar con elementos lo bastante comprometedores como para que se asuste —añadió Mateo.

—Si esta noche muere algún estudiante asesinado, nunca me perdonaré haberme negado a asumir riesgos, sean los que sean —afirmó Ekaterina.

—No os mováis, estoy viendo algo —tecleó rápidamente Janice.

Les envió un pantallazo.

—Una puerta, muy pequeña y con mil cerrojos, pero está ahí, en este subregistro. Será el residuo de un viejo programa desinstalado. Vamos a coordinar nuestro ataque, no es el procedimiento más discreto, pero si el tiempo apremia... A mi señal, entramos a saco.

Los tres miembros del grupo sabían muy bien que una maniobra así despertaría al instante las defensas del sistema informático de Vickersen. En cuanto se hubieran colado, tendrían que copiar a ciegas el contenido de los discos duros, llevarse el máximo de información posible antes de que las puertas volvieran a cerrarse. Ya cribarían después lo obtenido.

—¡Esperad! —tecleó Janice—. ¿Este tal Vickersen es un miembro importante del Gobierno?

—Sueña con serlo, pero por suerte aún no lo es —contestó Ekaterina—, ¿por qué lo preguntas?

—Porque el nivel de seguridad que estoy viendo no es común, de hecho es anormalmente sofisticado. Que yo sepa, solo los gobiernos o los gigantes tecnológicos disfrutan de este tipo de protecciones. Una muralla tan sólida no está al alcance de cualquier mindundi ni de un líder político, ni siquiera de una gran empresa. ¡Cambio de planes! Si vamos de frente, no solo haremos saltar las alarmas, sino que nos cogerán. Dejadme actuar sola. Hasta ahora nunca he asaltado una muralla como esta, necesito al menos una hora para estudiarla, quizá dos. Mientras tanto, sobre todo no intervengáis, voy a buscar una manera de rodear sus defensas pero, con tan poco margen de tiempo, no puedo prometeros nada.

Ekaterina cambió una mirada resignada con Mateo. No les quedaba otra que confiar en las habilidades de Janice.

Se cortó la comunicación.

*

—¿Cómo ha podido Vickersen costearse un sistema de protección tan perfeccionado? —se extrañó Mateo.

—La pregunta es más bien quién lo ha puesto a su disposición.

—¿Baron? No creo. Ni sus propias páginas de desinformación tienen una seguridad tan alta. Si dispusiera de esa clase de medios, no habría podido colocarle el chivato en el teléfono.

Ekaterina reflexionaba. Al menos, por primera vez ese día, estaba ocupada en pensar en algo que no fuera la matanza de esa noche.

—¡Una intranet! —exclamó—. Una red oculta dentro de la red. La estratagema perfecta para engañar a piratas como nosotros. La caja fuerte está detrás del cuadro, donde uno espera que esté, pero el botín está protegido bajo un doble fondo. Los ladrones se emplean a fondo para forzar la cerradura y solo se llevan el puñado de billetes que les han dejado de cebo. ¿Cómo no han pensado en eso los fabricantes de cajas fuertes?

—A lo mejor sí que lo han hecho. Si estás en lo cierto, habrá que ayudar a Janice a encontrar el acceso a tu compartimento secreto —contestó Mateo—. Mientras tanto, vuelve a enseñarme el esquema y descríbeme el interior de los edificios amenazados.

—El parlamento de los estudiantes es un chalé de madera situado a la entrada del campus —suspiró Ekaterina—. Allí se reúnen los jóvenes para debatir textos que regulan la vida en la universidad, tales como los presupuestos, los programas de enseñanza, etc. Es un sitio muy pequeñito, bastaría con que lanzaran un cóctel Molotov por la puerta para que ardiera todo el edificio y no podría escapar nadie.

—¿Y la biblioteca?

—Tres millones de volúmenes repartidos en tres plantas, dos salas de lectura inmensas, una cafetería en la planta baja, que también permanece abierta hasta tarde. En cuanto al centro comercial, la mayor parte es subterránea. Se accede mediante unas escaleras mecánicas que no son muy anchas, no lo suficiente para escapar en caso de pánico general. Hay un restaurante de comida rápida, una peluquería y la planta baja de un pequeño supermercado. Todos esos locales cierran relativamente pronto, salvo el gimnasio, al fondo del pasillo, un auténtico callejón sin salida.

—Ya que conoces esos lugares mejor que los asaltantes, métete en su cabeza, ¿por dónde empezarías?

—Soy incapaz de meterme en su cabeza ni por un minuto —contestó ella con voz trémula.

Mateo le tomó la mano pues se dio cuenta de que Ekaterina estaba más afectada de lo que había imaginado.

—Por favor, haz un esfuerzo, es importante —insistió con voz tranquila.

Ella cerró los ojos e inspiró hondo.

—Yo atacaría primero el gimnasio. Mi comando estaría seguro de no ser escuchado desde el exterior. A continuación, de camino me toparía con la biblioteca —frunció el ceño antes de proseguir—, pero la fachada es de cristal y, de noche, los disparos llamarían la atención en los senderos cercanos —volvió a inspirar—, por lo que optaría por el parlamento de los estudiantes justo después. Ya te lo he dicho, bastaría un bote de gasolina para incendiar el chalé como una antorcha, y además está bastante aislado. El incendio lanzaría la alerta, pero los auxilios llegarían por aquí —señaló el parque de bomberos en el esquema— y no se cruzarían con el comando, que iría ya camino de la biblioteca. Sí —dijo—, mi último objetivo sería la biblioteca, porque desde ahí salen numerosas vías de escape. Y en moto llegaría hasta la autopista sin encontrar el menor obstáculo.

Con las manos a la espalda, Mateo recorrió la habitación de un extremo a otro antes de volver a la mesa baja donde Ekaterina había dejado el esquema.

—No cuadra, al menos no del todo —dijo—. Los hombres de Vickersen dirán que han detenido a los supuestos terroristas en su huida. Para que sea creíble, los dos tipos de la foto tienen que estar por ahí cerca. Mi idea es que los tendrán retenidos ahí al lado mientras perpetran la matanza.

—Pero ¿dónde? —se preguntó Ekaterina, inclinándose sobre el esquema.

—Probablemente atados y amordazados en la trasera de un coche o de una camioneta aparcada entre la biblioteca y el camino que tomará el verdadero comando en su huida. Aprovechando el pánico general, irán a buscarlos, los abatirán, si es que no lo han hecho ya antes de pasar a la acción, les pondrán un arma en la mano y los abandonarán en uno de los senderos. Los verdaderos criminales se convertirán en héroes por haberlos abatido.

—Tienes razón, el verdadero comando no intentará abandonar el lugar. Al contrario, tendrán que quedarse cerca de sus prisioneros… ¡Justo aquí! —exclamó Ekaterina, señalando una callejuela con el dedo—. Blindenverjen bordea un pequeño terreno arbolado justo enfrente del parlamento de los estudiantes, es el único punto en el que convergen los tres objetivos. Si, por un motivo u otro, no lograran atentar contra todos, su posición seguiría siendo estratégicamente favorable. En esta época del año la vegetación es tupida, podrán permanecer a cubierto y salir del sotobosque para desencadenar la alarma después de abandonar allí los cuerpos.

Esa conversación afectó a Ekaterina profundamente, como si acabara de vivir el ataque.

—Pongamos que hemos dado con su *modus operandi,* pero ¿de qué nos sirve? —preguntó.

—Como último recurso, ¿para enfrentarnos a ellos?

—¿Enfrentarnos a hombres armados? No digas tonterías.

Ekaterina consultó su reloj, ya habían pasado dos horas y seguían sin noticias de Janice.

—Ella tampoco lo conseguirá —suspiró alejándose de la pantalla.

Cogió las llaves y la cartera en la consola de la entrada y le dirigió una mirada afligida a Mateo.

—¿Adónde vas?

—Confío en ti, no vas a hurgar en mis cosas, ¿verdad? Si tienes sed, coge lo que quieras de la nevera.

Dicho esto, Ekaterina salió del estudio dando un portazo.

Mateo se acercó a la ventana, desde donde la vio salir del edificio y correr hacia su Lada. Se precipitó sobre su ordenador, estudió rápidamente el plano de Oslo y guardó su material en la bolsa antes de salir a su vez del estudio. Bajó deprisa la escalera, cruzó el aparcamiento y se subió a la moto.

*

Ekaterina siguió el itinerario por el que optaba las mañanas en que iba con retraso. Pisó el acelerador en la carretera FV161, aflojó en el momento de abordar la rotonda y, justo después, volvió a acelerar.

El sol declinaba ya en el horizonte. Anochecería tres horas después, quizá algo más. Había tomado una decisión, no permitiría que Vickersen pasara a la acción.

EL DIARIO HAARETZ

12

La segunda tarde, en Tel Aviv

Janice se instaló en la sala de documentación. Aunque era más prudente que trabajar desde su despacho, tampoco era el lugar más seguro para llevar a cabo un ciberataque. Pero, dados los plazos que le habían marcado, no tenía elección.

No había tardado en percatarse del engaño que había adivinado Ekaterina, y se esforzaba ahora en atravesar la segunda línea defensiva de los servidores de Vickersen. Franquear la primera sin ser descubierta ya había sido toda una proeza. Había superado las dos horas convenidas, pero si no hubiera circunscrito el problema en toda su dimensión, nunca lo habría conseguido. Había empezado por penetrar los órganos menos protegidos de la red, atacando los aparatos conectados en el domicilio de Vickersen. No había dispositivo Alexa, eso habría sido demasiado fácil, pero sí cámaras de vigilancia en cada habitación. Vickersen no debía de fiarse mucho de sus colaboradores. Gracias a esas cámaras, podía ver el lugar de trabajo del secretario general. Cuando el número dos del Partido de la Nación se conectó a su ordenador, descubrir su contraseña fue tan sencillo como leer el correo que estaba redactando. Janice abrió la ventana de la biblioteca antes de encender un cigarrillo y volvió a sentarse para reflexionar.

—*¿Quién es Janice?*

—Una joven de aspecto saludable. Es difícil pronunciarse sobre su edad, tendrá unos treinta años más o menos. Su melena rizada e imponente, sus ojos azul cobalto y su barbilla bien dibujada le dan a su rostro una expresión decidida. El brío de sus gestos traduce una energía inagotable, de ella emana un aroma a días agitados, a tensión permanente y, sin embargo, cuando te habla, su voz ronca es extrañamente tranquila. Nacida del amor entre un diplomático israelí y una pintora holandesa, Janice no tuvo una infancia disoluta, nunca ha consumido drogas; pero sí desarrolló desde muy pronto una marcada inclinación por los hombres. Janice vio esa necesidad de cariño como un remedio a un mal del que sufre desde muy niña: una aversión tan fuerte a la violencia que cree que la lleva en los genes.

—*¿Hasta ese punto?*

—Cuando era adolescente, un profesor de historia atento, intrigado por descubrir en su alumna un malestar evidente cuando en el aula hablaban de conflictos, les mandó como ejercicio: «Representad la violencia mediante un campo léxico». En su cuaderno, Janice escribió una única palabra: Opresión. Las conversaciones que se mantenían en el despacho de su padre, donde le gustaba esconderse de niña, habían tenido algo que ver en la forma en que, desde muy joven, demasiado joven, imaginó el mundo en el que iba a crecer. Ironías del destino, en su residencia universitaria compartió habitación con una activista. Gloria era una rebelde, en particular contra los hombres y su tendencia hegemónica. Eso enseguida las llevó por caminos diferentes en la manera de actuar para cambiar el mundo. A Janice le gustaban demasiado los chicos para pasarse el día enfrentándose a ellos. Como su ídolo, Martin Luther King, estaba convencida de que el odio se combatía con amor. De hecho, los hombres que compartían su lecho se mostraban dispuestos a cualquier concesión, mientras que los que frecuentaba Gloria hacían gala de mucha más resistencia. Janice era consciente de que su vitalidad sexual no valía como ejemplo, pero Gloria luchaba por la libertad de las mujeres, y para Janice su libertad consistía en actuar como le diera la gana. Con todo, Janice aprendió muchas cosas de los discursos de su compañera, empezando por las virtudes del activismo. Por un lado están los que piensan lo que convendría hacer y, por otro, los que actúan. Su conciencia social también había conocido un despertar precoz, y sus ganas de cambio resultaban poco comunes en el seno de la juventud a la que pertenecía. Con diez años ya había comprendido que escuchar el discurso de los políticos era una terrible fuente de problemas y una pérdida de tiempo. Para Janice, los políticos eran para la sociedad lo que los curanderos para la medicina. Por más que la tildaran de ingenua, nunca se sentía ofendida. Hasta que se demuestre lo contrario, cuando hay fuego, no se va a apagar sugiriendo echarle agua, sino cogiendo un cubo y moviendo el culo.

»Por ello se hizo activista, una activista convencida pero siempre tolerante, lo que le confería una rara originalidad. Demostrar que aunando fuerzas se podía construir en lugar de destruir le parecía la manera más eficaz de librar su lucha. Para ello, Janice aprendió a encriptar, porque los hombres confían todos sus secretos a los ordenadores, incluidas sus mentiras y sus vilezas. En este mundo en el que va muy rápido todo salvo la justicia, para Janice desenmascarar a los autores del mal tenía un valor incontestable para la sociedad, y la ley respaldaba su convicción: "En caso de delito flagrante [...], cualquier persona tiene capacidad legal para aprehender al autor y conducirlo ante el agente de policía judicial más cercano". Pero la policía no siempre está dispuesta a escucharte, sobre todo cuando eres una joven pirata informática.

»Siguiendo el consejo de su madre, Janice optó por la carrera de periodista de investigación. Un oficio peligroso en el que son más numerosos los enemigos que los amigos. Unos años más tarde, cuando investigaba a un multimillonario inglés tan malvado como poderoso, le tendieron una trampa. Janice, que abusaba de sus habilidades informáticas para procurarse pruebas, cayó en ella. Le costó su reputación y su trabajo. Sin empleo, pero decidida a proseguir la lucha, respondió a la invitación para unirse a una alegre banda de *hackers* que compartían sus valores y sus intenciones.

»Hoy, paralelamente a sus actividades en el seno del Grupo, Janice trabaja como periodista *free-lance* para el diario *Haaretz*.

—*¿Cómo convenció al redactor jefe para que creyera en su honradez?*

—Aunque esté desacreditada en su profesión, a Janice no le faltan activos. Seductora y manipuladora, es franca y tiene un talento especial para soltarle la lengua a la gente, así como una resistencia extraordinaria al cansancio.

Por muy brillante que fuera, atravesar la fortaleza del partido de Vickersen suponía un desafío inédito para Janice. Y, aunque fuera una cuestión de vida o muerte, estaba deseando enfrentarse a ese reto.

Navegar en el ordenador del número dos del Partido de la Nación exigía una gran cautela. Dentro de un museo, las piezas más valiosas tienen sus propias alarmas. Janice se paseó de directorio en directorio, tratando de observar primero la estructura de la red. Descubrió una arquitectura notablemente bien concebida y pensó que quienes habían encargado un sistema tan sofisticado debían de haber recurrido a un White Hat de altísimo nivel. Desafiarlo era muy tentador, pero en la vida Janice había aprendido, a su pesar, a tragarse el orgullo. Para empezar, se contentó con copiar diez archivos, acechando una respuesta que no llegó. Dos cigarrillos más tarde, se puso manos a la obra para desencriptarlos. Cuando logró hacerse con el primero, su contenido la dejó sin habla.

Un correo, con fecha de febrero, pedía confirmación de una transferencia de cien mil libras esterlinas. Al ver la dirección del destinatario, reconoció el logotipo de una institución financiera que habría preferido no volver a ver jamás.

Durante la famosa investigación que había puesto freno a su carrera, se había colado en los sistemas informáticos de ese mismo banco, con sede en el paraíso fiscal de la isla de Jersey, que contaba entre sus clientes principales al malvado y poderoso multimillonario inglés Ayrton Cash. Era harto improbable que se tratara de una coincidencia. ¿Qué pintaba ese demonio en los asuntos de Vickersen?, se preguntó. El hombre de negocios inglés había contribuido en gran medida al éxito del Brexit, financiando grandes campañas de desinformación, hasta el punto de ser celebrado como «gran tesorero del divorcio»…, del que también había sido el gran beneficiario. Ayrton no había actuado por convicción patriótica, sino para sacar un provecho considerable.

Un segundo correo llamó la atención de Janice. Con fecha del mes de enero, confirmaba una conversación telefónica entre Robert Berdoch, magnate de la prensa populista anglosajona, Stefan Baron, Vickersen y Vladik Libidof, un oligarca ruso que había adquirido el periódico inglés *The Morning News,* así como un pasaporte de Su Majestad de regalo.

Janice comprendió que ese descubrimiento la iba a llevar mucho más allá de la tarea que le habían encomendado Mateo y Ekaterina.

Sacó una pequeña petaca de *whisky* de su bolso, encendió otro cigarrillo y volvió a concentrarse en la pantalla de su ordenador.

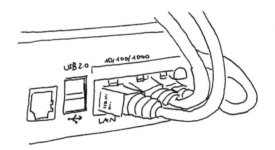

13

La segunda tarde, en Oslo

Ekaterina detuvo el coche delante de la garita de seguridad de la universidad. Conocía a todos los policías que trabajaban allí. Cada curso, unos días después del comienzo de las clases, se invitaba a los profesores a unas sesiones de información sobre la seguridad en el campus. El jefe de la brigada se llamaba Olav. De unos cincuenta años y barriga prominente, era un tipo de aire tosco, demasiado terco para su gusto, pero buena persona si uno sabía cómo tratarlo. Hacía mucho que no la multaba cuando aparcaba a caballo sobre dos plazas, y había reanimado más de una vez su batería, estropeada por el frío. Ekaterina esperaba que la creyera sin necesidad de pruebas. Se aseguró de que llevaba en la cartera la fotografía de los dos tipos, ensayó mentalmente lo que le iba a decir, prometiéndose que sabría conservar la calma. Golpearon con los nudillos sobre su ventanilla, lo que le hizo sobresaltarse. Era Mateo, que le indicó con un gesto que no saliera del coche.

Ekaterina lo observó rodear el Lada. Tenía atractivo, era indiscutible. Además de su voz, le gustaba su mirada atenta cuando la escuchaba. La irritó una contradicción: estaba furiosa por que la hubiera seguido y, a la vez, la perturbaba que la conociera hasta el punto de haber anticipado lo que se disponía a hacer. Mateo se sentó delante, cerró la portezuela y se la quedó mirando con una de esas sonrisitas afectadas que te pueden dar ganas de matar a alguien.

—¿Qué haces aquí? —le espetó ella.

—¿Sabes al menos con quién te vas a sincerar?

—Si te refieres a Olav, es un buen tipo, no es muy listo pero…

—¿Su apellido? —preguntó Mateo, sacando el portátil de su bolsa.

Ekaterina lo miró perpleja.

—Bueno —suspiró él, tras teclear un momento—, Olav Berg, jefe de la policía de la universidad.

Mateo seguía tecleando.

—Es un pequeño algoritmo que he creado —añadió, volviendo la pantalla hacia ella—: me conecto a su perfil de FriendsNet, copio las fotos, los mensajes, los comentarios, los *likes*…, todo eso…, y lo meto en mi programa.

—¿Y después? —preguntó ella curiosa.

—El algoritmo comprueba si hay algún otro perfil que contenga un número suficiente de datos similares como para sospechar que las dos cuentas pertenecen a la misma persona.

Se instaló un silencio de plomo en el habitáculo mientras el programa operaba. Cuando terminó, Mateo puso el ordenador sobre el regazo de Ekaterina.

—Tu jefe de policía tiene un pseudónimo y, visto lo que publica en su página, es simpatizante del Partido de la Nación. ¿No se te había ocurrido que Vickersen pudiera tener cómplices *in situ*? Dicho esto, si todavía quieres sincerarte con el bueno de Olav…

—¿Te han dicho lo exasperante que puedes ser a veces?

—Menos mal que has dicho «a veces» —contestó Mateo impasible.

Ekaterina cerró los ojos.

—¿Cómo lo has adivinado? —preguntó.

—No he adivinado nada, lo he comprobado. No soy quién para darte lecciones pero, por favor, sé más prudente.

Ekaterina soltó un largo suspiro y se arrellanó en el asiento. Desalentada, apoyó la cabeza en el hombro de Mateo.

—¿Y ahora qué hacemos? Nunca me había sentido tan sola.

—¿Te han dicho lo desagradable que puedes ser?

—Se te ha olvidado precisar «a veces».

Mateo no veía otra manera de evitar el ataque que no fuera detener ellos mismos a los asaltantes. Ekaterina lo siguió hacia el sotobosque, en busca de la camioneta.

Esta llegó al anochecer. Vieron salir a tres hombres del vehículo. Mateo y Ekaterina no habían pensado que los ataques pudieran ser simultáneos y no había tiempo de elaborar otro plan. Si querían salvar a los estudiantes, tenían que actuar inmediatamente. Ekaterina corrió hacia la biblioteca para evacuarla. Entró sin aliento en la gran sala, gritando que salieran todos huyendo de inmediato. Los estudiantes la tomaron por una loca y se rieron. Cuando quiso empujarlos hacia las puertas, se interpuso un tipo corpulento, pensando que estaba borracha, y le recordó que era obligatorio guardar silencio.

En cuanto a Mateo, se había quedado cerca de la camioneta para vigilar a los tres hombres. Consultó su móvil, inquieto, y le pilló desprevenido cuando vio que se dispersaban. Si conseguía inmovilizar al menos a uno de los tres, salvaría muchas vidas, aunque tuviera que ser a costa de la suya propia. Hay momentos en que el valor se impone sin avisar y nos da fuerza para hacer algo que nos parecía imposible. Los tres hombres estaban a unas decenas de metros unos de otros, alejándose sin prisa para no levantar sospechas. ¿A cuál detener en su avance fatal? Mateo eligió al que se dirigía a la biblioteca. Ekaterina estaba allí, y su vida le era ya más preciada de lo que hubiera estado dispuesto a reconocer. Se disponía a abalanzarse sobre el hombre cuando este se detuvo y se sacó un teléfono del bolsillo para responder a una llamada. Colgó casi enseguida y emitió tres silbidos, indicando con un gesto a sus compinches que volvieran a la camioneta. Mateo los vio subir al vehículo y marcharse como habían llegado.

Se quedó unos momentos en el sendero, inmóvil, con el corazón acelerado. Nunca antes había sentido tanto miedo. Recobrándose, corrió al encuentro de Ekaterina.

Esta deambulaba por la explanada, enajenada, impidiendo a gritos que los estudiantes entraran en la sala de lectura. Estaba como poseída. Mateo vio que tres policías del campus avanzaban hacia ella. La agarró de la mano y la arrastró rápidamente hacia el aparcamiento. Una vez delante de su moto, y mientras ella temblaba como una hoja, la estrechó entre sus brazos.

—La pesadilla ha terminado —le dijo.

Ekaterina levantó la cabeza, azorada.

—¿Qué has hecho?

—Nada… No lo entiendo, pero han renunciado en el último momento —contestó.

Le alargó su casco, pero ella no quiso ponérselo.

—Necesito aire —dijo subiéndose a la moto y suplicándole que condujera lo más deprisa posible.

Mateo arrancó y se alejó con ella en la noche.

—*¿Qué hizo que los hombres de Vickersen renunciaran a su acción?*

—Ocurrió un hecho en el momento más oportuno. Unos instantes antes del inicio del atentado, Knut Thorek, secretario general y número dos del partido de Vickersen, recibió por correo electrónico una amenaza explícita. El remitente le daba dos minutos para anular la operación; en caso contrario, enviaría a la prensa el archivo adjunto al correo. Thorek se apresuró a abrirlo y descubrió la fotografía de los dos hombres retenidos como rehenes, con una edición del periódico de esa mañana para dar fe de la fecha. Palideció. En la pantalla, junto a la foto de las dos víctimas que sus esbirros tenían prisioneras, un cronómetro desgranaba los segundos: 120, 119, 118, 117… Vickersen no estaba en su casa, el político se pavoneaba en un restaurante de moda de Oslo, para ser visto por el mayor número posible de testigos. No había manera de contactar con él antes de que se cumpliera el ultimátum. Cuando el cronómetro mostraba sesenta segundos, el número dos del partido decidió llamar a sus hombres y abortar la operación en curso. Confirmó la orden enviando al remitente anónimo, a vuelta de correo, otra foto en la que se veía a los dos rehenes, maltrechos, pero aparentemente libres. El cronómetro se detuvo a cinco segundos del final de la cuenta atrás. El secretario general cerró la puerta de su despacho, furioso, y envió un mensaje a Baron para advertirle de que la operación Nación Fuerte estaba en peligro. Baron llamó enseguida a su responsable de seguridad y le pidió que le preparara su avión privado. Dos horas más tarde, despegaba rumbo a Londres.

La segunda tarde, en Tel Aviv

Janice seguía abriéndose camino por la red de Vickersen con infinita cautela, copiando todo lo que encontraba. La brusca interrupción de la conexión con los servidores la detuvo en seco. Las cámaras de vigilancia también habían desaparecido de su pantalla, justo después de que el secretario general recibiera un correo amenazador. Janice pensó que sus amigos no se habían andado con miramientos. Un golpe arriesgado para su gusto, pero cuando se enteró algo más tarde, por un mensaje de texto de Mateo, de que el atentado había sido anulado, concluyó que el fin había justificado los medios.

—*¿No fue Janice quien envió esos documentos?*

—No, y el malentendido no tenía relevancia. Lo importante era que estuviese decidida a proseguir con su investigación; aún estaba lejos de haber encontrado la respuesta a tres preguntas esenciales: ¿cómo podía ese pequeño partido político de ultraderecha permitirse un nivel tal de protección informática? ¿Por qué motivos lo habían implementado? ¿Y qué tenían que ver en todo ello tres multimillonarios, dos de los cuales eran magnates de la prensa? Janice no era la única que había encontrado información muy sensible. La Hidra ganaba terreno, y ni Janice, ni Mateo ni Ekaterina, como tampoco Diego, Cordelia, Maya o sus compinches de Ucrania, imaginaban que sus acciones los estuvieran preparando para un enfrentamiento.

14

La segunda tarde, en Londres

Cordelia estaba sentada en mitad de su salón, inclinada sobre los listados que había encontrado en el maletín de cuero de Sheldon. Si su abuelo aún siguiera vivo, le habría echado una buena bronca por haber robado…, pero la habría felicitado en cuanto hubiera conocido el motivo. Antonio era un hombre libre, republicano de toda la vida, un insurgente perpetuo que no se dejaba engañar. Se habría sentido orgulloso de ver a su nieta consultando las páginas de un caso explosivo, cotejando los datos y tomando apuntes a toda prisa, estupefacta ante lo que iba descubriendo.

Cosa rara, hacía un tiempo espléndido en Londres, el sol calentaba los ladrillos del número 60 de Oval Road, un antiguo almacén del barrio de Camden reconvertido en edificio de viviendas.

Los efluvios del canal subían hasta las ventanas abiertas del *loft*, demasiado grande para Cordelia. Vivía sola, el espacio era el único lujo al que era incapaz de resistirse. Soñaba con una casa con un gato, una chimenea con un delicioso aroma a leña, un jardín al que salir a tomar el sol cuando el tiempo lo permitiera, una gran cocina y ventanas sombreadas por enormes buganvillas. Una vieja casa como la de Córdoba donde, de niña, pasaba las vacaciones.

El sol desaparecía detrás del edificio al otro lado del canal.

Cordelia releía sus notas, seguía sin calibrar el alcance de sus descubrimientos, desoladores y aterradores a la vez. Recordaba cuando le preguntaba a su abuelo por qué el miedo se manifiesta siempre de noche. Antonio le contestaba que estaba también de día, pero que la luz lo cubría con un velo. Le había enseñado a convertirlo en su aliado, en una razón para luchar. Esos recuerdos de infancia le hacían darse cuenta de lo mucho que añoraba a Diego. Su hermano, su *alter ego*, la única familia que le quedaba. Su opuesto también, con su fuerza tranquila. Cordelia detestaba esa soledad que la seguía como una sombra. Otra lección de su abuelo: quienes buscan la verdad han de renunciar a la compañía de los demás. Antonio declaraba que era una niña prometedora, pero no le decía qué debía prometer. Quizá vengar a Alba. ¿Cómo imaginar entonces hasta qué punto iba a comprometerla esa promesa? Pero ¿qué sentido tenía, si el precio era no ver nunca a Diego? Este la había llamado un rato antes; demasiado ocupada en su tarea, no había contestado al teléfono y ahora se arrepentía, su hermano debía de estar preocupado por ella.

Cordelia levantó la cabeza e inspiró hondo. Volvió la mirada hacia los listados; la rabia y la indignación ya no bastaban, había llegado la hora de la venganza; estaba resuelta a dedicarse por entero a esa misión. Ya no solo por Alba, sino también por todos aquellos que habían muerto, víctimas de la codicia de un puñado de personas que solo pensaban en enriquecerse. Y los nombres de todas esas personas los tenía ahora ante los ojos.

Redactó un correo a su jefe para informarle de que un asunto familiar la obligaba a ausentarse ocho días. Se ocuparía de su trabajo a distancia. Esa decisión no tendría consecuencias, sus superiores la apreciaban, pues les era indispensable. A continuación escribió a Diego para avisarle de que había encontrado pruebas irrefutables de hechos delictivos y de que los tejemanejes de los laboratorios iban mucho más allá de lo que pensaban. Interrumpió el correo y, siguiendo un impulso, se conectó a una página de viajes. El último vuelo a Madrid despegaba a las 20:25, si se daba prisa podía llegar incluso al de las 19 horas.

Reunió sus papeles, cogió su ordenador y metió ropa para una semana en una maleta.

Esa marcha inesperada haría feliz a Penny Rose.

Penny Rose era una chica con el cuerpo y el corazón malheridos que rondaba por el barrio desde siempre. Se ganaba la vida tocando la guitarra en las terrazas de los restaurantes del canal, siempre dispuesta a echar una mano a cambio de unas monedas. Cordelia la había conocido una noche que tiritaba en un banco. Le había regalado un abrigo, algo de dinero y, más valioso todavía, una presencia, una escucha. Un invierno en el que el frío hacía invivible la calle, le había abierto la puerta de su casa. Cordelia era así. Penny Rose había estado durmiendo en el sofá hasta que las temperaturas se suavizaron, y luego se había marchado, dejando tras de sí un osito de porcelana y una nota de agradecimiento. Penny Rose no tenía un céntimo, pero sí orgullo y libertad. Desde entonces, Cordelia le encargaba pequeñas tareas para justificar las veinte libras que le daba cada semana: regarle las plantas, recibir un paquete, llevar otro a correos. Para ello, Cordelia y Penny Rose compartían un escondite detrás de un ladrillo suelto en el patio del edificio.

Cordelia le dejó allí una nota, las llaves de su casa y el billete de veinte libras. En la nota le pedía que cuidara de sus plantas y le vaciara la nevera, pues iba a estar fuera ocho días.

Tuvo la suerte de encontrar un taxi libre nada más pisar la calle.

¡En la autopista M5 se sintió revivir! ¿De qué servía haberse arriesgado tanto si no podía compartir su victoria con Diego?

Borró el mensaje que había empezado a escribirle antes y redactó otro, más conciso:

Espero que la cocina de tu restaurante siga abierta
a medianoche, ya tengo hambre.
Tu hermana.

La segunda noche, en Oslo

Llevaban casi una hora conduciendo. Ekaterina se hacía una con la moto, se abandonaba en las curvas, hasta había soltado la cintura de Mateo para agarrarse a las barras a ambos lados del sillín.

Dejaron la E18, que bordeaba la orilla del mar, a la altura del puerto deportivo y giraron en Flipstadveien. Ekaterina no buscaba saber adónde la llevaba ni cómo se justificaría cuando la convocara el rector. No se hacía muchas ilusiones, su comportamiento en la biblioteca sería la comidilla de estudiantes y profesores. Eso también le traía totalmente sin cuidado. Fuera como fuese, estaba segura de haber contribuido a la cancelación del plan de Vickersen. Qué más daba si en lugar de una medalla por haber arriesgado su vida le abrían expediente o la ponían en la calle. Ella sabía la verdad, Mateo también, y eso era lo único que importaba.

Era la primera vez que montaba en moto. La velocidad la embriagaba, aunque adivinaba que Mateo no iba tan rápido como le habría gustado, porque ella se había negado a ponerse el casco. Se sentía bien, casi demasiado. Entre ellos había un entendimiento que ella percibía cada vez que la miraba.

La moto aminoró la velocidad en Tjuvholmen y se detuvo delante de un restaurante de marisco. Mateo le puso el pie a la moto, se bajó y le alargó la mano.

—¿Tienes hambre? —preguntó.

Ekaterina lo miró. Sin decir nada, dio un paso hacia él y lo besó.

—Me apeteces más tú que un bogavante —le murmuró al oído.

Lo tomó de la mano y lo arrastró consigo. El neón azul de un hotel se reflejaba en las aguas tranquilas del puerto de Oslo. Pensó que el nombre del establecimiento les iba bien: The Thief. Ekaterina estaba loca por robar un poco de felicidad.

La segunda noche, en Madrid

El avión acababa de aterrizar en la pista del aeropuerto de Madrid Barajas. Cordelia había vuelto a su país, un sentimiento embriagador para ella. En cuanto se apagó la señal luminosa, cogió su bolsa del portaequipajes y se levantó. Había sacado un billete en clase *business* para salir de la cabina entre los primeros pasajeros. Recorrió la pasarela con paso presuroso. Si no había demasiado tráfico, estaría con Diego en una hora como mucho, lo cual le seguía pareciendo demasiado. Cruzó corriendo la terminal, pero un silbido la detuvo en seco. Se le iluminó el semblante. ¡Cuántas veces le había dicho a su hermano que no se silba a las chicas! Se volvió y se arrojó a sus brazos.

—Pero ¿cómo lo has sabido, Chiquito?

Lo llamó por el mote que le había puesto de niño y que él odiaba.

—Muy sencillo: he consultado los horarios, tenías que estar en este vuelo o en el siguiente.

—Deja que te mire. Te queda bien esta sudadera con capucha, ¿has adelgazado?

—No creo, pero tú tienes muy mala cara.

—Sobre todo tengo un hambre de lobo, ya te lo he avisado.

—A estas horas el restaurante está cerrado —dijo Diego rodeándole los hombros con el brazo—. Pero, tranquila, te he preparado una cosita.

La autopista estaba despejada, Cordelia miraba a todas partes con los ojos de una niña maravillada.

—Madrid no ha cambiado tanto, parece que lo vieras por primera vez —dijo Diego divertido.

—¿Sabes cuánto hace que no venía?

Diego no contestó, ambos sabían que la última visita de Cordelia se remontaba al funeral de Alba.

—Sí, Madrid ha cambiado mucho... Vestido así y con esa barba, mi hermano parece un rapero, casi no te reconozco. ¿Hay alguien en tu vida, Chiquito?

—Sí. Y preferiría que no me llamaras Chiquito en su presencia.

—Entonces ¿es en serio? —exclamó Cordelia volviéndose hacia él.

—Puede, pero aún es pronto para saberlo.

—Pero no para presentármela.

—Si da tiempo, depende de cuánto te quedes.

—Una semana por lo menos. Tengo tantas cosas que contarte... Y exijo conocer a tu conquista..., a menos que sea ella quien te ha conquistado a ti, pero de ser así no me caería tan bien.

—Sigues tan loca como siempre.

—Claro que estoy loca, sigues sin soltar prenda. Quiero saberlo todo. ¿Cómo os habéis conocido? No trabajará en tu restaurante, espero: nunca hay que mezclar trabajo y amor.

—¡Qué charlatana te has vuelto! ¿Sabes que tengo una vida aparte del restaurante?

—Pues eso sería otra novedad madrileña.

—¿Y tú, estás con alguien? —preguntó Diego.

—Chiquito, no empieces ese jueguecito conmigo, primero hablas tú y luego yo.

Diego sonrió con malicia aparcando junto a la acera.

—Te morías de hambre, ¿no? Pues cenamos y ya te cuento luego —dijo inclinándose para abrirle la puerta.

Cordelia se llenó los pulmones del aire nocturno, feliz de

160

estar de vuelta en su ciudad. Diego se paró delante de la cristalera del restaurante, abrió la puerta y dejó pasar a su hermana.

Se quedó pasmada al descubrir la sala. Sin decir nada y haciendo un esfuerzo por ocultar su emoción, admiró las fotografías de Masats en las paredes, las mesas suntuosamente puestas, con manteles de un blanco inmaculado, las sillas de cuero, el suelo de baldosas blancas y negras de mármol.

—Chiquito, pensaba que tenías una taberna, no un sitio tan bonito. Pero ¿cómo lo has hecho?

—Si lo hubieras sabido, ¿habrías venido antes a probar mi cocina? —se burló, enseñándole el lugar que había reservado para ambos—. Mi chef te ha preparado algunas de nuestras especialidades. Espérame un momento, enseguida vuelvo.

Diego volvió con una botella en la mano; se había puesto una chaquetilla blanca con el nombre del restaurante bordado: Alba.

Cordelia no dijo nada. Pasó un ángel, y ella se extasió al ver la botella que Diego descorchaba.

—¿Tienes alguna noticia que darme?

—La presencia de mi hermana aquí es un acontecimiento en sí.

Diego le sirvió una cena de reyes, regada con el mejor vino. Calamares a la andaluza, pincho de tortilla, espárragos de Aranjuez, Cordelia disfrutaba de todo, sin dejar de preguntarle por su novia; él iba y venía de la cocina a la sala para no tener que responderle.

—Con toda esta responsabilidad, ¿aún te queda tiempo para programar? —le preguntó al llegar a los postres.

—En circunstancias normales, tengo mucho personal. Somos un equipo de unas treinta personas.

Cordelia abrió unos ojos como platos.

—¿Y consigues pagar a tanta gente?

—¿Me vas a decir por fin por qué has venido? Nunca te he visto beber tanto y, sobre todo, tan rápido.

—¡Tenía sed! Dime al menos cómo se llama, qué aspecto tiene y si es generosa contigo.

—Se llama Flores y tiene una empresa de licores.

—Vaya —dijo Cordelia mirando de reojo la botella casi vacía—, ¡pues sí que sabe hacerte gastar dinero!

—Bueno, si te vas a poner así, cambiamos de tema.

—Pero qué susceptible eres… ¡Eso es que te gusta mucho! ¿Qué edad tiene?

Diego se sacó la cartera del bolsillo trasero del pantalón.

—¡No! —exclamó Cordelia—. ¡No me digas que llevas una foto suya en la cartera!

Observó la fotografía con una mueca exagerada.

—Se da un aire a Penélope Cruz, y como tú no eres Javier Bardem, reconozco que tienes tu mérito, hermanito. Es maravillosa. ¿Cuál es la pega?

Diego no era indiferente al cumplido de su hermana.

—Bueno, para ya. ¿Qué había en ese maletín?

Cordelia sacó de su bolso un sobre de papel de estraza y lo dejó sobre la mesa.

—Está todo aquí —dijo—. Las pruebas son tan irrefutables que no sé ni por dónde empezar. Vamos a tener que decidir juntos qué hacer con todo esto.

Diego hojeó el contenido del sobre: páginas de listados con columnas de nombres de medicamentos y los precios a los que se vendían en farmacia. Lamiduvine, para el tratamiento de la hepatitis crónica y el VIH; Zidovudine, para la seropositividad; Budésonide, para el asma; la lista era interminable; antibióticos, anticancerígenos, antidepresivos, anticonceptivos. La tercera columna contenía fechas, lo que permitía establecer que los laboratorios farmacéuticos llevaban años pactando entre sí inflar artificialmente los precios, y no solo de la insulina, sino de un centenar de productos, para obtener unos beneficios que ascendían a cientos de millones de dólares, y poniendo así numerosos productos fuera del alcance de los pacientes más desfavorecidos.

—Esta vez sí que los tenemos —anunció orgullosa Cordelia.

Diego no se alegró tanto como ella. Frunciendo el ceño, dejó los documentos sobre la mesa.

—Has hecho bien en irte de Londres —dijo con expresión tensa.

—¿Qué te pasa? Pensaba que ibas a saltar de alegría.

—¿Te das cuenta de lo que esto representa? ¿Eres consciente de que esta gente a la que has robado estos listados no retrocederá ante nada para recuperarlos?

—He tomado mis precauciones.

—Eres mi hermana mayor y, sin embargo, según pasan los años me parece ser el único adulto aquí. Sabes lo poderosos que son estos grupos, y sabes que tienen conocidos tanto o más poderosos que ellos; a estas horas ya habrán mirado con lupa las grabaciones de las cámaras de seguridad de Heathrow, y los programas de reconocimiento facial estarán trabajando a toda velocidad para identificar al ladrón. Saben quién eres, dónde trabajas y dónde vives. ¡Es alucinante lo inconsciente que eres del peligro que corres!

—Me subestimas —respondió Cordelia secamente—. Acabo de decirte que había tomado mis precauciones, ¿o qué te piensas?

—No te creo. Porque no estabas preparada, como lo estábamos en todos nuestros ciberataques desde…

—La muerte de Alba. Dilo, a menos que Flores ya te lo haya hecho olvidar… Perdón, ha sido una tontería, he bebido demasiado y de verdad que no pienso lo que he dicho.

—Si no hubiéramos improvisado —prosiguió Diego impasible—, habríamos estudiado dónde estaban las cámaras, como las que ocultan detrás de las rejillas de ventilación, los espejos, los carteles publicitarios y en el interior de las tiendas. Es humanamente imposible pasar inadvertido en un aeropuerto, salvo con una meticulosa preparación. Y ni siquiera así, habría bastado con un pequeño error para que te descubrieran. ¡Lo sabes muy bien, joder! Hay centenares de cámaras en la terminal 3, en las aceras, en los aparcamientos, en los bares y restaurantes, en las salas de espera,

en las áreas de descanso... ¿Quieres que siga o ves por fin el berenjenal en el que te has metido robando ese maletín?

Cordelia se bebió la copa de un tirón antes de limpiarse la boca
con el dorso de la mano.

—Vale, pongamos que me han grabado. ¿Cómo sigue tu
guion catastrofista?

—La policía estará ahora registrando tu casa, si es que no lo
ha hecho ya.

—Has visto lo que revelan los documentos que tienes delante, me extrañaría que acudieran a la policía para recuperarlos.

—Vale, a *su* policía, si lo prefieres. Mercenarios que no se andarán con tonterías. Mañana se presentarán en tu oficina, atarán
cabos sobre tu trabajo y el material al que tienes acceso; te desen-
mascararán ante tus jefes. Intenta conectarte a tu puesto mañana
por la mañana y verás si mi guion es catastrofista o solo realista.
Y, ahora, concéntrate. ¿Pueden saber que tienes un hermano en
Madrid?

—Publico lo mínimo en las redes sociales para no despertar
sospechas, unas cuantas fotos tontas como la mayoría de la gente.
Atardeceres cursis, dos o tres perros y gatos que atraen un montón
de *likes*..., pero nunca nada comprometedor, lo sabes muy bien.
Y, en el trabajo, nadie te pide el pedigrí. Las familias inglesas son
tan disfuncionales que hace tiempo que a los departamentos de recursos humanos no les interesan tus padres, y menos aún tus hermanos. En cuanto a nuestras llamadas y mensajes, siempre hemos
pasado por canales seguros, de modo que no, no creo que puedan
sospechar que eres mi hermano.

—Ya deben de saber que te has ido a España, tu marcha les
hará pensar que habías previsto tu huida.

—¡Pero si no había previsto nada! Y menos aún robar ese maletín.

—Te habrás librado de él, espero, ¿no? —se alarmó Diego.

El aire confuso de Cordelia no lo tranquilizó nada.

—Tenemos que proteger la retaguardia. Si lo encuentran, se demostrará que eres culpable.

—¡Pero, joder, le estás dando la vuelta a todo! ¡Soy yo quien tiene las pruebas de su culpabilidad!

—Tal y como has conseguido esas pruebas, ningún tribunal las admitirá.

—¿Qué pasa, que ahora eres jurista? —preguntó Cordelia indignada.

Él le lanzó una mirada consternada.

—Bien… Resumamos tu situación: las cámaras han revelado tu identidad; el maletín, que eres la persona a la que están buscando, y tu billete de avión, el destino de tu huida…

—¡Que no he huido, joder, he venido a verte! —gritó Cordelia.

Sus miradas se cruzaron. Diego se inclinó hacia delante y apoyó con fuerza los codos sobre la mesa, como un patriarca que busca afirmar su autoridad.

—Intentarán averiguar por qué Madrid. Supondrán que tienes un cómplice, una persona o una organización para la que trabajas. Con la ayuda de contactos importantes —y no dudes que los tienen—, seguirán tu rastro hasta aquí. Has dejado muchas pistas desde que llegaste a la terminal. Menos mal que yo llevaba esa sudadera con capucha. Ahora, déjame pensar.

—¿En qué?

—En cómo protegerte. En la autopista observaste que se me había olvidado encender los faros, ¿verdad?

—¿Y qué pasa con eso?

—Pues que entonces también los tenía apagados cuando salimos del aparcamiento. Como es oscuro, como mucho reconocerán el modelo del coche, pero no podrán leer la matrícula. Todavía no hay cámaras de vigilancia en los barrios menos modernos de Madrid. Nos perderán la pista tras doblar la esquina de la calle Miguel Ángel, puede que antes incluso. Eso nos da un poco de tiempo. Mañana por la mañana iré a esconder el coche y nos moveremos en moto.

—¿Tienes moto?

—Tendré una mañana.

Diego se levantó, recogió los platos y le pidió a Cordelia que lo ayudara.

—¿A Penélope también le pides que te ayude a quitar la mesa?

—Se llama Flores, más vale que lo recuerdes si quieres que te la presente, ¡y Flores no va por ahí robando maletines en los aeropuertos!

—¡Pues te debes de aburrir de lo lindo con ella! —se burló Cordelia recogiendo las copas.

EL CANAL DE CAMDEN

15

El tercer día, en Oslo

Ekaterina abrió los ojos, el despertador indicaba las 4:05 de la mañana, Oslo salía de la noche. Volvió la cabeza y miró a Mateo dormir. Su rostro le parecía distinto, como atormentado. ¿Qué estaría soñando? Esa noche, entre sus brazos, había sentido miedo; no de él, sino de que adivinara lo emocionada que se sentía, miedo del día después y de los días sucesivos. Salió de la cama y se envolvió en una toalla. Sin hacer ruido, entreabrió la cristalera y salió al balcón.

Apoyada en la balaustrada, contempló los veleros que brillaban en el agua a la luz plateada del alba. Sintió ganas de fumar, aunque fuera aún muy temprano, o tarde, para alguien que había dormido poco.

—Me gusta el sonido de los obenques y las botavaras —murmuró al oír unos pasos a su espalda—. Algunas noches paseo por los muelles para oírlos restallar al viento. El mundo es tan apacible aquí.

No apartaba los ojos de los barcos mientras él la observaba en silencio. Le ofreció su cigarrillo, que él rechazó educadamente; se ajustó la toalla y dio una larga calada.

—¿Te vuelves a Milán?

—He crecido en Milán, pero vivo y trabajo en Roma.

—Sigues sin contarme nada de tu trabajo.

—Hace diez años desarrollé una aplicación y fundé una empresa.

—Tiene gracia, te imaginaba más bien en el mundo del arte: galerista, marchante o algo así.

—¿Lo piensas por lo de que vivo en Italia?

—No, más bien por lo de tu amigo litógrafo y su taller.

—¿Habrías preferido que fuera galerista o marchante de arte?

—De todas formas, qué más da, nuestros caminos se separarán pronto… ¿Una aplicación de qué?

—La idea era sencilla pero muy original para esos tiempos: permitir a los amigos localizarse fácilmente, descubrir, por ejemplo, que estaban en un mismo barrio y quedar para ir al cine, a tomar un café o a ver una exposición…

—¿Y dónde estaba el error?

—El error no era la aplicación en sí, sino haberla vendido, y con ella mi empresa, a un grupo grande.

—¿A quién se la cediste?

—A FriendsNet.

—Precursor y hombre de negocios adinerado. Menos mal que eso no lo sabía ayer, me habría sentido poca cosa a tu lado —ironizó Ekaterina.

—Un año después de la cesión, descubrí anomalías en el programa que no existían antes de que pasáramos a formar parte del gigante californiano. Habían añadido líneas de código. Busqué su utilidad y al final la encontré: recopilar los datos personales de los usuarios a sus espaldas.

—¿Es que antes no lo hacíais?

—Por supuesto que no. Nuestro modelo económico era sano, se asentaba en suscripciones, no en robos. Nunca habríamos aceptado comerciar con la intimidad de la gente y menos aún con sus opiniones. Al contrario, la información se la proporcionábamos nosotros.

—¿Qué clase de información?

—Programas de espectáculos, restaurantes, conciertos, fiestas, exactamente como un periódico de barrio, cuyas páginas se abrían conforme se desplazaban por la ciudad.

—¿Y funcionó?

—Lo bastante para que nos compraran. Pero por malos motivos, por desgracia. Yo estuve ciego, me sentí halagado por la cantidad que nos ofrecieron. Demasiado elevada para el valor de nuestra empresa.

—Debían de tener buenos motivos para pagarla a ese precio, ¿no?

—Nuestros usuarios tienen entre quince y treinta años, la explotación de los datos de esa franja de edad vale oro. Me comporté como un agricultor que vende sus tierras a cambio de una fortuna porque esconden petróleo, fingiendo no saber que los pozos de extracción destruirán todo aquello por lo que trabajó. No sé si mi metáfora resulta muy clara.

—Digamos que es poética —se rio Ekaterina—. Pero, habida cuenta de lo que ocurre hoy en día, no tienes razones para sentirte culpable.

—Sí, he contribuido a construir un sistema que me indigna.

—Entiendo… ¿Y de arrepentido te convertiste en *hacker*? —preguntó ella divertida.

—Puede, pero no solo por los ciberataques que conoces.

Ella frunció el ceño.

—Te voy a confiar un secreto que no le he contado nunca a nadie, ni siquiera a mis colaboradores más estrechos. Hablabas antes de precursores: lo fuimos en materia de geolocalización; FriendsNet integró nuestros programas en los suyos para espiar y manipular a los jóvenes. Cuando me di cuenta, coloqué caballos de Troya en mi aplicación para denunciarlos algún día.

Ekaterina arrojó el cigarrillo a lo lejos, dubitativa.

—¿Quieres hacerme creer que has logrado colarte en los servidores de FriendsNet?

—No hay ciudadela inexpugnable, todos los sistemas tienen algún fallo. Encontrarlo es una simple cuestión de preparación y de tiempo.

Ekaterina seguía sin convencerse. La seguridad informática del gigante californiano se contaba entre las más perfeccionadas del mundo.

—Cree lo que quieras, pero no se lo cuentes a nadie.

—Ya que estamos de confidencias, ¿dónde vivías antes de irte a Milán?

—Nací en Nâm Pô, una aldea del norte de Vietnam, a diez kilómetros a vuelo de pájaro de la frontera con Laos. Apenas conservo algún vago recuerdo, la luz verde del atardecer, el olor a mantillo del bosque, aromas de tierra, una carreta de madera y el rostro de mi padre. No me apetece mucho hablar de mi infancia, pero estoy deseando que me cuentes tú de la tuya.

—Los olores de mi infancia eran más contrastados… Un tufo a alcohol, la lluvia en las aceras, la madera de los bancos en los que a veces pasaba la noche, el sudor de las carreras por las callejuelas para despistar a la poli, y también recuerdos de chicos guapos con los que coincidí en los refugios de invierno. He visto en esas guaridas más espíritus libres que en los barrios acomodados. Sin ataduras y sin posesiones, nada te impide ir donde te dé la gana, ¿entiendes? Solo que no es fácil, es incluso muy difícil, porque hay que encontrar cada día una razón para seguir viviendo. A mí lo que me sostenía era la obsesión de estar limpia, había puesto en ello toda mi dignidad. Y hay encuentros que pueden cambiar el curso de una vida. Llámalo el destino o la suerte… Una profesora de Derecho me vio una mañana en el parque de Snippenparken. Yo tenía doce años, ella, unos cuarenta. Me gustaba ir a mirar a los niños que jugaban, observarlos mientras se columpiaban. Quizá fuera la felicidad extasiada de los padres cuando los abrazaban lo que me hacía soñar… y rabiar a la vez. La profesora se sentó a mi lado sin decir nada. Se sacó una bolsita de papel del bolsillo y se comió su cruasán tranquilamente. Ella también miraba a los niños. Cuando vives en la calle, desarrollas ciertos instintos, una habilidad particular para saber al instante si el que tienes al lado es una amenaza o no. Los primeros días, esta señora hacía como si yo no existiera. Pero yo le pillé el juego: intentaba amaestrarme como se hace con un perro cuando aún no sabes si tiene hambre o si te quiere morder. Llegaba cada mañana con dos bollos en una bolsita y los dejaba en el banco. Cogía uno, se lo comía a mi lado y se iba tranquilamente sin darse la vuelta. Al final me cansé de su jueguecito y le pregunté por qué no me daba el otro bollo directamente. Ella sonrió y me contestó: «Para que te lo preguntes y luego me lo preguntes a mí». Así fue como empezamos a hablar… No sé por qué te cuento esto, yo tampoco se lo he contado nunca a nadie.

A Ekaterina le emocionó la mirada de Mateo, tan presente que sintió que en ella cobraban vida sus palabras. Se había abierto una puerta en el cruce de caminos de sus dos mundos.

—Una noche —prosiguió ella—, me metí en una pelea. Nada grave, bueno, me hicieron un buen corte en el antebrazo. Al verme la herida al día siguiente, me cogió de la mano y me llevó a una farmacia. Al salir, me dijo que no bastaría con un cruasán, había perdido sangre, tenía que recuperar fuerzas de verdad. Nos sentamos en la terraza del Gran Hotel, tendrías que haber visto la cara del camarero cuando tuvo que darme la carta. Hay que reconocer que tenía muy mal aspecto. La bondad de esa mujer era evidente, pero yo desconfiaba y le pregunté qué quería. Divertida, me contestó con la misma pregunta. Yo no tenía ni idea de lo que quería. Vi la sonrisa ácida de mi madre superponerse sobre el rostro de mi bienhechora, y la respuesta me vino sola. Mi madre tenía la costumbre de repetirme: «Nacida de la nada, no eres nada y nunca serás nadie». Quería demostrar lo contrario. Ese instinto del que te he hablado antes fue lo que me llevó a seguir a esa mujer. Me llevó al Barnevernet, una institución que se ocupa de niños abandonados. Me escolarizaron y me ayudaron a reconstruirme. Hoy soy profesora de Derecho. Mi madre tenía razón en una cosa: me he convertido en una fuera de la ley, pero no por los motivos que ella pensaba, sino por devolver un poco de lo que me dieron a mí. Bueno, ya lo sabes casi todo de mi vida, y yo sigo sin saber nada de la tuya… Contéstame al menos a esta pregunta: ¿te marchas hoy?

—Aún no lo he decidido…

—Entendido, te marchas hoy. Es mejor así. Tranquilo, no nos hemos prometido nada. Al menos…, cuando hablemos a través de las pantallas, recordaré el olor de tu piel. Porque hueles pero que muy bien, Mateo —concluyó volviendo a su habitación.

Él quiso retenerla agarrándola de la mano, pero Ekaterina llegó al cuarto de baño y cerró la puerta tras de sí. Pese a sus aires de chica dura, le costaban las despedidas y prefería que él se marchara sin un adiós.

El sentido común le dictaba que recogiera sus cosas, se vistiera y se marchara de allí antes de que fuera demasiado tarde, que obedeciera las normas del Grupo. Pero Ekaterina le importaba. Mucho más de lo que ella suponía.

Se reunió con ella. Ella lo acogió sin decir una palabra.

Después de hacer el amor se durmieron abrazados en una cama deshecha.

Mateo se despertó el primero. Se levantó en busca del menú del servicio de habitaciones, hambriento e impaciente por que les trajeran ya el desayuno. Ekaterina se desperezó y le dijo que pidiera todo lo que había en el menú. Se volvió a la cama y enterró la cabeza debajo de la almohada, quejándose de los días de verano en Noruega, que empezaban demasiado pronto y terminaban demasiado tarde. Mateo miró su móvil y, de pronto, sin una palabra, la zarandeó con viveza. Había pasado algo grave. Ella se incorporó, inquieta, y le arrancó el aparato de las manos.

—*Fy faen!* —Soltó un taco en su lengua.

Una noticia de la NTB anunciaba la muerte de Vickersen. El líder del partido nacionalista había sido «salvajemente apuñalado» esa noche cuando volvía a su domicilio. Los asesinos eran dos inmigrantes clandestinos, supuestamente habían tratado de robarle la cartera. El chófer de Vickersen los había perseguido a la carrera. Había estallado una pelea, este había desenfundado el arma y los había abatido en defensa propia. Fin del comunicado.

—La prensa no va a parar. A dos semanas de las elecciones, imagínate la onda expansiva que va a sacudir mi país.

—¿Quién ha decidido la muerte de Vickersen y cómo la han orquestado en tan poco tiempo?

—Nos la han jugado. Tenían un plan B. El atentado en el campus no era para Baron más que una manera entre otras de lograr sus fines. Dos inmigrantes asesinan al jefe del Partido de la Nación o cómo sembrar el miedo y la ira entre la gente y atraer los votos en favor de quienes hacen campaña sobre el tema de la seguridad. ¡Una sincronización perfecta!

Ekaterina cogió el mando y encendió el televisor. Mateo se sentó a su lado al pie de la cama. Un teletipo sobre fondo rojo, que anunciaba la noticia del homicidio, desfilaba en bucle en la parte inferior de la pantalla, mientras un periodista se esforzaba por comentarla, repitiendo una y otra vez lo poco que se conocía aún de las circunstancias de la tragedia.

Vestido con una gabardina beis, con un brazalete con los colores del Partido de la Nación, el secretario general apareció de pronto ante los micrófonos que se agitaban delante de él. Empezó entonces una conferencia de prensa improvisada, cuyo tono y cuyo contenido Ekaterina encontró extrañamente bien ensayados.

—¿Qué está diciendo? —preguntó Mateo.

Ella se esforzó por hacerle una traducción simultánea:

—«Las fuerzas vivas de la nación no se rendirán ante este odioso atentado, pues no se trata, como les han dicho, de un crimen corriente, sino de un atentado propiamente dicho. El jefe de la policía se lo confirmará dentro de poco. Los bárbaros que han asesinado cobardemente a nuestro presidente llevaban encima documentos que nos hacen pensar que preparaban otras acciones. No nos comportaremos como víctimas, sino que opondremos resistencia a estas agresiones, a esta invasión rampante de criminales de la que se ha hecho cómplice el Gobierno actual. Demostraremos a través de las urnas a todos aquellos que quieren aniquilar nuestra sociedad que sus ataques nos harán más fuertes y unidos. Quienes aún ayer dudaban del deber de cada noruego de devolver el orden a nuestro país, de hacer de la seguridad de nuestros conciudadanos una prioridad, comprenderán la urgencia a la que debemos hacer frente. Pues la triste actualidad nos lo demuestra, es sin duda alguna nuestro deber proteger nuestra identidad, nuestra tierra, nuestra cultura y a nuestros hijos. Al matar a Berg Vickersen, son los cimientos de nuestra democracia lo que estos terroristas han querido asesinar. ¡No se lo permitiremos! En este día de duelo, el Partido de la Nación me ha pedido que tome el relevo. Es una gran responsabilidad y un honor que acepto… De modo que, sobrecogido pero más motivado que nunca, les anuncio mi candidatura a las elecciones. Muchas gracias».

Dicho esto, el secretario general, convertido *de facto* en número uno del partido nacionalista, se marchó. Al semblante cariacontecido del inicio del discurso había sucedido la arrogancia de un hombre que acababa de triunfar.

—Los nacionalistas van a derrocar al Gobierno en las urnas, es un golpe de Estado perfecto, y estoy segura de que todo esto lo ha ideado Baron —declaró indignada Ekaterina—. Sabían que nos habíamos infiltrado y han anulado la operación. Nos la han jugado a lo grande. Los dos hombres no estaban en su camioneta. Lo has oído como yo, les han metido unos documentos en los bolsillos antes de matarlos, seguramente el esquema que encontré en el ordenador de Vickersen. De aquí a un par de días, la policía anunciará que preparaban un atentado en el campus. Vickersen selló su suerte fanfarroneando después de que yo los sorprendiera durante su desayuno. Su muerte estaba programada. Baron se alió con el secretario general. Knut Thorek es un hombre tranquilo, más temible aún que Vickersen. Debería enviar a la prensa la foto de esos dos pobres inocentes y revelar todo lo que sabemos.

—No serviría de nada, solo nos pondría en peligro. Nadie te creerá, y aunque consiguieras interesar a algún periodista, no publicaría nada sin conocerte primero, lo cual es impensable. Baron es un hombre retorcido y peligroso, acabas de demostrármelo. Me preocupa la idea de que te quedes en Oslo, sobre todo después de que te persiguiera su guardaespaldas. Y, pienses lo que pienses, no nos la han jugado del todo, estoy seguro de que hemos contribuido a evitar la matanza.

—Sí, pero, a fin de cuentas, han ganado la partida y se impondrán en las elecciones.

—A fin de cuentas…, has salvado la vida de muchos estudiantes, y aún no han ganado. Vístete, te llevo a tu casa, recoges tus cosas y nos marchamos inmediatamente. Tienes pasaporte, ¿verdad?

—Primero, se dice «Vístete, por favor», y segundo, un pasaporte ¿para ir adónde?

—A Londres… Por favor.

—¿Por qué a Londres?

—Porque es donde ha ido Baron.

—¿Cómo lo sabes?

Mateo agitó su móvil como si se tratara de una varita mágica.

—Pensaba que había que estar cerca del chivato para poder espiarle el móvil.

—Para reunir los datos sí, pero la geolocalización es mi especialidad.

—No puedo irme de Oslo así como así, me juego mi puesto en la universidad.

—Precisamente: para que no te echen, vas a tomar la delantera. Llama al rector, discúlpate por tu comportamiento de anoche en la biblioteca, di que ha sido por un pico de estrés y que te parece prudente ausentarte unas semanas.

—Visto así... Tendría que seguir pagándome..., y aparte evitaría tener que rendir cuentas a la policía del campus. ¡De acuerdo! Te acompaño a Londres, pero solo unos días.

LJABRU

EL PARLAMENTO DE LOS ESTUDIANTES

El Gran Hotel

OSLO

16

El tercer día, en Madrid

Cordelia se había preparado un café en la cocina mientras Diego seguía dormido. Descubría el apartamento con las primeras luces del alba madrileña. Su hermano había cambiado mucho en unos pocos años. Él, tan desordenado antes, vivía ahora en un pequeño apartamento extrañamente organizado. También la decoración la sorprendía, demasiado femenina para ser solo obra suya. El ramo de clemátides sobre la estantería de la biblioteca era buena prueba de ello, Flores debía de pasar más tiempo allí de lo que él daba a entender. Se prometió que lo averiguaría. Mientras tanto, se instaló ante el ordenador y empezó a diseñar el plan de venganza que tenía en mente.

—¿Ya estás trabajando? —preguntó Diego entrando en la habitación.

—Ya me dirás dónde están las cosas de Penélope; no quería facturar, así que no me he traído champú ni desmaquillante. Voy a necesitar también un poco de crema hidratante. Es tremendo cómo se reseca la piel en el avión —dijo con voz inocente.

Diego permaneció impasible.

—Ponme un café, anda. Tengo que ir al mercado de San Miguel para el restaurante. Tú espérame aquí, es más prudente.

—Ni hablar. No he venido a verte a Madrid para quedarme encerrada en tu casa poniéndote cafés. Y tú mismo dijiste ayer que los hombres de Sheldon no nos encontrarían.

Diego estaba contrariado, pero sabía que no podría tener prisionera a su hermana. En cuanto se fuera, haría lo que le diera la gana, y la idea de que se paseara sola por la ciudad lo inquietaba más todavía.

—Vale, antes iremos a ver a Juan para conseguir una moto, voy a avisarlo.

—¿Juan?

—Un amigo que me debe unos cuantos favores. No está mal, se parece un poco a Bardem, no sé si te haces una idea.

Cordelia hizo un signo de aprobación con el pulgar y fue a prepararse.

Escondido debajo de la bañera, encontró el estuche de maquillaje de Flores.

*

No era mentira, Juan era un tipo guapo. Y esa no era la única sorpresa. Diego había aparcado delante de una gran tienda de accesorios para moteros en el paseo de la Infanta Isabel, en pleno centro de la ciudad, nada de un garaje cutre al fondo de un callejón oscuro como ella había imaginado. Cascos y monos de todo tipo ocupaban las estanterías. Había también motos rutilantes sobre pedestales, entre ellas una espléndida Derbi que Cordelia se quedó mirando admirada.

Juan se le acercó por detrás y le preguntó si ya había elegido.

—No tengo intención de comprar —contestó ella inocentemente.

—¿Quién habla de comprar? Estáis en vuestra casa.

—Y encima seductor... Lo tiene todo.

—Cordelia, no seas borde —terció Diego.

—¿Borde yo? —dijo ella.

Sin inmutarse, Juan los llevó al taller. Diego le entregó las llaves de su coche a cambio de las de una Guzzi Bobber con un potente V9 y asiento para pasajero. Mientras Cordelia elegía el casco, Juan no le quitaba ojo de encima. El motor de la Guzzi rugió, se subió detrás de su hermano y le lanzó un beso a Juan.

Subieron por la calle Atocha y aparcaron delante del mercado de San Miguel. A unos pasos de la célebre plaza Mayor, el centenario establecimiento estaba ya lleno de visitantes. Diego se abrió camino entre el gentío, parándose en los puestos de sus proveedores habituales.

Todo el mundo parecía conocerlo, los tenderos levantaban la mano para saludarlo.

—No sabía que fueras tan famoso.

—Qué tonterías dices… ¿Qué vas a hacer con los documentos del maletín?

—Flores y tú lleváis mucho tiempo, ¿no?

—¡Deja ya de preguntarme por ella! Has cogido el primer avión para que pensemos juntos, ¿o ya lo has decidido todo tú y solo has venido a que te dé el visto bueno?

—De verdad tenía ganas de verte, Chiquito.

—Entonces dime lo que has pensado —dijo Diego mientras proseguía con sus compras.

—¿Te acuerdas del programa que trucó Volkswagen para ocultar millones de coches contaminantes? El Dieselgate.

—Sí, ¿por?

—¿Qué puede llevar a unos tipos educados y respetables a comercializar coches que emiten dióxido de carbono en niveles hasta treinta y cinco veces superiores a la norma autorizada?

—¡Te has convertido en toda una defensora del medioambiente!

—Contesta a mi pregunta.

—El deseo de enriquecerse todavía más, sin importar los medios para conseguirlo —contestó Diego tranquilamente.

Avanzaron por uno de los pasillos del mercado. Cordelia se detuvo un momento. Tenía la impresión de haberse cruzado tres veces con el mismo tipo. Pero, después de todo, eso no tenía nada de extraño estando en un mercado. Cordelia se negaba a preocuparse como su hermano, este siempre se agobiaba demasiado cuando se trataba de ella. Había robado un maletín en un aeropuerto, no era el crimen del siglo. Robos con tirón los había por decenas todos los días en una gran ciudad, tampoco era como para alimentar su escenario catastrofista. En cuanto a Sheldon, más le valía que no se supiera, sobre todo que no lo supieran sus jefes. ¿Qué ladrón iba a interesarse por unos documentos aburridos después de haber tenido la inmensa suerte de llevarse tan tremendo botín? No había querido hablarle de las cincuenta mil libras a Diego, primero para no agobiarlo aún más, y también porque, con su rectitud excesiva, le habría exigido que devolviera el dinero. Cordelia se arrepentía de haber sido tan inconsciente como para dejar el maletín en su casa, pero al menos los billetes estaban en lugar seguro.

—Bien —prosiguió—. Y el caso Deep Horizon, cuando el grupo BP, por escatimar en el mantenimiento de sus plataformas petrolíferas, provocó una marea negra sin precedentes en el golfo de México. Once muertos, ciento ochenta mil kilómetros cuadrados de océano contaminados, miles de ecosistemas destruidos, así como el pan de centenares de pescadores y sus familias. Una de las mayores catástrofes ecológicas de la historia. ¿El castigo? Una multa de veinte mil millones de dólares calificada de histórica por el Departamento de Justicia de Estados Unidos.

—¡Veinte mil millones, no está mal!

—¿Sabes cuál es el volumen de negocio anual del gigante petrolero inglés?

—No, pero seguro que me lo vas a decir tú.

—Trescientos mil millones de dólares. La multa supuestamente histórica es una picadura de mosquito en el culo de una vaca. Las multinacionales apenas se exponen a nada por infringir las leyes.

—Estás exagerando… A Volkswagen le cayó una multa de treinta mil millones, y su imagen de marca se llevó un buen revés —replicó Diego avanzando hacia un puesto de especias.

—Veinte o treinta mil millones no dejan de ser una picadura de mosquito en el culo de una vaca.

—Sí, pero a la larga les acabará haciendo daño.

—¿De verdad crees que su reputación se vio perjudicada? Al año siguiente, el volumen de negocio de Volkswagen conoció un crecimiento de dos cifras, doscientos cincuenta mil millones de euros. ¿Entiendes adónde quiero llegar?

—No.

—Provisionan esas multas, los mecanismos fiscales las dejan en un tercio, cuando no en la mitad. Haz la cuenta, ¿crees que la sanción está a la altura de los delitos que cometen? Esta impunidad los incita a permitírselo todo para aumentar sus beneficios. ¿Por qué privarse cuando a lo más que se exponen es a una colleja? Los que han pactado los precios en la industria farmacéutica son el ejemplo perfecto. Los gobiernos lo saben y no hacen nada. Y lo más absurdo es que quienes levantan la liebre corren más riesgos que los propios criminales. Así es que se me ha ocurrido una idea para vengar de verdad a Alba. Esta vez no se tratará de denunciar un escándalo más o de esperar un largo juicio y sanciones inciertas. Esta vez será mucho más doloroso para ellos.

El nombre de Alba había despertado la curiosidad de Diego. Renunció a sus compras y se la llevó a la mesa de un bar de tapas.

—¡Soy todo oídos!

—Vamos a piratear las cuentas bancarias de los directivos de Talovi implicados en este escándalo y vamos a dejar sin blanca a esos cabrones. Vamos a confiscarles su fortuna personal y a darles a las víctimas ese dinero ganado ilegalmente.

Diego enarcó las cejas y puso sus manos sobre las de su hermana.

—¿Sabes por qué te quiero tanto? —dijo con voz tranquila—. Porque no le tienes miedo a nada. Y yo tampoco.

MERCADO
DE SAN MIGUEL

17

El tercer día, en Tel Aviv

Janice se despertó con la cabeza cargada y la boca pastosa, señales de una resistencia al alcohol a prueba de bomba y de una larga noche absorta en los archivos robados de los servidores del Partido de la Nación. Se arrastró hasta la ventana y abrió los postigos; entornó los párpados cuando el sol inundó bruscamente la habitación.

—¡Espero que el tío valiera la pena! —oyó gritar desde la habitación contigua.

Era David, amigo, pintor y coinquilino de la bonita casa que ocupaba en pleno centro del barrio de Florentin.

Janice dio media vuelta y se tumbó en la cama con un grito de agonía.

La puerta de doble hoja de su habitación se abrió con estruendo; David entró, majestuoso, y se la quedó mirando.

—Pero ¿dónde has estado esta noche para tener esa cara? Y, sobre todo, ¿con quién? Hiciste mal en no apuntarte, la velada estuvo fantástica. Fuimos a lo grande de bar en bar, como le gustaba a ese amigo tuyo francés, ¿cómo se llamaba, Paul, Pierre, Alain? No me acuerdo. Empezamos en el Satchmo, luego fuimos al Hoodna y acabamos a las tantas en el Joz.

—David, te lo suplico, menos palabras, ninguna sería aún mejor.

—¿Cuánto me das por que te traiga un café?

—Lo que quieras, pero en silencio.

—¿Todo lo que quiera? —repitió David pensativo—. ¡Cotilleos sabrosones! Anda, por cierto, ¡adivina con quién está saliendo Simonetta!

Janice cogió la almohada y se la lanzó a la cara.

—Para que la diva esté de tan mal humor es que el tío no merecía la pena.

David volvió unos minutos más tarde con una taza humeante y un plato de pastelitos orientales que preparaba él mismo.

—Come, estás pálida como una muerta; no creo yo que encuentren sangre en tu alcohol.

Janice se incorporó y, volviendo a abrir un ojo, se apoderó del café con el ceño fruncido y un vago agradecimiento a su amigo por el detalle.

Él se acercó para olisquearle el camisón.

—Pero ¿tú de qué vas? ¿Te crees que eres un perro o qué? —protestó Janice.

—Qué raro, no hueles a hombre, apestas a tabaco, tienes los ojos de un conejo albino… Espera, ¿no me digas que has vuelto a currar?

—Te quiero mucho pero eres un pelmazo, David.

—Lo mismo te digo, cariño. Si crees que no me despertaste cuando volviste a las cinco de la mañana… ¿Una nueva investigación incendiaria? ¿Otra vez vamos a tener el honor de que nos visite la policía? Bueno, me vuelvo a mi trabajo, que es tarde.

—¿Qué hora es? —preguntó Janice agobiada, buscando su móvil.

—Lo he puesto a cargar en la entrada —anunció David, acostumbrado al desorden de su compañera de piso—. Me lo he encontrado en el suelo, al lado de tus llaves; por suerte, esta vez estaban dentro de casa. Si has retomado la pluma, quiero saberlo todo, empezando por quién está hoy en tu punto de mira.

—No lo sé, ese es el problema —masculló Janice—, por ahora solo tengo indicios.

—Por eso me lo tienes que contar todo. Sin Watson, Holmes no es más que un detective fracasado.

—Tienes razón, tengo que comer, me encuentro fatal.

—Muy bien, me voy a la cocina; mientras tanto, intenta arreglarte un poco, pareces una marioneta triste con ese camisón espantoso. Vente al salón conmigo cuando estés presentable.

Janice esperó a que David se fuera para salir de la cama. Se arrastró hasta la cómoda y examinó su rostro en el espejo. Tenía el pelo revuelto, sus grandes ojos claros parecían pesar sobre unas profundas ojeras y sus mejillas ya no tenían color. La constatación le pareció de lo más deprimente. Se dio una larga ducha, se puso un albornoz y un turbante en el cabello mojado y se fue al salón.

David la esperaba sentado en el viejo sofá crema que habían encontrado en un mercadillo y la recibió con un aplauso.

—¿A qué viene eso?

—Pasar de bruja a Esmeralda con una simple ducha no está al alcance de cualquiera.

La pulla le valió una mirada asesina. David se sabía a salvo, Janice perdía todo don de réplica cuando tenía resaca. Cogió la bandeja que estaba sobre la mesa baja y se instaló en el sillón enfrente de él. Mientras disfrutaba de un suntuoso desayuno a base de tortilla, ensalada, aceitunas y *labane* espolvoreado de *za'atar,* como a ella le gustaba, David cruzaba y descruzaba las piernas, sin dejar de mirarla fijamente. Janice sabía que no la dejaría en paz mientras no hubiera saciado su curiosidad.

—Vale —suspiró ella—, te lo contaré. En enero hubo una reunión telefónica entre un magnate de la prensa residente en Nueva York, un multimillonario londinense, un oligarca moscovita, un consejero político estadounidense que estaba de viaje y el dirigente del partido nacionalista noruego. ¿Cuál puede ser la relación entre toda esta buena gente? —preguntó.

—Como en esos chistes tontos del avión que se estrella: nos trae sin cuidado. Lo que me lleva a hacerte una pregunta más pertinente: ¿por qué despierta esta reunión tu instinto de sabueso?

—Podría tener por motivo una transferencia emitida desde un banco de un paraíso fiscal —añadió Janice.

—Eso no tiene ningún interés, ¿no hay nada más? —suplicó David con un gesto de exasperación.

—Uno de los clientes del banco en cuestión es Ayrton Cash —soltó ella, segura del efecto de sus palabras.

—¡Ah, no, te lo prohíbo! —se indignó David—. ¿Es que no has tenido bastante? Si vuelves a atacarlo, te acusará de acoso.

—Ya ha recurrido más que de sobra a ese argumento.

—¡Y por poco gana y te lleva a la ruina! Como si no estuviéramos ya sin blanca, bueno, sobre todo tú. Y no tiene nada de malo que esos buitres tengan una charla, supongo que tienen intereses financieros en común.

—De acuerdo, pero ¿cuáles, mi querido Watson?

Tocado y hundido. David había entendido sus intenciones. Para saberlo, Janice tendría que rastrear esa transferencia hasta su origen y, para ello, *hackear* los registros electrónicos del banco. Algo que ya había hecho en el pasado, sí, pero ¿a qué precio?

—Espera, antes has dicho que el dirigente de un partido político noruego formaba parte de esta alegre pandilla, ¿no?

Janice asintió con la cabeza. David se contorsionó para sacarse el móvil del bolsillo del pantalón.

—Precisamente esta mañana he leído no sé qué historia que ha ocurrido en Noruega.

Rebuscó entre sus mensajes, encontró la noticia que buscaba y se la enseñó orgulloso.

—¿No sería este tipo, por casualidad?

Janice se enteró así que de que acababan de asesinar a Vickersen.

—Sí, es ese. Pero dudo mucho de que sea una casualidad.

De lo que no dudaba Janice era de que se estaba metiendo en un asunto con muchas ramificaciones. Un regalo del cielo que tal vez le ofreciera una revancha y la ocasión de recuperar su credibilidad.

—O una maldición —corrigió David.

Janice fue a la entrada a por su ordenador y le envió un mensaje a Ekaterina. Era urgente que compartiera con ellos lo que había averiguado. Los citó en el foro de Internet que utilizaban los miembros del Grupo 9 para comunicarse. Tenía previsto pasar el día en el periódico, y la red informática allí no le parecía lo bastante segura para chatear en directo.

—¿Otra vez te traes algo entre manos con tus amigos del sombrero blanco? —preguntó David preocupado.

Janice se echó a reír según volvía al salón.

—Los Grey Hat, tonto.

—Pues ya me explicarás la diferencia —se molestó él—. Bueno, ¿qué tengo que hacer?

—Nada, te vas a tu taller y pintas, como todos los días.

—¡Ah! Ya veo… Cuando te preguntan a qué se dedica tu amigo David, tú dices: a nada.

—No es eso lo que quería decir.

—¡Pero lo has dicho! A Afremov, Grinberg y Malnovitzer les gustaría saber que no han hecho nada en su vida, igual que a Rubin y a Chagall.

—Bueno, David, ya vale.

—¿Y Yitzhak y Zoya Cherkassky tampoco hacen nada? —prosiguió David levantando la voz.

—Vale, podrás ayudarme en mi investigación, ¿ya estás contento?

—Creo que sí, al menos por ahora —replicó David muy digno.

—Con una condición: que dejes de comportarte como la típica madre judía. Tome las decisiones que tome, no quiero ningún llamamiento a la prudencia.

—La típica madre judía…, qué halagador. Llámame cuando necesites mis servicios; mientras tanto, me vuelvo a mi taller a no hacer nada.

Janice fue a cambiarse, era tarde ya y quería llegar cuanto antes a la sede de *Haaretz* para hablar con su redactor jefe.

El tercer día, en Londres

El avión aterrizó con antelación sobre el horario previsto. Tras pasar el control de aduanas, Ekaterina quiso coger el transporte público para llegar al centro de Londres, pero Mateo quería hacer unas búsquedas por Internet, para lo que prefería quedarse en superficie. La llevó a la parada de taxis y le indicó al taxista la dirección de un hotel situado en el barrio de Mayfair.

Al entrar en el vestíbulo del Connaught, Ekaterina admiró el lujo discreto del lugar. Mateo se ocupó de la admisión en recepción, a ella le extrañó que no le pidieran que presentara el pasaporte. El discreto encanto de la burguesía inglesa, pensó.

—¿Eres cliente habitual o me han tomado por tu amante? —murmuró en el ascensor.

—Creo que te gustarán las vistas —se limitó a responder él pulsando el botón de la última planta.

La *junior suite* la dejó sin habla. Ekaterina nunca había dormido en una habitación tan refinada. Un escritorio y un sillón de estilo Regencia ocupaban el pequeño salón; en la pieza contigua, la cama era tan grande que podía tumbarse en perpendicular. Se dejó caer sobre el colchón y suspiró de placer al hundirse en el mullido edredón.

Fue al balcón para admirar las vistas que le había ensalzado Mateo. Los tejados de Londres se extendían delante de ella, e imaginó a lo lejos los barrios que tanto le habían hecho soñar, Westminster y su palacio, Primerose Hill y sus anticuarios, Covent Garden y sus teatros de variedades, Camden y su mercadillo…

El Connaught dominaba una plaza que dos plátanos majestuosos cubrían con su sombra. Se inclinó para observar el restaurante situado al pie del hotel. La cristalera le evocó la de la cervecería de Oslo, el recuerdo de una mañana épica y de su primer encuentro con un hombre que la había alejado de su ciudad y que dormiría a su lado esa noche. Se volvió para mirarlo en silencio.

Sentado ante el escritorio del saloncito, Mateo tecleaba cual virtuoso en su ordenador portátil. Tenía la expresión de un niño totalmente absorto en su tarea. Lo dejó trabajar y se abandonó a la calidez de los rayos de sol que se proyectaban, rojizos, sobre la fachada de ladrillo.

Un mensaje de texto puso fin a ese breve momento de tregua tan merecido.

—Janice quiere que nos reunamos con ella en el foro dentro de dos horas —le anunció a Mateo.

—Lo sé, acaba de enviarme un correo, ha encontrado información en los servidores de Vickersen. Hasta entonces, ¿quieres salir a dar un paseo?

—O deshacer esta gran cama que nos mira burlona con sus mullidas almohadas y pasear después, pero en el orden que prefieras, de verdad.

Mateo se levantó con aire contrariado.

—Olvida lo que te acabo de decir —dijo Ekaterina dolida.

Él se acercó a ella y asió sus manos.

—Esta noche tendré que ausentarme unas horas. Baron va a una velada oficial en el Dorchester y he encontrado la manera de introducirme allí, pero no sería prudente que me acompañaras. No podemos arriesgarnos a que te reconozca su guardaespaldas. Puedo pedir en recepción que te saquen entrada para un teatro, y podemos vernos después de la función para cenar juntos...

A Mateo no le dio tiempo a terminar la frase, Ekaterina cogió su chaqueta y salió de la habitación dando un portazo.

Al salir del hotel, cruzó la plaza y tomó por Mount Street. Toda la calle era una sucesión de tiendas de lujo. Ekaterina se detuvo delante de un escaparate y abrió la puerta.

Se paseó por la tienda, miró tranquilamente la etiqueta prendida del escote de un vestido que le pareció bonito y se estremeció al descubrir el precio.

—Está hecho para usted —le aseguró la vendedora, que se había acercado a ella.

—Pero yo no estoy hecha para él, no tenemos los mismos posibles.

La vendedora sonrió educadamente, descolgó otro modelo y se lo enseñó.

—Mañana empiezan las rebajas, si este le gusta, nos podemos arreglar.

Ekaterina nunca había llevado un vestido largo; de hecho, nunca había pensado que llevaría uno algún día. Miró la etiqueta, esta vez con discreción, y la empleada le susurró, con la misma discreción que se lo podía dejar a mitad de precio.

Probárselo no costaba nada, así que entró en el probador.

Se observó en el espejo de cuerpo entero, dando una vuelta completa. Londres era la ciudad de las primeras veces: primera estancia fuera de Noruega, primer viaje en pareja y primera vez que se veía guapa.

—¿Qué tal? —le preguntó la vendedora desde el otro lado de la cortina.

Ekaterina no contestó, incapaz de apartar la mirada del espejo. Quería renunciar a una locura que se tragaría su sueldo mensual. Pero pensó que su vida podría haber terminado el día anterior en el campus y que no había llegado hasta ahí para contentarse con poco.

La vendedora asomó la cabeza con un gesto de aprobación.

—Está usted divina. Ahora los zapatos.

—¿Qué zapatos?

Se miró los pies y constató que sus sandalias no pegaban mucho con ese atuendo.

La empleada calculó el número de un vistazo y volvió con un par de bailarinas negras.

Un cuarto de hora más tarde, Ekaterina subía por Mount Street con una gran bolsa y una expresión de felicidad.

Entró en el Connaught y se precipitó hacia el ascensor. La impaciencia subía a la vez que la cabina: en la primera planta sacó la caja de la bolsa y deshizo el lazo; en la segunda, se quitó el pantalón y la camiseta; se cambió en la tercera y, al llegar a la última planta, corrió por el pasillo. Delante de la puerta de la *suite* se soltó el cabello, inspiró hondo y llamó.

Mateo abrió y se la quedó mirando estupefacto.

—Estás… ¡irreconocible!

—¡Será un cumplido, espero! Y, como estoy irreconocible, no hay peligro de que el guardaespaldas de Baron me reconozca, ¿no crees? ¡Me voy contigo a la fiesta!

Lo arrastró al interior de la habitación y le pidió que la ayudara a desabrocharse el vestido.

—De acuerdo —dijo él—, tú ganas. Si lo ves, apáñatelas para mantenerte a distancia.

—¿En qué mundo vive esa gente? —preguntó ella.

—¿Qué gente?

—Esa con la que vamos a codearnos esta noche y entre la cual hay que llevar un vestido desorbitado para pasar inadvertida. ¿Qué se debe decir y qué no en esa clase de fiesta?

—Te sorprenderá lo banales que son sus conversaciones.

Mientras Ekaterina se cambiaba de ropa, Mateo volvió al salón para conectarse al foro, la cita con Janice era inminente.

∽

—*Al ayudar a Mateo y Ekaterina, Janice descubre que el hombre que arruinó su carrera podría estar relacionado con el atentado que se estaba tramando en Oslo. ¿Era una simple coincidencia?*

—¿A usted qué le parece? Ya se lo he dicho, las acciones llevadas a cabo por los miembros del Grupo convergían hacia un mismo objetivo.

—*¿Qué papel tenía ahí Ayrton Cash?*

—La fuerza del Maligno reside en su discreción…, que es proporcional a su poder de destrucción. La arrogancia es su talón de Aquiles, le hace creer que es invencible. Acuérdese de Vickersen, lo perdió la vanidad. Una vez que le preguntaron por su posteridad, William Barr, ministro estadounidense de Justicia y corrupto hasta la médula, dijo con una sonrisa en los labios: «La historia la escriben los vencedores». Se equivocaba, la historia la escriben los historiadores. Ayrton Cash era de esos hombres que viven por encima de las leyes, que se creen superiores…, y desprecian a sus adversarios. Una ganga para nosotros. Un *hacker* de primera no retrocede ante el tamaño de una fortaleza; al contrario, si los muros son altos, es que oculta algo importante. Entonces busca obstinadamente la brecha que le permita entrar para destruirla desde dentro. El orgullo de Ayrton Cash lo llevó a querer aniquilar a Janice. Craso error: al hacerlo, se convirtió en nuestro caballo de Troya.

LA CASA
DE JANICE

18

El tercer día, entre Londres y Tel Aviv

—Bravo por lo de ayer, fuisteis muy valientes —empezó diciendo Janice.

—No nos quedaba otra —contestó Ekaterina.

—Me llevó toda la noche, pero pude llegar hasta la fuente —prosiguió Janice.

—Tardaste bien poco —constató Ekaterina, que se había reunido con Mateo en el despacho de su *suite*.

Aunque el foro aseguraba el más completo anonimato, la confidencialidad de las conversaciones era sin embargo relativa. Los miembros del Grupo 9 hablaban siempre en clave para no llamar la atención sobre la verdadera naturaleza de sus intercambios.

—Ya había trepado esa pared. El agua es opaca, pero en la bajada descubrí cosas sorprendentes. El riachuelo atraviesa lagos subterráneos, crece, cada vez más contaminado, y se convierte en un río, que podría ser el afluente de un río mayor.

—¿Alimentado por otros ríos contaminados?

—Es muy probable, y procedente de fuentes que no he podido identificar.

—¿Tienes idea de dónde desemboca ese río grande? —preguntó Ekaterina.

—No, la red es más compleja que todas las que he estudiado hasta ahora. Hay que cartografiarla, pero no hay garantía de que podamos lograrlo del todo, de tantas ramificaciones como hay. ¿Y vosotros qué podéis decirme?

—Nada que no sepas ya. Esta noche nos vamos a explorar.

—Vale, cada uno trabaja por su lado. Volveremos a hablar más adelante —tecleó Janice.

—Por cierto, ¿tienes noticias de Maya? —preguntó Mateo.

—Recientes no.

—Si tuvieras, avísame.

—Claro. Una última cosa, ¿puedo preguntaros dónde estáis?

Ekaterina y Mateo se miraron antes de contestar a Janice.

—¿Por qué? —tecleó Mateo.

—Has dicho que os ibais de exploración, como si estuvierais en el mismo lugar, lo cual es imposible, ¿verdad?

—Por supuesto —se apresuró a contestar él antes de desconectarse.

Janice se quedó pensativa delante de la pantalla.

—No me toméis por tonta —masculló—. Ya me gustaría a mí saber qué coño estáis haciendo juntos.

Pero Janice tenía preocupaciones más importantes. Había hecho dos descubrimientos en los archivos de Vickersen: un breve mensaje que contenía un acrónimo y el dibujo de una pieza de caballo de ajedrez. Demasiado complicado para contárselo en clave a sus amigos. Se esforzó en reproducir el dibujo en la tapa de su libreta de notas, empezando por trazar a lápiz la corona de ramas de olivo que ceñía la cabeza del caballo de perfil, con la boca abierta, un ojo feroz y una oreja enhiesta, y que desaparecía debajo de su crin. Janice observó el resultado: aparentemente se trataba de un emblema, pero ¿cuál? ¿El de un club de ajedrez, un club de hípica? Buscando en Internet, encontró numerosos tatuajes, blasones de sociedades ecuestres rodeados por un círculo o un triángulo, pero ninguno por la forma pentagonal que tenía ante los ojos. Un callejón sin salida que la llevó a concentrarse en el cuerpo del mensaje:

Los ORXNOR están desplegados.

Otro enigma más y tampoco era fácil. Su móvil vibró diez veces sobre su mesa antes de que lo cogiera y leyera los diez mensajes de su mejor amiga con la que había quedado a comer, una cita fijada desde hacía tiempo, y que la esperaba desde hacía media hora.

Cogió su documentación, su chaqueta y su bolso, salió del despacho y bajó corriendo la escalera hacia la calle.

Janice casi nunca tomaba taxis. Tenía por costumbre levantar la mano y esperar a que algún conductor quisiera parar, luego otro y otro, así hasta encontrar al alma caritativa que fuera en su misma dirección. Ese día, la suerte no estaba de su lado. El restaurante estaba solo a diez minutos a pie, llegó sin aliento a la terraza.

Hacia un buen rato que Noa había pedido. El camarero les trajo dos ensaladas justo cuando Janice se sentaba a la mesa.

—Perdona, se me había olvidado que habíamos quedado.

—Ya me he dado cuenta —replicó Noa—. ¿Qué tal tu querido redactor jefe?

—Está reunido, como siempre, es imposible hablar con él, espero conseguirlo de aquí a esta noche, te daré noticias suyas mañana.

Noa había tenido una larga relación con Efron. Janice no sabía quién de los dos había cortado, pero, desde su separación, no había una vez que quedara con su amiga y que esta no le preguntara por él. Bien porque lo echaba de menos, bien porque le remordía la conciencia. Noa era una joven brillante, como lo demostraba su carrera. Era también una chica radiante, emanaba una luz alegre que te contagiaba en cuanto te dirigía la palabra. Era un remedio contra la tristeza, capaz de transmitir fuerza con unas pocas palabras. Empática, se interesaba por los demás con una sinceri-dad que desarmaba, siempre estaba dispuesta a hacerte un favor, sin curiosidad inoportuna. Noa siempre sabía encontrar las pala-bras adecuadas, conseguía sin más que tuvieras ganas de ser feliz. Pero, a veces, el destino se anda con tristes rodeos. ¿Quién hubie-ra podido imaginar que un almuerzo en compañía en la terraza so-leada de un restaurante de Tel Aviv le costaría un día la vida?

—¿No tendrás un cigarrillo? —preguntó Janice—. Qué pre-gunta más tonta, si no fumas. No sé cómo me las arreglo para ser tan desordenada, no te imaginas el tiempo que pierdo buscando las llaves —se lamentó inclinándose para coger el bolso del suelo.

—¿Quieres que le pida uno al camarero? —sugirió Noa.

—No, estarán por aquí en alguna parte, en medio de todo este jaleo…

Janice amontonó sobre la mesa un bolígrafo, un cepillo de dientes, un tubo de pasta, sus llaves, un pañuelo hecho una bola, una sombra de ojos, una caja de aspirinas aplastada, una libreta de notas con la cubierta garabateada, dos mecheros vacíos, unos au-riculares enredados y, por fin, la pitillera que buscaba. Cuando levantó la cabeza, Noa tenía la mirada fija en la libreta de notas y le preguntó a bocajarro que dónde había encontrado ese dibujo.

Janice frunció el ceño mientras Noa señalaba con el dedo la cabeza de caballo que había copiado.

—¿Sabes lo que es?

Noa miró fijamente a su amiga.

—¿Cómo ha llegado hasta ti este emblema?

—Te lo contaré cuando me hayas dicho de qué se trata.

—Primero guarda todo eso. Una idea nada más: en lugar de pagar ese alquiler disparatado por tu casa, ¿por qué no te instalas en tu bolso y ya está? Parece contener toda tu vida.

Janice se apresuró a guardar de nuevo todo lo que ocupaba la mesa y se inclinó hacia Noa.

—¿Qué representa ese caballo?

—¿Qué estás investigando exactamente? —susurró Noa.

—Sabes que no te voy a contestar. Venga, dime.

—Sin ánimo de meterme donde no me llaman, en tu lugar yo haría esto:

Noa cogió el bolígrafo que había rodado debajo de su plato y tachó el dibujo hasta sepultarlo por completo en tinta negra.

—Pero ¿a qué juegas? —se indignó Janice.

—Me gustaría que fuera un juego, pero te juro que no lo es. Eres mi amiga, así que escúchame bien: aunque estés con el escándalo del siglo, olvídalo.

La única vez que Noa le había hablado en un tono tan autoritario se remontaba a la época en que seguían sus clases, justo después de incorporarse a filas; Noa se había unido al batallón Bardelas, una unidad mixta de combate, pero a Janice la habían declarado inútil tras un mes de entrenamiento a causa de un problema en el oído interno. Había pagado las consecuencias: el servicio militar daba muchos puntos en el currículo, en las entrevistas de trabajo siempre te preguntaban por tu papel en el ejército, y lo mismo ocurría en las citas amorosas.

—Lo siento, chica. Para serte sincera, no sabía que este caballo pudiera ser tan importante. Pero acabas de darme un motivo de peso para averiguar más. Con o sin tu ayuda.

Janice abrió la libreta y le enseñó la palabra que había copiado.

—Si no quieres decirme nada sobre este emblema, ¿sabes lo que significa *ORXNOR*?

Noa estudió el acrónimo unos instantes y le devolvió la libreta.

—Será sin mi ayuda —contestó.

Janice imaginaba que no conseguiría hacerle cambiar de opinión, pero tenía sus trucos para soltarle la lengua a la gente, incluso cuando se trataba de personas tan duras de roer como su amiga.

—Vale, dime al menos si esta cabeza de caballo viene de nuestro país.

—No. Y aquí termina la conversación.

—Si no viene de Israel, ¿por qué tanto misterio?

—¿Vas a tomar postre?

—¿Los servicios secretos?

Noa pidió dos cafés.

—Te lo vuelvo a pedir, como amiga tuya que soy, olvídalo. Estoy dispuesta incluso a encontrarte una información bien protegida. ¿Qué tal si te pongo sobre la pista de otra noticia bomba?

—¿Qué clase de noticia? —quiso saber Janice.

—Antes prométemelo.

—Sabes muy bien que no puedo hacer eso. Pero acabas de decir «otra noticia bomba».

—Pasemos a un tema más divertido —dijo Noa—. ¿Sabes con quién está saliendo Simonetta?

—¡Y dale! Pero ¿qué os pasa a todos con ella? David me ha preguntado lo mismo esta mañana.

—Entonces le dejo a él la primicia —rio Noa—. Bueno, tengo que volver al trabajo.

—¿Qué tal te va?

Noa se bebió el café de un trago, pagó la mitad de la cuenta y se levantó.

—Ten cuidado con las preguntas que haces, los problemas que tuviste en el pasado no son nada en comparación con los que te esperan si te empeñas en esto.

—Ya que tienes miedo de que me meta en la boca del lobo, ¿por qué no me informas tú misma?

Noa calló un momento y la miró a los ojos.

—¿Has visto *2001: Una odisea del espacio*?

—Hace tiempo, ¿por?

—Adiós, Janice, ahora ya sí tengo que irme.

Más perpleja que nunca, Janice miró a Noa alejarse por la calle. Consultó su reloj y agitó la mano, con la esperanza de encontrar a un alma caritativa que la llevara al periódico. Decididamente no era su día de suerte, y echó a correr. Efron le había prometido una reunión a las tres, y eran ya las tres.

Cuando llegó al vestíbulo del periódico, lo vio subir la escalera. Corrió tras él y lo alcanzó en la puerta de su despacho.

—Demasiado tarde —dijo este—, tengo que hacer una llamada y luego ir al cierre, ¿puede esperar a mañana?

—Sí. ¿Mañana por la mañana?

—¿Tú, aquí, por la mañana? Tiene que ser de verdad muy importante eso que quieres preguntarme.

—¿Efron?

—¿Qué quieres ahora?

—¿Qué tiene de especial *2001?*

—¿El año?

—La película de Kubrik.

El redactor jefe de *Haaretz* la miró divertido.

—Pues bien, yo diría que, junto con *Fitzcarraldo,* es probablemente la mayor odisea del cine. Y también la película de ciencia ficción más influyente del siglo pasado. Mucho más que *Star Wars,* te diría incluso. ¿Es que quieres que te pase a la sección de cine? Las páginas de espectáculos ya no son…

—No, nada de eso —lo interrumpió Janice—, ¿qué más puedes decirme de ella?

—En los primeros y los últimos veinticinco minutos de la película, no se pronuncia una sola palabra, con eso basta para que pase a la leyenda del cine. Cuando yo era joven, cuando alguien llegaba con mala cara al periódico, le decíamos «*Good morning, Dave*» con voz melosa. Una de las frases más famosas del cine… El inconsciente colectivo es fascinante, porque ese diálogo no existe, HAL nunca lo pronunció.

—¿HAL?

—Es el nombre del ordenador que conduce la nave espacial. Si te vas a la letra siguiente en el abecedario de cada una de estas tres letras, obtienes IBM. El mundo entero se entusiasmó, la idea le pareció genial. En el 68, la compañía IBM encarnaba ella sola al Gran Hermano. Pero Clarke, el autor de la novela, juró que no era su intención y que, de haber sido consciente de ello, habría llamado a HAL de otra manera… ¿Has visto a Noa hace poco?

—¿Por qué?

—Es su película preferida —contestó Efron cerrando la puerta de su despacho.

Janice se quedó parada en el pasillo, pensativa. Hasta que recordó una palabra que había dicho Efron. Se precipitó a su despacho, sacó la libreta y buscó el acrónimo que había copiado un rato antes.

Se fue a la letra siguiente de cada una, ORXNOR daba PSYOPS…, un acrónimo que tampoco le decía nada. Sin embargo, había adivinado la intención de Noa, la cual, negándose a orientarla en una investigación que juzgaba peligrosa, había decidido no obstante darle una pista. Efron tenía razón, el inconsciente colectivo es fascinante, empezando por el de los amigos que quieren lo mejor para ti. Janice dedujo que ese grupo de letras tenía un significado tan importante como el dibujo del caballo. Con Noa, cada palabra tenía su relevancia. Recordó la pregunta de su amiga: «¿Cómo ha llegado hasta ti esta insignia?».

—«Emblema» no…, «insignia» —masculló Janice.

—¿Hablas sola? —preguntó una editorialista, asomando la cabeza por la puerta—. ¿No está Efron contigo?

—Está en su despacho. Espera un momento… ¿Para qué sirve una insignia?

Su compañera la miró perpleja. Pero las preguntas más tontas te llevan a veces a la solución.

—Para taparse un siete en una chaqueta, por ejemplo.

—¿Y para qué más?

—Para darse estilo —añadió tranquilamente.

—¿Qué estilo…, por ejemplo? —insistió Janice.

—… ¡Para marcar tu pertenencia a algo! Qué sé yo, a un equipo de fútbol, o de tenis, o… a una división del ejército. Bueno, veo que no estás sepultada en trabajo, pero yo sí, Efron me está esperando.

Una vez a solas, Janice siguió reflexionando. Noa le había confiado que el dibujo no era de origen israelí. ¿Qué organización tenía como emblema una cabeza de caballo ceñida por una corona de hojas de olivo y enmarcada por una forma pentagonal? Se inclinó sobre su teclado…, pero se contuvo.

Noa también le había recomendado que fuera prudente. Mientras investigaba, más valía que no pudieran rastrear la dirección IP de un puesto de trabajo en la sede de *Haaretz*.

Abandonó la redacción, se decidió a coger un taxi y pidió ir a la residencia de ancianos donde vivía su abuela desde hacía algunos años. Los miércoles por la tarde, cuando abría la puerta de su habitación, Yvonne gritaba: «¿Quién está ahí?».

Era un juego al que se entregaba con gusto. Con una sonrisita, Yvonne daba unas palmaditas sobre su cama, llamando a su nieta para que se sentara a su lado.

Pero, antes de obedecerla, Janice descorría los visillos para que entrara el sol. Iba hasta el armario, último recuerdo de su apartamento de la calle Ranak, y sacaba una caja metálica que contenía galletas.

Escuchaba con paciencia historias familiares contadas mil veces, más viejas todavía que el armario lacado, hasta que Yvonne se quitaba las gafas y bostezaba ostensiblemente, con la mano delante de la boca. Janice devolvía entonces a su sitio la caja de galletas, corría los visillos y le daba a su abuela cuatro besos en las mejillas antes de marcharse.

Cuando se disponía a salir, Yvonne, que gustaba también de hacer sentirse culpable a quienes la rodeaban, le repetía la misma letanía: «Cariño, cuando me acompañes al cementerio y hayan arrojado tierra sobre mi tumba, al marcharte, no olvides irte por otro camino, para que la muerte no te siga los pasos». Una de tantas frases que sacaba de sus lecturas.

Yvonne ya no está, Janice se fue del cementerio por otro camino, pero suele tomar el de la residencia de ancianos de Tel Hashomer. Su jardín está siempre abierto y uno puede pasear por él libremente. Acercándose al gran edificio blanco, se capta bien la red wifi. No han cambiado la contraseña, las personas de cierta edad tienen esta ventaja: nadie desconfía de ellas.

Sentada en un banco, Janice abrió su portátil, enrutó su conexión con la ayuda de una VPN y se sumergió en la red oscura. Tecleó las letras PSYOPS y se enteró, estupefacta, de que el ejército estadounidense recurría a un personal altamente cualificado para influir en la población de territorios ocupados. «Nunca vistos, pero siempre oídos» era el lema del cuerpo de operaciones psicológicas especiales: los PSYOPS.

EL CAFÉ
DE NOA

19

El tercer día, en Tel Aviv

Noa salió de su despacho en el centro de mando de los ejércitos. Janice la esperaba en el banco de la parada de autobús en la que se bajaba cada tarde a eso de las siete.

—¡Mira que eres terca! Sígueme —le ordenó al verla.

Caminaron en silencio hasta su casa, en la calle Sheinkin. Janice se sentó a la mesa de la cocina mientras Noa preparaba un té.

—¿Qué puedes decirme de los PSYOPS?

—No has perdido el tiempo, ¿te ha ayudado Efron?

—Deberíais volver a juntaros. Le echas de menos y él a ti.

—¿Te lo ha dicho él?

—¿Tú le ves reconociendo algo así?

—Avísame el día en que lo haga.

—Me parece que acabo de hacerlo.

Noa no comentó nada, dejó dos tazas de té sobre la mesa de formica y se sentó enfrente de Janice.

—Desestabilizar al adversario es una táctica tan vieja como la humanidad. Los soldados del Imperio persa soltaban gatos en los campos de batalla para que los egipcios no pudieran combatir, pues sus creencias religiosas les prohibían hacerles daño. La guerra psicológica se desarrolló de verdad durante la Primera Guerra

Mundial. Los estadounidenses y los ingleses imprimían periódicos falsos que lanzaban con paracaídas cerca de las líneas del frente. El viento se encargaba de repartir a los alemanes noticias alarmantes sobre la desbandada de sus divisiones. Reclutaron a un cuerpo de escritores distinguidos: Thomas Hardy, Rudyard Kipling, Arthur Conan Doyle y H. G. Wells redactaron más de mil textos para socavar al enemigo. Wells dirigía el departamento de propaganda. Desde el principio de la Segunda Guerra Mundial, los estadounidenses y los ingleses intensificaron sus acciones. OSS, SIS, las unidades de operaciones psicológicas eran a cual más imaginativa. Agentes dobles, prisioneros sobornados y liberados para que difundieran noticias falsas, lanzamiento aéreo de octavillas, altavoces en camiones que difundían sonidos de columnas de carros de combate para asustar a los combatientes e incitarlos a desertar.

—¿Y funcionó?

—¡Y tanto! Un tercio de los soldados que se rindieron declararon haber sido influidos por octavillas. Convencido de que los alemanes habían perdido la Primera Guerra Mundial en gran parte a causa de lo que él llamaba el veneno de la manipulación psicológica, Hitler se convirtió a su vez en un maestro de la propaganda de masas. Nada más llegar al poder, creó un ministerio para ese fin y se lo confió a Goebbels. Hasta la guerra de Corea, las operaciones psicológicas se limitaban a propagar informaciones falsas. Pero durante la guerra de Vietnam, Estados Unidos trató de poner a la población en contra del Vietcong. Para ello formaron divisiones especializadas, las PSYOPS, que emplearon medios que iban mucho más allá de simples operaciones de desinformación. El Programa Phoenix recompensaba el asesinato de miembros del Frente Nacional de Liberación. Y llegaron aún más lejos en Irak y en Afganistán, donde necesitaban el respaldo activo de la población para que les informaran de los ataques y los atentados preparados por los islamistas o los talibanes. Las técnicas de manipulación política no dejaron de perfeccionarse, con resultados muy alentadores.

—Si las PSYOPS actúan desde hace tanto tiempo, su existencia no es un secreto de Estado…

—No, en efecto: con una buena búsqueda en Internet te habrías enterado de todo lo que te acabo de contar.

—Entonces, ¿por qué tanto misterio hace un rato?

—Por ciertas anomalías en tu dibujo. La cabeza del caballo vuelta hacia la derecha, en lugar de hacia la izquierda como en el emblema de las PSYOPS; la corona de hojas de olivo y no de laurel, y sobre todo el lema «Nunca vistos, pero siempre oídos», que no aparece en el dibujo.

—¿Y eso es grave?

—Modificar un emblema es un sistema que utilizan los exmilitares para reconocerse entre sí cuando se reagrupan en milicias privadas.

—¿Quieres decir que antiguos soldados de las PSYOPS han creado unidades privadas de propaganda?

—No simples soldados, oficiales de alto rango.

Janice recorrió la cocina de un extremo a otro y, como no era muy grande, fue diez veces de la ventana a la puerta antes de hablar.

—Sigo sin entender por qué insistes tanto en que renuncie a mi investigación.

—¿Tengo alguna posibilidad de convencerte? —suspiró Noa.

—¿Sabes lo que le respondió Dios a Moishe, que se quejaba de no haber ganado nunca a la lotería en su vida? «¡Pues compra un billete al menos una vez!».

Noa sonrió mirando a Janice, que volvió a sentarse. Pero su sonrisa se desvaneció enseguida.

—Lo que te voy a contar no lo encontrarás en Internet. Prométeme por tu honor que nunca lo mencionarás por escrito, ni ahora ni más adelante.

—Tienes mi palabra.

—De acuerdo… El año pasado, el desarrollo de las elecciones nacionales en un país que prefiero no nombrar alertó a nuestros servicios de información.

—¿Hubo fraude?

—Sí, pero lo que salía de lo ordinario era la manera en que ocurrió el fraude. El recuento de las papeletas fue de lo más legal. Lo ilegal ocurrió *antes* de la votación. En nuestra investigación, descubrimos que unos meses antes del escrutinio, seis estadounidenses desembarcaron en la capital. Tres se instalaron allí, y los otros tres no dejaron de viajar por el territorio, yendo a ciudades que compartían todas una particularidad.

—¿Cuál?

—La población de ese país se compone de dos etnias a las que llamaré A y B, representada cada una por una formación política. Estos dos partidos se enfrentan sistemáticamente en las urnas. Sus programas no se distinguían lo suficiente para mover a los indecisos hacia un lado o hacia otro, también porque la población está muy polarizada en función de su etnia. Para que un bando consiguiera la victoria, había que desmotivar a las tropas rivales. ¿Empiezas a ver adónde quiero llegar? Estos estadounidenses, seis especialistas empleados por una compañía entre cuyos clientes se contaba el partido político de la etnia A, tenían una particularidad. Eran todos originarios de la etnia B, una contradicción que despertó nuestras sospechas. En su equipaje traían un material de propaganda sofisticado. Apoyándose en su conocimiento del terreno y en su facilidad para pasar inadvertidos, su misión consistía en modificar la manera de pensar de los suyos, así como su comportamiento. Lanzaron operaciones de microidentificación de objetivos, explotando el polvillo que habían recogido previamente.

—¿Qué quieres decir con eso de «explotar el polvillo»?

—Me sorprende que una periodista de tu categoría no sepa de qué estoy hablando.

Janice prefería fingir ignorancia en temas de informática para no despertar el recelo de Noa.

—Polvillo… es el nombre que reciben todos los datos que dispersamos día tras día. ¿Cuántas veces al año encuentras en tu página de FriendsNet jueguecitos anodinos en forma de pequeños tests de respuestas múltiples? ¿Dónde te gustaría ir de vacaciones y con quién? ¿Qué cambiarías del mundo si tuvieras el poder de hacerlo? ¿Qué regalo querrías por tu cumpleaños? ¿Tu personaje público preferido? ¿Tu virtud principal y tu mayor defecto? ¿Lo que más te gusta y lo que más odias en un hombre? ¿En una mujer? ¿Lo que te gusta de ti y lo que no te gusta? Responde a estas pocas preguntas y conoceré tus intereses, tus aspiraciones, tus fortalezas y tus debilidades, tu pertenencia social, tu nivel de estudios y, sobre todo, tus opiniones políticas. ¿Te siguen pareciendo tan anodinas estas preguntas? Y las respuestas permiten establecer el perfil psicológico de un individuo con un grado de precisión que ni te imaginas.

Janice asintió con un gesto. Satisfecha con el efecto causado, Noa chasqueó la lengua.

—Añade a eso todos los datos sobre ti revendidos por las redes sociales, las tiendas *online* en las que compras, las plataformas de las tarjetas de crédito, las aplicaciones de móvil que acceden a tus contactos, a tus fotos, a tu agenda…

—Vale, pero ¿qué tiene eso que ver con las elecciones en ese país?

—Lo que acabo de contarte sigue sin ser un secreto de Estado. Lo sabes, o al menos no lo ignoras, pero aceptas el principio pensando que la explotación de tus datos personales no tiene más fin que el de proponerte publicidad adaptada a tus gustos, publicidad supuestamente dirigida. Los datos personales son el oro negro del siglo XXI. Un negocio de tres trillardos de dólares que se reparten las empresas que los recogen, los aglomeran y sacan partido de ellos, empresas que saben más sobre ti y sobre tu vida que tus padres, tu pareja o tus amigos. Eres su producto, y la lista de sus clientes asusta. Total, que antes de llegar a verse sobre el terreno, gracias a los datos vendidos por FriendsNet, los PSYOPS habían identificado a todos los individuos susceptibles de inclinar la balanza en las elecciones, siempre y cuando fueran sabiamente manipulados. Bastaron tres criterios: pertenecer a la etnia B, tener entre dieciocho y treinta y cinco años y no haber votado nunca o no más de una vez. El objetivo era incitarlos a no acudir a las urnas el día de las elecciones. Una deserción no militar, sino civil. Para ello había que propagar un mensaje que no fuera abiertamente político, porque la mayoría de los jóvenes pasa de política, un mensaje que les diera la impresión de ser proactivos, porque a los jóvenes se los tilda de vagos, y, por último, que les ofreciera la promesa de una pertenencia, porque en su mayoría los jóvenes atraviesan una crisis de identidad. En pocas palabras, formar parte de un movimiento atractivo para ellos. Los PSYOPS enviados sobre el terreno elaboraron un eslogan cohesionador: «¡Hazlo!», una variante del famoso «*Yes we can*» de Obama. Pero aquí el fin de ese «Hazlo» era el de mover a rechazar un aparato político sesgado y corrupto. «¡Hazlo!», manifiesta tu rabia negándote a votar. Y, para dotar de más fuerza aún a ese movimiento, lo equiparon con un gesto de adhesión, los dos puños cruzados sobre el pecho, en señal de oposición al sistema. Carteles, pegatinas, tarjetas, pins, gorras y camisetas repartidos gratis en los mercados y a las puertas de las universidades, difusiones cotidianas de vídeos en los que salían concentraciones o de vídeos grabados por raperos felices de haber sido propulsados como embajadores e iconos del movimiento, siempre y solo en las cuentas de FriendsNet y de YouTube de los jóvenes de la etnia B.

Noa entonó, con ritmo de rap, la consigna de «¡Hazlo!»:

Resiste,
no al Gobierno,
no a tu país,
pero sí a la política actual.
Hazlo para que cambie, sí, ¡hazlo!

—No está mal, ¿no? Muy eficaz en cualquier caso. Los PSYOPS sabían que, al término de su campaña, los jóvenes del clan B no irían a votar gracias al movimiento «¡Hazlo!». En cuanto al clan A, aunque a algunos les había divertido mucho participar en la fiesta, los jóvenes obedecerían pese a todo a sus padres: «¡Ve a votar!». Las cifras fueron alentadoras: el 45 % de los jóvenes entre dieciocho y treinta y cinco años pertenecientes al clan B se abstuvo de ir a las urnas, convencidos de haber librado una lucha admirable. Representaban un 6 % del total de los votos. El partido del clan A ganó las elecciones con exactamente un 6 % más de votos que el del clan B. Los PSYOPS se marcharon tranquilamente. Vigilamos las cuentas de campaña del partido ganador y descubrimos cerca de cinco millones de dólares en transferencias a favor de una sociedad con sede en la isla de Jersey, un paraíso fiscal inglés. Y, ahora, ¿por qué te cuento todo esto y, sobre todo, por qué no puede salir de aquí? Algunos descubrimientos provienen de un concurso de circunstancias casual o providencial. Una de nuestras agentes se interesaba por un hombre de negocios estadounidense del que sospechaba que blanqueaba cantidades importantes en el mercado inmobiliario israelí. Estaba en su radar desde hacía tiempo, y cuando desembarcó en el país del que te acabo de hablar, el espectro del radar se amplió. Esta agente sospechó enseguida que un tráfico de influencias tan sofisticado solo podía ser obra de profesionales experimentados. Antes de pasarle la información a sus superiores, investigó por su cuenta. Si no hubiera tenido la feliz idea de consignar todo lo que iba descubriendo en un archivo informático del tipo *time bomb*… ¿Sabes de lo que hablo?

—Sí, los grandes reporteros utilizan esa técnica como un seguro de vida cuando investigan casos sensibles. Se programa el envío de un archivo en un momento concreto. Cada día se aplaza el envío veinticuatro horas. Y si no se hace, el archivo sale hacia sus destinatarios a la hora prevista.

—Exacto. Una mañana, nuestra agente desapareció. Nunca encontramos su cuerpo. Su apartamento estaba más limpio que si se hubiera ocupado de él un batallón de asistentas. ¿Entiendes mejor ahora de lo que es capaz esta gente y por qué insisto en advertirte? Ahora te toca a ti explicarme, ¿cómo has dado con esa insignia?

Janice no iba a exponerse a comprometer al Grupo 9 revelando que la habían puesto sobre esa pista para evitar un atentado. Y debía devolverle a Noa las confidencias por partida doble, pues se le había acelerado el corazón con su alusión a la isla de Jersey… Según lo que acababa de contarle su amiga, la transferencia emitida por los comparsas del multimillonario inglés Ayrton Cash también podía haber servido para manipular las elecciones en Noruega, y era urgente informar de ello a Mateo y Ekaterina.

—Noa, no puedo revelarte mis fuentes, eso no lo haría ningún periodista, pero supongamos que obra en mi poder otra información, ¿te plantearías ayudarme?

—Imposible sin obtener una ristra de autorizaciones de mis superiores. Y ¿qué ganaría yo con ello?

—Vengar a vuestra agente.

—Se ve que no me has escuchado. Hemos perdido a uno de los nuestros, no me apetece lo más mínimo añadir a una amiga a la lista.

—La periodista se ocupa de conseguir información, y la militar está sobre el terreno. En realidad, soy más bien yo la que se expone a ponerte en peligro a ti.

—Constato que eso no te inquieta demasiado.

—¿Qué otra cosa propones? ¿Qué crucemos los puños tarareando la canción de «¡Hazlo!»?

220

Janice sabía que estaba jugando con fuego. Pero la oportunidad de utilizar a Noa para introducirse en los servidores del banco JSBC era inesperada.

—¿Qué sabes exactamente? —masculló Noa.

—No hace mucho, se ha emitido otra transferencia igual de sospechosa desde un banco de Jersey… que podría ser el mismo… ¿Y si este traspaso de fondos tuviera también como beneficiaria a la empresa que emplea a tus ex PSYOPS?

—¿Tienes las referencias? —se inquietó Noa—. ¿Quién te ha informado de esto?

Janice le dedicó una gran sonrisa para recordarle que no iba a contestar a esa pregunta, por una razón de peso.

—Tengo los números de cuenta de los emisores y de los beneficiarios…, lo cual no me revela su identidad, como bien sabrás —le dijo.

—Supongo que no me dirás cómo los has conseguido, ¿verdad?

—Supones bien.

—¿Y qué más sabes? Estoy preparada para más sorpresas.

—No sé en qué continente está tu misterioso país, pero el que parece ser el próximo objetivo de los PSYOPS esta vez está en Europa.

Noa avanzó unos pasos hacia la ventana, reflexionando. La situación era más alarmante de lo que había imaginado, lo suficiente para informar del tema a sus superiores, pero no necesariamente para obtener de ellos la autorización para investigar.

—«¡Hazlo!» era un simple ejercicio de entrenamiento para los PSYOPS —concluyó—. De acuerdo, pásame esos números de cuenta y veré si podemos descubrir a quién pertenecen.

—Cuando dices «podemos», ¿hablas de ti y de mí, o solo de vosotros?

—¿Oficial o extraoficialmente?

ᙡ

—*Trabajando como trabajaba para el servicio de inteligencia del ejército israelí, ¿Noa no sospechaba nada de las actividades paralelas de su mejor amiga?*

—Aun a riesgo de parecer soberbia, le repito que todos los miembros del Grupo 9 son *hackers* excepcionales.

—*¿Y era pura casualidad que la propia Noa se interesara por el dibujo de cabeza de caballo en un almuerzo con su amiga?*

—La casualidad es la forma que tiene Dios de hacer las cosas de incógnito; cuando les sonríe, los ateos lo llaman suerte. ¿Nos relacionamos con la gente al azar o porque nos aportará algo al cabo de un tiempo? Noa trabajaba para los servicios de inteligencia, Janice es periodista, la información era esencial en el trabajo de ambas, y su amistad les daba pie a compartir todo ello sin necesidad de hacerse preguntas al respecto. Ese día, ambas amigas sellaron un pacto de manera implícita. El Grupo 9 sacaría de ello un beneficio decisivo, pero el precio fue tal que lamento sinceramente ese pacto.

ᙡ

THE CONNAUGHT HOTEL, LONDRES

20

La tercera tarde, en Estambul

Maya empezaba a inquietarse de verdad por los motivos de su presencia en Estambul. Para matar el tiempo, visitó algunos de los locales de última moda, hizo acto de presencia en una inauguración en la galería Zilberman en Iskital, tuvo una reunión con los responsables de los dos hoteles que acababan de abrir en la ciudad y pasó una tarde entera entre los puestos del bazar egipcio, un lugar que le gustaba especialmente. Pero jugar a la turista solitaria no iba con ella. Maya tenía en la ciudad una amante a la que aún no se había decidido a llamar. Eylem era una chica muy pasional, y aunque le veía ventajas indiscutibles a su carácter cuando hacían el amor, bastaba que Maya mirara apenas a otra mujer para provocar un escándalo. Al salir del cuarto de baño en el Pera Palace Hotel, se sentó en la cama y cogió el móvil.

La llamada empezó con un reproche. Unas personas bien intencionadas le habían contado a Eylem que el día anterior Maya había estado brindando en buena compañía en una exposición fotográfica en Kare Art, en el barrio de Nisantasi.

—No he parado desde que llegué —se disculpó Maya.

—¿Y eso cuándo ha sido?

—Anteayer —volvió a mentir Maya.

Eylem le propuso quedar en el Café Malvan o, por qué no, en Chez Nicole; la cocina era excelente y la sala, encaramada a una azotea y protegida por una moderna cristalera, ofrecía una bonita vista del Bósforo. Maya no conocía ese restaurante. Fijaron la cita a las ocho de la tarde. Eylem le envió la dirección en un mensaje, el número 18 del callejón Tomtom Kaptan. A Maya no le gustaban los callejones. Abrió el armario y eligió un vestido ceñido, pero cambió de idea; al final optó por un pantalón y una blusa y se sentó ante el espejo para retocarse el maquillaje.

En el taxi camino de Karaköy tomó una decisión: esperaría un día, no más. Si al día siguiente no le llegaban instrucciones, regresaría a París; ya había perdido suficiente tiempo.

El taxi la dejó en la esquina del callejón, tres pivotes en el suelo impedían el acceso a los coches. Subió la estrecha callejuela a pie. Más lejos, una escalinata de piedra llevaba al antiguo tribunal de justicia francés, una vieja casa con una fachada adornada por un frontispicio en el que se leía: «Leyes, Justicia, Fuerza». Una farola chisporroteaba, su bombilla moribunda se apagaba intermitentemente. Qué sitio tan peligroso, pensó Maya. Entró en el edificio y tomó el ascensor hasta la última planta.

Eylem ya estaba allí. Al verla levantarse para recibirla, la encontró aún más guapa que en su última estancia, tan sensual con su vestido escotado que podría haber renunciado con gusto a la cena. Pero su amiga anunció que se moría de hambre, lo cual quizá fuera mentira. Maya sabía que le haría pagar no haber contactado con ella nada más llegar a Estambul.

Se sentó a la mesa y estudió la carta arqueando una ceja.

—¿No te gusta? —preguntó Eylem preocupada.

—Soy vegetariana, ya lo sabes. Así que estoy dudando entre las ancas de rana, el paté de pato y el cordero. Si pido una ensalada, ¿vendrán a la mesa a degollar a un pollo para vengarse? Bueno…, cenaré pan y ya está.

Eylem se volvió hacia el camarero y le pidió una botella de pinot blanco. En cuanto se alejó, le tomó la mano a Maya.

—Veo que has tenido tiempo de ponerte morena. Pero no tiene importancia... Seguramente estabas muy ocupada. ¿Qué te trae a Estambul?

—¿Cómo haces para estar cada vez más guapa?

—Yo no hago nada, lo que pasa es que, entre viaje y viaje, te olvidas de mí.

El sumiller se acercó para llenarles las copas con un vino de aspecto inocente.

—Es la primera vez que te veo tan arisca —se extrañó Maya cuando Eylem retiró la mano en presencia del camarero.

—El país ha cambiado, los comportamientos y las miradas también, incluso en Estambul las cosas ya no son como antes. Pocas mujeres se atreven aún a vestirse como yo cuando se pasean por Iskital —contestó Eylem—. La religión los vuelve a todos locos, no sé dónde nos va a llevar, así que tengo cuidado, como todo el mundo.

—Cuidado ¿con qué?

—Con los juicios, con los insultos que surgen a la mínima. Las mujeres como nosotras ya no se sienten libres.

—¿Las mujeres que aman a otras mujeres?

—¿A cuántas amas tú?

—Por favor, no empieces...

Eylem le dedicó una sonrisa forzada. No habría escándalo esa noche, ya no era posible en público, la tranquilizó antes de añadir:

—Y además ahora hago yoga, me he equilibrado los chakras.

De pronto, Maya se sintió observada. Sacó del bolso su sombra de ojos y la abrió como quien no quiere la cosa, para ver en el pequeño espejo lo que ocurría a su espalda.

—Tú también has cambiado —prosiguió Eylem—, antes te retocabas el maquillaje en el baño... Además, no lo necesitas, estás guapísima y muy sexi así vestida. ¿Quieres una ensalada?

—El hombre que cena solo detrás de nosotras, ¿estaba ya aquí cuando has llegado?

—¡Ah, ya entiendo! No está mal; ¿quieres que le pida el teléfono?

—¡No seas tonta!

—No creo —contestó Eylem—. ¿Lo conoces?

—¿Qué tal si nos vamos? Vayamos a un sitio donde pueda cogerte la mano.

—Ese romanticismo no te pega nada. ¿Qué te pasa? No es la primera vez que un hombre te admira.

—Piensa en tu maestro yogui. Me trae sin cuidado que me miren. De hecho, seguro que es tu escote lo que admira, y le alabo el gusto.

Maya sacó tres billetes de cien libras turcas de su bolso y los dejó sobre la mesa al levantarse. Eylem se encogió de hombros, se puso la chaqueta y la siguió.

Eylem había aparcado el coche un poco más abajo en el callejón. Maya la cogió de la mano y la arrastró en la dirección opuesta, hacia la escalinata del antiguo palacio de justicia francés. La empujó contra la verja del porche sumido en la oscuridad y la besó con ardor, arreglándoselas para no perder de vista la callejuela. De espaldas, Eylem no podía ver al hombre que las había estado observando salir de Chez Nicole y bajar corriendo el callejón Tomtom Kaptan.

La tercera tarde, en Londres

Observándose en el espejo, Ekaterina encontraba que su vestido tenía un escote vertiginoso.

—¿Qué tal? —exclamó Mateo saliendo del cuarto de baño.

Muy cómodo con su esmoquin —al contrario que ella con su

vestido largo—, le alargó las muñecas para que lo ayudara a ponerse los gemelos.

—Es un poco pronto para esto —le dijo ella acercándose a él.

—La fiesta ha empezado ya —observó Mateo—, llegamos tarde.

—Me refería a nosotros dos, esto es un poco como de matrimonio mayor…

—Me las puedo apañar solo, si lo prefieres.

Mateo la miraba fijamente.

—¿Por qué sonríes? —le preguntó Ekaterina.

—Si querías ser discreta, no lo has conseguido. Estás fantástica.

—Otra tontería como esa y el que se queda en el hotel eres tú. ¿Qué has estado haciendo todo este rato?

—Preparar el terreno.

—¿Viendo la tele?

—Las noticias. El primer ministro nos honrará con su presencia esta noche, puede incluso que nos amenice con un discurso.

—¿Cómo lo has conseguido? Contarse entre los invitados de esta clase de ceremonia no está al alcance de cualquiera.

—He descubierto esta fiesta entre los datos que le robé a Baron.

—¡Que le *robamos* y que *yo* descifré!

—Claro… La dirección indicaba DCS Mayfair, he cribado el barrio y deducido que debía de tratarse del hotel Dorchester. Para asegurarme, me he introducido en su sistema de reservas. Me he fijado en concreto en la de un lord que llegaba hoy y se marchaba mañana, el conde de Waterford. Acto seguido le he pirateado el buzón de correo; es increíble lo desprotegida que está la Cámara de los Lores, no tienen ni cortafuegos. He llamado a la recepción del Dorchester, haciéndome pasar por su secretario personal, y les he preguntado si la recepción que se celebraba esta noche en el gran salón podía perturbar el sueño del conde, explicando que no tenía intención de demorarse mucho en ella. La recepcionista me ha tranquilizado… y de paso me ha dado la confirmación que buscaba.

—¿Y las invitaciones?

—He aprovechado para rogarle que las dejara en recepción, precisando que iría acompañado de su sobrina.

—¿Quieres hacerme pasar por la sobrina de un conde inglés, con mi acento? ¿Sabes siquiera si de verdad tiene una sobrina?

—En diciembre posó para el *Waterford News* con esta supuesta sobrina, con ocasión de un cóctel en Dublín. No puedo decirte que el parecido sea asombroso. Pero, tranquila, una vez que pases el control, volverás a ser tú misma.

—¿Y si el conde se presenta antes que nosotros?

—No hay peligro, no ha tomado el tren.

—¿Cómo lo sabes?

—Porque le he enviado otro correo, mientras dormías, rogándole que asistiera con urgencia a la sesión de esta tarde en el Parlamento de Dublín.

Ekaterina miró fijamente a Mateo.

—Ese esmoquin tan elegante, tus gemelos de nácar, tus mocasines de charol, hasta tu cara bonita, todo eso me trae sin cuidado; pero lo que tienes aquí dentro —dijo poniéndole un dedo en la frente—, me gusta muchísimo.

Se puso de puntillas y lo besó.

La tercera tarde, en Madrid

Cordelia se miró en el espejo del baño del restaurante. Subió a la entreplanta y entró en el despacho de Diego como un vendaval.

—¡Mira qué pinta tengo! No pensaba en esta clase de cena cuando preparé la maleta en Londres.

—Has insistido tú en conocerla. ¿Has cambiado de opinión?

—Ay, qué pesado, Diego. Aparta, quiero que veas una cosa.

Cordelia tecleó una dirección en el ordenador y le enseñó la página que apareció en la pantalla.

—¿Qué es eso?

—El 21.º congreso farmacéutico mundial, que se inaugura mañana en Washington. Y lo mejor es que puedes participar en las conferencias por Internet. Doscientos cincuenta peces gordos de la profesión reunidos en un mismo sitio, alojados en seis hoteles y que harán un montón de gastos con sus tarjetas de crédito; a veces me pregunto si no somos los favoritos de los dioses. Gracias a los documentos que encontré en el maletín de Sheldon, he podido identificar a los responsables implicados hasta las cejas.

—¿Cuántos son?

—Unos cincuenta por lo menos. Me parecía mezquino actuar a título personal, vengando solo a Alba. Los listados del maletín revelan que el escándalo no se limita a la insulina. Una cantidad impresionante de gente cuya supervivencia dependía del precio de sus medicinas ha sido víctima de los mismos tejemanejes, así que he ampliado mi lista de delincuentes de alto copete. Aquellos a quienes vamos a arruinar son responsables de la muerte de decenas de miles de pacientes.

Diego se sentó en una esquina de la mesa y apagó la pantalla para que Cordelia le dedicara toda su atención.

—El trabajo que has hecho es magnífico… y tus conclusiones, espantosas. Les vamos a arrebatar sus fortunas a esos asesinos. Para estos buitres, verse en la ruina será aún peor que pasar unos meses en la cárcel. Pero un golpe así hay que prepararlo rigurosamente si queremos que salga bien. No hay lugar para la improvisación y, con el poco tiempo de que disponemos, tenemos que pedirles a los demás que nos ayuden.

—Visto cómo nos ayudaron en Paddington…

—Te hablo de ataques simultáneos con un resultado fulminante. Cada cual se infiltra a su manera. Si cogen a alguno de nosotros, nadie sospechará el alcance de la operación. Tenemos que planificarlo todo. Y, para empezar, encontrar la manera de acceder a las cuentas bancarias de nuestros objetivos.

—¿Tu impresora funciona? —preguntó Cordelia volviendo a encender la pantalla.

Y, antes de que Diego pudiera contestar, recogió tres hojas de la bandeja.

—Este es el listado de nuestros objetivos —dijo—. Esta tarde se registrarán en la recepción de sus hoteles. Domicilios, números de teléfono, direcciones electrónicas y copias de sus documentos de identidad con foto y todo; de aquí a mañana por la mañana, lo sabremos casi todo de los cincuenta. Solo nos quedará seguir el rastro hasta sus cuentas bancarias.

Diego reflexionaba.

—Solo que es probable que los gastos profesionales se los reembolsen a través de sus empresas.

—Sí, pero no sus gastos personales. Podremos seguirlos de cerca gracias a sus móviles. Eso nos permitirá robarles los números de sus tarjetas de crédito antes de que vuelvan a sus casas. Vincularlos luego con sus cuentas bancarias será solo cuestión de tiempo, apuesto a que están todos en diez grandes bancos como mucho.

—Los grandes bancos no son fáciles de piratear —objetó Diego—. Pero puede que tenga una idea —dijo haciendo un pantallazo del logo del simposio—. Voy a falsificar el programa de conferencias, supuestamente reactualizado, y se lo mandamos por *e-mail* a nuestros objetivos con un pequeño virus de regalo que se propagará en sus móviles en cuanto abran el correo.

—Vale, pero para no llamar la atención, se lo mandaremos a todos los participantes y desde los servidores del simposio. Para un encuentro de solo dos días, me extrañaría que los organizadores se hayan equipado con una protección sofisticada.

—Buena idea —prosiguió Diego, que ya había entrado con gusto en el juego—. Una vez infectados los móviles con el virus, en cuanto se conecten a sus aplicaciones bancarias, tendremos sus claves.

—Si quieres, podemos hacernos un listado. ¡Documentos, fotos, direcciones personales, ubicación, correos, está todo!

—Y, dentro de poco, si la suerte nos sonríe, sus números de cuenta… La cena también la tenemos, Flores acaba de escribirme que nos espera en el bar.

—Ve yendo tú, luego os alcanzo.

—Ni hablar, te conozco demasiado bien. ¿Cuánto nos llevará tener la lista completa del todo?

—El congreso dura dos días, así que tenemos dos días.

—Esta noche mandaré un mensaje al grupo para informarles sobre la operación, pero no lanzaremos el ataque de verdad hasta que todo el mundo haya respondido a mi llamada.

—No necesitamos a los demás. Programamos la operación y la lanzamos desde una decena de servidores de todo el mundo. Mejor todavía: desde cada una de las ciudades donde residan nuestros objetivos. Servidores relativamente poco protegidos, como cajas de la Seguridad Social, hospitales, colegios, bueno, ya me entiendes. Así el origen del ataque será casi indetectable.

—Pero si les sustraemos grandes cantidades, los bancos pedirán a sus clientes confirmación de las órdenes de transferencia.

—No con la doble autenticación, y tendremos el control de sus móviles. Pero no hagamos esperar a Flores, esta noche te explicaré lo que tengo en mente, la segunda parte de mi plan. Verás que es aún más maquiavélica.

Salieron del despacho y bajaron la escalera de la entreplanta. Mientras cruzaban las cocinas del restaurante, Cordelia se volvió hacia Diego.

—Te advierto que como lleve vestido o falda…

—Te recuerdo que eres mi hermana, no su rival —contestó Diego divertido.

—Las dos cosas no son incompatibles —replicó Cordelia.

Entraron en la sala; Cordelia se agarró al brazo de su hermano al ver a Flores, que, con su vestido corto y ceñido, estaba más guapa aún que en la foto.

— PERA PALACE HOTEL —

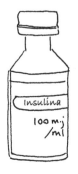

21

La tercera tarde, en Londres

Había doscientas personas reunidas bajo las lámparas de araña del salón de baile. *Boiseries* realzadas con dorados, suelos de mármol, tapices de seda gris perla, un cuarteto de cuerda tocando en lo alto de un estrado y tres suntuosos bufés componían los fastos de la gran recepción celebrada en el Dorchester.

Mateo y Ekaterina escrutaban a los presentes, uno en busca de Baron, la otra, curiosa ante todo.

Industriales influyentes, grandes financieros, gestores de fondos de inversión y negociantes de armas y de materias primas charlaban sobre un futuro incierto, prometedor para unos, aterrador para otros. Recesión, inflación, nuevos tratados comerciales y acuerdos bilaterales alimentaban animadas conversaciones.

—¿Qué te apuestas a que le pirateo el móvil al primer ministro? —murmuró Ekaterina.

—No sería honrado por mi parte aceptar esa apuesta, perderías. Los ingleses están a la última en seguridad informática.

—No en la Cámara de los Lores, según tengo entendido.

—Te hablo de los servicios secretos, no de los parlamentarios.

—Y yo te hablo de su móvil personal, estoy segura de que lleva uno encima.

—Es el primer ministro, no un tipo cualquiera —insistió Mateo.

—Hace tan solo unas semanas, Jarvis Borson no era más que un alcohólico empedernido, y sus primeros discursos como jefe del Gobierno no me dieron la impresión de que se hubiera moderado con la ginebra. Hasta el peinado es de borracho perdido…

—Tenemos cosas más urgentes que hacer, ¿no te parece?

—¿Más que piratear a Jarvis Borson? Habla por ti.

—Y ¿cómo piensas acercarte a él?

—Basta con piratear la wifi del Dorchester, a la que ya se habrá conectado su móvil, porque la red es una birria en este lujoso hotel. Y luego, acechar el momento en que le envíe un mensaje a su amante. Pura rutina, vaya.

—Qué mala eres —dijo Mateo señalándole discretamente a una mujer sola cerca del tercer bufé—. Ha venido con su pareja.

Ekaterina la miró con atención. La rodeaba una extraña aura. Parecía prisionera entre toda aquella gente. Algunos invitados se acercaban a ella, le decían alguna palabra, un cumplido de circunstancia antes de marcharse enseguida.

—Dame media hora y, porque soy buena persona, te dejo elegir lo que apostamos —añadió antes de dejarlo plantado.

Ekaterina se dirigió a la pareja del primer ministro.

Le alabó el vestido y le preguntó si vivía en Londres, una pregunta que hizo reír a su interlocutora.

—Lo siento, qué pregunta más tonta —se disculpó Ekaterina.

—Tampoco tanto, me crie en Sussex, y residía allí hasta hace poco. ¿Y usted es londinense?

—¿En qué ámbito trabaja? —prosiguió Ekaterina, siguiendo su hoja de ruta al pie de la letra.

—En el de la política —contestó tranquilamente la joven, preguntándose de qué planeta venía su interlocutora.

—Entonces enhorabuena por el Brexit, por fin lo han conseguido.

—Ha sido muy difícil.

—Lo difícil viene ahora —contestó Ekaterina.

Pasó un ángel.

—¿Quién es usted? —preguntó la pareja del primer ministro.

—Una extranjera sin interés.

—Deje que adivine… Periodista, ¿verdad?

—¡Huy, qué va, nada más lejos!

—La gente con la que me codeo tiene más costumbre de exagerar sus cualidades que de declarar que no revisten interés, y como aquí nadie desea de verdad entablar conversación conmigo, entenderá que su franqueza me haga desconfiar un poco.

—¿Por qué desconfiar?

—¿Es su primera visita a Londres? Su acento es… ¿sueco?

—Noruego.

—Soy la primera mujer no casada que vive en Downing Street. Eso escandaliza a más de uno —añadió barriendo la sala con la mirada. Ekaterina miró a su vez, tomando conciencia de la condescendencia de quienes las espiaban. No le gustaba nada el primer ministro, pero de pronto se sintió cómplice de la mujer que le acababa de hacer esa confesión y que parecía casi tan perdida como ella entre tan prestigiosa asistencia.

—Trabajo en el ámbito de la seguridad informática —mintió Ekaterina, optando por un riesgo calculado.

—Qué original, ¿y eso en qué consiste exactamente?

—Déjeme su móvil unos minutos y se lo explicaré mejor que con una larga parrafada. O, si lo prefiere, se lo enseñaré con el mío.

La pareja del primer ministro sonrió, abrió el bolso y le entregó discretamente su móvil a Ekaterina. Esta le indicó con un gesto que lo desbloqueara. Observó la pantalla, consultó los ajustes del aparato y se lo devolvió a su dueña.

—Debería protegerse mejor, si trabajara en el lado oscuro de la fuerza, podría piratearla sin dificultad. Creo que, en su situación, sería preferible que sus mensajes y sus fotos fueran privados.

—Y ¿cómo puedo protegerme? —preguntó la joven.

239

—Instale en su móvil una red virtual privada, funcionan como barreras, invisibles pero eficaces. Actualmente es lo mínimo que se debe hacer. Encontrará fácilmente multitud de aplicaciones que funcionan muy bien; elija mejor una marca europea que rusa y, para sus conversaciones íntimas, evite los auriculares inalámbricos: interceptarlos es un juego de niños.

Ver a su pareja enfrascada en una conversación despertó la curiosidad del primer ministro. Se acercó, jovial, e insistió en ser presentado. Ekaterina le alargó una mano torpe, el primer ministro se inclinó para besársela, aprovechando para asomase a su escote. No le dio tiempo a decirle su nombre porque el número tres de British Petroleum ya lo arrastraba lejos de ellas.

—Exuberante en público y tan discreto en privado, no hay quien entienda a los hombres —declaró la joven, algo incómoda—. Gracias por sus consejos, tomo buena nota y los pondré en práctica mañana mismo. Creo que la esperan, o si no es que ha provocado un flechazo. El caballero que está junto a la columna no le quita ojo.

Ekaterina le explicó que el caballero en cuestión era su pareja, una palabra que pronunció sin darse ni cuenta.

Se disculpó educadamente y se alejó. Ahora tenía los datos necesarios para controlar el móvil de la mujer y hojear a distancia las páginas de su agenda de contactos. Ya ni siquiera necesitaba esperar a que el primer ministro activara su móvil. Y, sin embargo, piratear a su pareja ya no le interesaba, la soledad de esa joven la había conmovido. Se reunió con Mateo, que le señaló a tres hombres que charlaban aparte junto a una ventana. Ella reconoció a Baron. Cogió el móvil y, tapándose la cara con él, como si se estuviera peinando, sacó una ráfaga de fotos. Luego se dirigió tranquilamente hacia la salida y esperó allí a Mateo.

Poco después, ambos abandonaron el Dorchester.

Las hojas plateadas de los arces se elevaban por encima de las verjas de Hyde Park, Marble Arch resplandecía y los taxis negros desfilaban por Park Lane. Pasear con un traje largo por las calles de Londres, una noche de verano, en compañía de Mateo era para Ekaterina algo tan ajeno a su vida que se preguntó si ese momento le pertenecía.

—¿Quiénes eran esos hombres que estaban con Baron? —preguntó.

—Según la información de que dispongo, el de la barba es el nuevo embajador de Estados Unidos, lleva unos meses en el puesto; un antiguo general que cayó en desgracia y tuvo que retirarse de manera anticipada bajo la anterior presidencia, sin que nadie supiera nunca el motivo.

—¿Y el otro?

—David Kich, un magnate de las energías fósiles. Su hermano y él reinan sobre un imperio que no se limita al petróleo o a las minas de carbón. En estos últimos años han comprado casi todos los canales de televisión locales estadounidenses, así como una impresionante cantidad de periódicos regionales.

—Curiosa inversión cuando a la prensa escrita le cuesta tanto mantenerse a flote.

—No lo han hecho para ganar dinero, sino para gastarlo. Los hermanos Kich son unos lobistas que han puesto mucho dinero en círculos de influencia. Ambos son fanáticos de la economía libertaria, obran para que las protecciones gubernamentales y los programas de ayuda a los más desfavorecidos dejen de existir sin más. Han contribuido ampliamente a la elección de Trump.

—¿Cuánto dinero han puesto para su campaña?

—Es más retorcido todavía. Han implicado a centenares de personas que han hecho millones de llamadas telefónicas y han llamado a decenas de miles de puertas en los estados clave para las elecciones. Los hermanos Kich han recurrido a los que han hecho de la incertidumbre un negocio, han financiado campañas de desinformación sobre el calentamiento global, para servir a sus propios intereses, claro. A golpe de millones de dólares, han logrado parar todas las medidas tomadas para regular las emisiones tóxicas e impedir que saliera adelante el impuesto sobre el carbono.

—Unos cabrones de tomo y lomo, vaya... Y nadie los ha denunciado. Si lo hubiera sabido, me habría encantado...

—Algunos periodistas sí lo han hecho, pero cuando los hermanos Kich notaron que cambiaban las tornas, se hicieron un buen lavado de cara repartiendo donativos a fundaciones, sabiamente mediatizados.

—Decía Roosevelt: ninguna fracción de grandes fortunas gastada en beneficencia podría compensar la inmoralidad con la que estas fueron adquiridas. Hay que averiguar qué narices hacía Baron con este David Kich y con un exgeneral convertido en embajador.

—He recogido bastante información de su móvil. Veremos adónde nos lleva.

Empezó a soplar un vientecillo fresco. Ekaterina se estremeció, Mateo la estrechó contra él y guio sus pasos por Mount Street.

—Por cierto, ¿qué hay de nuestra apuesta? —le preguntó mientras la llevaba a cenar al Scott, un conocido restaurante de Mayfair.

—La he perdido —mintió ella.

La tercera noche, en Estambul

Eylem conducía entre el tráfico de la gran ciudad, tan intenso de noche como de día.

—¿Qué mosca te ha picado antes en el restaurante? —preguntó.

—Nada, estaba muy cansada de repente.

—Pues no parecías tan cansada cuando me has besado bajo ese porche.

Eylem sabía que Maya le mentía, pero no quería arruinar la velada y prefirió no decir nada más.

—¿Vamos a tu casa a picar algo? —propuso Maya.

—Ya te lo he dicho, los tiempos han cambiado. Los vecinos me espían, prefiero evitar los cotilleos en mi barrio.

—En ese caso vamos a mi hotel.

Eylem se dirigió al distrito de Beyoglu. Maya bajó el parasol y lo colocó de manera que pudiera ver la luna trasera por el espejito.

—Si me dijeras lo que te preocupa, ganaríamos tiempo. ¿Tienes problemas? —le preguntó Eylem.

—Seguro que está todo en mi cabeza.

—¿Tiene algo que ver con ese hombre que te observaba antes?

Maya guardó silencio.

—¿Qué has venido a hacer a Estambul? —prosiguió Eylem.

—Vendo estancias de lujo a una clientela VIP.

—¿Y qué les ofreces a esos VIP, drogas, chicas?

—¿Estás loca? ¿Por quién me tomas?

—Por alguien que no parece tener la conciencia tranquila.

Maya se había fijado en una berlina negra que circulaba a una distancia constante detrás de ellas.

—¿Qué tal si nos vamos a bailar?

—Es un poco pronto, ¿no?

—Párate en la gasolinera, justo ahí.

Eylem giró bruscamente y Maya salió despedida hacia la ventanilla.

—Joder, podrías avisar.

—Te crees que no he visto tu jueguecito —contestó Eylem, parando el coche—. Nuestra marcha precipitada del restaurante, tu beso fogoso en una callejuela oscura, tus ganas de cambiar de sitio y ahora de dirección. No sé qué tienes en la cabeza, eso es asunto tuyo, pero tengo derecho a saber si me estás exponiendo a algún peligro.

Fuera cual fuera la intención del conductor de la berlina, el volantazo de Eylem lo había sorprendido tanto como a Maya.

El Audi negro dejó atrás la gasolinera con un bocinazo y prosiguió su camino.

—¿No conocerás un desvío para llegar al Pera Palace?

Eylem la retó con la mirada y arrancó. Era inútil tratar de conseguir explicaciones. Además, el beso de Maya le había sabido a poco. Llevó una mano a su muslo y la deslizó despacio hacia la ingle. Maya no opuso resistencia y bajó la ventanilla.

La calidez de la noche entró en el habitáculo.

En cuanto llegaron al hotel, Eylem ocupó el cuarto de baño. Maya aprovechó para encender el ordenador. Sacó del bolso la foto de la niña y observó su rostro descompuesto. Desde que había llegado a Estambul, cada hora que pasaba sentía más clara la impresión de haber caído en una trampa. ¿Por qué seguían sin comunicarle las coordenadas de la oficina de correos donde se suponía que debía recoger sus instrucciones? Esa espera era anormal; a menos que hubieran tratado de instalar un dispositivo de vigilancia a su alrededor. No podía contactar con los servicios secretos, pero otro aliado podía ayudarla a arrojar luz sobre la situación, un viejo amigo en quien confiaba plenamente.

Eylem se estaba preparando un baño, eso le daba tiempo a ausentarse un rato. Maya encendió la tele, dejó aposta el bolso y el móvil sobre la cama y salió sigilosamente de la habitación, con cuidado de no hacer ruido al cerrar la puerta.

El centro de negocios estaba en la primera planta del hotel. Se encontraba vacío a esas horas. Introdujo la llave USB de la que nunca se separaba en la unidad central de uno de los ordenadores a disposición de los clientes, enrutó la conexión hacia un servidor situado en Argentina y envió un mensaje cifrado.

La pantalla siguió sin cambios, Maya consultó su reloj esperando que Eylem siguiera disfrutando de su baño.

Por fin parpadearon tres puntos: Vitalik había contestado a su llamada.

—Lastivka, qué alegría leerte.

Lastivka significa «golondrina» en ucraniano; Vitalik se había acostumbrado a llamarla así porque siempre lo contactaba cuando estaba de viaje. Maya lo adoraba. Vitalik tenía un humor fantástico, una alegría de vivir inagotable. Se expresaba con un lenguaje florido, lleno de expresiones que se inventaba o que adaptaba según el ánimo que tuviera ese día, recurriendo a un vocabulario aproximado, pero siempre conseguía hacerse entender. Vitalik era una roca. Y un temible estratega de gran precisión en sus ciberataques.

—¿Estás bien? —le preguntó.

—Esa no es la cuestión, Lastivka. Tú no estás bien, si no, no contactarías a tu querido Vitalik a semejante hora, salvo… para anunciarme que estás en Kiev. ¿Estás en Kiev?

—No, ya me gustaría.

—Entonces tienes un problema. Tu siervo entregado está a tu disposición, ¿qué puedo hacer por mi Lastivka?

Maya le confió que se sentía vigilada. Desde su llegada a Estambul, había tenido la certeza en dos ocasiones de que la seguían, habían llegado incluso a un restaurante cuya existencia desconocía una hora antes de ir.

—¿Crees que te han puesto un chivato? Pues les va a salir el tiro por el culete.

—El tiro por la culata… —lo corrigió ella.

—El día en que hables ucraniano como habla Vitalik tu lengua podremos hacer concursos de vocablo.

—De vocabulario…

—¿Necesitas ayuda o me importunas en pleno partido de fútbol para jugar a la profesora?

—No quiero comprobar mi ordenador ni mi móvil, si me han puesto un chivato en uno u otro, los que me vigilan sabrán que estoy mosca. ¿Tú podrías ver si están limpios?

—¿Por qué no lo haces desde otro terminal?

—A ti estas cosas se te dan mucho mejor que a mí.

—Lo sé, pero preferiría oírtelo escribir.

—Decir.

—Deja de rectificarme o me vuelvo a mi partido de fútbol.

—¿Puedes ponerte a ello ahora mismo?

—Imposible, a Sydorchuk acaban de sacarle una amarilla. A no ser que tu vida esté en peligro inminente, tendrás que esperar al final del partido.

—Mañana por la mañana sería fantástico.

—Mañana será —prometió Vitalik.

—Gracias —dijo Maya.

Se disponía a cortar la comunicación cuando apareció un último mensaje.

—Sé prudente, Lastivka. Le otorgo una gran confianza a tu instinto.

Maya subió a su habitación y abrió la puerta con cuidado, atenta al menor ruido. El televisor estaba apagado.

Eylem la esperaba en la cama, con una toalla ceñida a la cintura. Maya pensó en cómo justificar su ausencia, pero Eylem se quitó la toalla y no le dejó tiempo.

∾

—*Aun sintiéndose en peligro, ¿Maya no podía recurrir al servicio secreto?*

—Eran las reglas del juego, puesto que no trabajaba oficialmente para ellos.

—*¡Pues era un juego bastante peligroso el de enviarla en misión a Estambul! ¿Es porque sabían que la vigilaban por lo que le entregaban la información con cuentagotas?*

—No le entregaban la información con cuentagotas, había que esperar a localizar a la niña de la foto. Pero era imperativo tomar ciertas precauciones… Contrariamente a lo que Maya creía, no eran los servicios secretos quienes la habían mandado a Estambul.

PERA
PALACE
HOTEL

22

La cuarta mañana, en Tel Aviv

Janice abrió un ojo, vio el despertador y se levantó de un salto. Se puso un albornoz y cruzó el salón desierto. David debía de estar en su taller. Encontró el desayuno preparado en la cocina y se preguntó cómo podría vivir sin su compañero de piso.

Puso la cafetera al fuego y disfrutó de los rayos de sol que entraban por la ventana.

Con una taza de café en la mano y el móvil en la otra, consultó sus mensajes. Mateo quería contactarla, Vitalik le preguntaba a qué hora podría comunicarse con ella y un tercer mensaje le sugería que fuera a visitar a su abuela a primera hora de la tarde. Una recomendación aparentemente anodina pero que llamó su atención. Noa la citaba en los jardines de la residencia de Tel Hashomer.

David entró en la cocina y se preparó un té.

—Efron lleva buscándote desde las nueve de la mañana, parece que despiertas gran expectación. Bueno, más que nada el artículo que le debes desde hace ocho días… Me ha pedido que te recuerde que el cierre ya está casi terminado.

—¿Por qué te llama a ti?

—Porque lo ha intentado primero contigo diez veces… La profundidad de tu sueño es abisal.

Janice cogió el móvil y comprobó que, en efecto, el número de Efron aparecía diez veces. Estaba muy lejos de haber terminado el artículo, y de verdad no era el momento de buscarse el despido. Se dio una ducha rápida y le suplicó a David que la acercara al trabajo. Este aceptó sin rechistar, algo raro en él, pero su amiga estaba al límite y tan estresada que no le pareció conveniente empeorar las cosas lanzándole una pulla. Con todo, por el camino comentó que llevaba las sandalias descabaladas. Mientras Janice buscaba una excusa, David pisó el acelerador.

En cuanto aparcó delante del periódico, Janice salió del coche de un salto dándole las gracias, subió a toda velocidad la gran escalera y entró corriendo en su despacho. La temperatura era asfixiante. Abrió la ventana y trató de poner orden en sus ideas, preocupada por la discusión que iba a tener con Efron y, sobre todo, impaciente por descubrir lo que Noa había averiguado; se palpó el bolsillo buscando los cigarrillos y se fumó uno, inclinada sobre su ordenador, pensando en qué escribirle para convencerla de adelantar la hora de la cita. Al final tecleó:

Seguramente mi abuela querrá dormir la siesta,
preferiría ir a verla antes de comer, ¿qué te parece?

La pantalla no le arrojó ninguna respuesta.

Tal vez Noa estaba en una reunión o simplemente no podía contestarle.

Efron entró en el despacho sin llamar.

—¿Fumando ya desde por la mañana y en el trabajo? Así que no tienes listo el artículo. Me dejas con el culo al aire... Estoy cansado de disculparte ante los demás, Janice, esto dura ya demasiado tiempo —dijo sentándose frente a ella.

Sin dejar de mirarla fijamente, le indicó con un gesto que le pasara el cigarrillo, lo cual Janice aceptó sin una queja, sosteniéndole la mirada mientras él le daba una larga calada.

—Dime que te traes algo gordo entre manos, algo creíble, dame una sola razón que justifique que no te despida.

Janice estaba paralizada, se sentía desamparada y furiosa por no poder explicarle por qué el trabajo que la ocupaba era mucho más importante que el artículo que debería haberle entregado.

—Te había reservado media página, ¿te das cuenta? ¿Qué les voy a decir ahora a los maquetadores?

Janice recuperó su cigarrillo e inspiró hondo, decidida a jugarse el todo por el todo.

—Es más que algo gordo, es algo tremendo; te suplico que me creas. Necesito cuatro días, quizá una semana, esto es tan enorme que no veo el final, pero si consigo llevar a término la investigación, lo que podré ofrecerte será de primera plana y se harán eco los periódicos del mundo entero.

—¡Muy bien! —exclamó Efron dándose una palmada en las rodillas—. Hacía tiempo que no te veía estresada, ¡me gusta! Pero ten cuidado de no volver a caer en la misma trampa…

Janice sabía perfectamente a qué se refería su jefe. Cuando había ido contra Ayrton Cash, el multimillonario inglés había puesto toda la carne en el asador para desacreditarla. En su investigación, Janice le acusaba de haber financiado una campaña de desinformación para conseguir que ganara el sí al Brexit en las urnas, detallando, con pruebas que lo confirmaban, los ingentes beneficios que eso le acarrearía a título personal. El titular del artículo era muy elocuente: «Un multimillonario compra Gran Bretaña». Furioso por haber quedado expuesto, Cash había contratado a un ejército de trols en Internet para encontrar todos los artículos que había firmado desde el principio de su carrera, exponiendo sus errores de juventud, entresacando sabiamente fragmentos, prescindiendo de todo contexto, para poner en duda su imparcialidad y atribuirle posturas políticas extremas, revelando asimismo su vida disoluta, su inclinación por el alcohol y mintiendo sobre los motivos que le habían impedido servir en el ejército. A las filas de los agentes anónimos que habían llevado a cabo ese trabajo de zapa y de destrucción, se había unido una cohorte de comentadores

antisemitas que habían llenado las redes sociales de insultos y ame-
nazas, exigiendo su despido inmediato, acusándola a su vez de habérselo inventado todo para lucirse, de atentar, mediante una
investigación trucada, contra la soberanía del pueblo británico y
de actuar por cuenta de una potencia extranjera hostil a los intereses de Gran Bretaña. Cash ganó la batalla. La furia desatada hacia la periodista cubrió el escándalo que debería haber estallado a
causa de las maniobras del multimillonario. Cuando se sospecha
que alguien está manipulado por fuerzas invisibles, ya nada de lo que
diga resulta creíble.

Desacreditada, Janice había pagado un precio muy alto, le había costado meses levantar la cabeza y volver a coger la pluma.

—Te doy ocho días —prosiguió Efron—, y cuatro para que
me cuentes en qué estás trabajando. Pero si no terminas esta investigación, será la última.

Efron volvió a palmearse las rodillas, un tic que tenía cuando
estaba sobreexcitado, y se levantó.

—Y te recuerdo que está prohibido fumar en el periódico —añadió dándole una última calada al cigarrillo antes de aplastarlo en
el cenicero.

En cuanto salió del despacho, el protector de pantalla del ordenador de Janice dejó lugar a un mensaje.

La abuela te espera a las 11 en el jardín.

Eran las once menos cuarto.

La cuarta mañana, en Londres

Al despertar, Ekaterina encontró la cama vacía. Mateo trabajaba ya en la habitación contigua. Se levantó, abrió el armario y se
detuvo a mirar su vestido.

—Estabas muy elegante —le susurró él acercándosele por la espalda.

—Gracias. Voy a devolverlo, es una locura que no me puedo permitir.

—Deberías quedártelo. Ven conmigo, me he topado con algo que le va a interesar mucho a Janice —dijo volviendo a sentarse ante su escritorio.

Ekaterina pasó olímpicamente de él; se dirigió a la ventana y respiró a pleno pulmón la brisa veraniega, sin ninguna prisa por compartir el hallazgo de Mateo.

—Odio ese tonito de jefe que pones y además no te pega nada —le dijo.

—Si haces el favor de venir, creo que me odiarás menos cuando veas esto.

—¿Qué has encontrado? —le preguntó acercándose.

Mateo había buscado información sobre el embajador que charlaba la víspera con Baron. En la pantalla se veía una fotografía sacada de Internet. En esa época, el embajador era un simple teniente del Ejército de Tierra y vestía un uniforme lleno de condecoraciones.

Ekaterina se inclinó sobre la pantalla. Mateo agrandó la imagen haciendo *zoom* sobre la solapa de la guerrera, donde llevaba prendido un broche de metal con una cabeza de caballo vuelta hacia la izquierda.

—¡El embajador de Estados Unidos en Londres pertenecía a los PSYOPS! —exclamó ella.

—Tiene toda la pinta.

—Hay que avisar a Janice.

—Ya lo he hecho. Y he empezado a transcribir la información conseguida del móvil de Baron. Su próxima escala es Roma. El jefe de la liga de extrema derecha vuelve a presentarse a las elecciones generales que se celebrarán dentro de un mes.

—¿Crees que va a promover un golpe en Italia como en Oslo? —preguntó inquieta Ekaterina.

253

—Por ahora no hay señales de ello, pero que su fin sea manipular las elecciones, de eso no me cabe duda. Tengo cierta idea sobre la naturaleza de sus planes. Lee este correo.

Mateo le mostró un correo electrónico de Baron a un responsable de la Liga Norte:

Los caballos están en el box de salida, listos para la carrera.

—¿Los PSYOPS?

—¡Es tan evidente que parece mentira! —contestó Mateo.

—En el Barnevernet, uno de los educadores nos repetía siempre: «No busquéis lógica donde la gente no ha puesto ninguna». ¿Has encontrado algo más en su móvil?

—El hotel en el que se alojará, el Palazzo Montemartini, y la lista de sus reuniones en Londres antes de su viaje.

—¿Con quién se va a reunir?

—Con Daniel Garbage, exlíder de un partido de extrema derecha reconvertido en jefe del partido de la independencia del Reino Unido, adalid autoproclamado del Brexit pero que lleva diez años cobrando un sueldo como parlamentario europeo. Grotesco, ¿no te parece? Esta noche Baron cenará con él, en compañía del muy acaudalado dueño de un periódico inglés. No me extrañaría que Kich se les uniera también.

—Oslo, Londres, Roma… Los perfiles de los tipos con los que se reúne en cada ciudad… Esta gira por Europa va más allá de una simple campaña de influencia. Se nos escapa algo…

—Bueno, influencia y manipulación, en eso consiste precisamente su negocio. Pero tienes razón, Noruega, Gran Bretaña, pronto Italia… ¿Adónde irá después a extender su veneno? Tenemos que seguirlo de cerca, mañana salimos para Roma —anunció Mateo.

—Mañana salimos para Roma… —repitió Ekaterina absorta en sus pensamientos.

Mateo la observó, había tristeza en su sonrisa, ella apartó la mirada y salió al balcón. Él la siguió y se quedó unos pasos detrás de ella.

—¿Te ha hecho daño algo que he dicho?

—Ayer, Noruega; hoy, Inglaterra; mañana, Italia. Yo antes solo conocía estos países por las películas y los libros, nunca había llevado un traje de noche ni asistido a veladas mundanas, mi apartamento es más pequeño que esta *suite*. Nuestras vidas son tan diferentes… Me gusta la que me he construido, y ahora me siento como si le diera la espalda.

—¿Y eso te pone triste?

—Eso me da miedo.

—Poco importa la habitación en la que durmamos, tú y yo nos hemos reunido para actuar, lo demás da igual.

—Entonces lo que quizá me da miedo sea ese «tú y yo» del que hablas —le contestó ella, y volvió a la habitación.

La cuarta mañana, en Madrid

Cordelia y Diego habían pasado gran parte de la noche ante sus pantallas de ordenador. Después de *hackear* los servidores de los hoteles y de extender sus virus por los móviles de los participantes en el congreso farmacéutico, fueron comprobando a cada hora que la recogida de datos se efectuaba según lo previsto. Diego se acostó por fin. Incapaz de conciliar el sueño, Cordelia se puso a ordenar el apartamento.

Colocó bien los marcos en la estantería y se detuvo ante una foto de sus padres tomada en la terraza de su casa de Córdoba. Volvieron a su memoria recuerdos de verano. El aroma a jazmín de las callejuelas estrechas, las buganvillas rojas que cubrían las paredes, el parque en el que su padre la columpiaba a la sombra de un tilo, los paseos con su madre por el mercado de flores. Atrajo entonces su mirada una vieja edición de *La guerra del fin del mundo*, se la había regalado a Diego justo antes de marcharse a Boston. Al sacar el libro de la estantería para hojearlo, detrás del lugar que ocupaba descubrió un cofrecito de madera en el que encontró un fajo de cartas con la caligrafía de Alba.

—Vuelve a cerrarlo, por favor —le pidió su hermano al entrar en el salón.

Cordelia hizo lo que le decía y se volvió para mirar a Diego.

—Me vas a tildar de iluminada, pero toparme con estas cartas al despertar igual es una señal.

—A veces me pregunto si no te montas en tu cabeza la película de que la querías más que yo. La muerte de Alba me dejó un vacío inconmensurable, Flores se ha esforzado por colmarlo. Al principio no fue fácil para ella pero, a base de paciencia, acabó haciéndose un hueco en mi vida. Lo quieras o no.

—Lo sé, Chiquito, he visto cómo te miraba y cómo la mirabas tú a ella; tengo que hacerme a la idea de que ya solo tendré una parte de mi hermano para mí sola.

El timbre del móvil de Diego interrumpió la conversación. El número que aparecía en la pantalla tenía un prefijo inglés pero no estaba entre sus contactos. Se lo enseñó a Cordelia.

—¡Contesta!

Le inquietó la expresión descompuesta de su hermano. Diego se alejó escuchando a su interlocutor con suma atención. Cordelia se acercó, pero él le indicó que no dijera una palabra.

—Entiendo —murmuró Diego en inglés—, enseguida… Gracias… Sí, he apuntado su número. Lo llamo en cuanto llegue.

Dejó el móvil y abrazó a su hermana.

—No te imaginas lo mucho que me alegro de que estés aquí —le dijo con voz trémula.

—Pero ¿qué te pasa? ¿Quién era? —le preguntó ella apartándolo.

—Un inspector de Scotland Yard. Han encontrado tu cuerpo esta mañana, flotando en el canal. Quieren que vaya a identificarlo, los rasgos no se distinguen bien.

EL JARDÍN DE TEL HASHOMER

23

El cuarto día, en Tel Aviv

Noa la esperaba en un banco del jardín de la residencia de ancianos. Janice se disculpó por llegar tarde y se sentó a su lado.

—No tengo mucho tiempo —dijo Noa.

Le anunció orgullosa que había conseguido rastrear el origen de la transferencia. Contrariamente a lo que pensaba, Ayrton Cash no era el emisor.

—Entonces ¿quién ha hecho ese traspaso de fondos?

—Oxford Teknika, una supuesta compañía de *marketing* turístico con sede en Londres. Nada que ver, aparentemente, con los PSYOPS. Uno de mis contactos allí me ha hecho el favor de pasarse por la dirección que aparece en el membrete.

—¿Y?

—Es una dirección fantasma. Una placa en la calle y otra en el rellano, junto a la puerta de un cuchitril. Algo bastante frecuente para domiciliar una empresa. Pero, por lo general, estas prácticas tienen que ver con paraísos fiscales, las islas Caimán, las islas Anglonormandas, Luxemburgo. En pleno centro de Londres no tiene ningún sentido.

—Pero, conociéndote, seguro que tú se lo has encontrado.

—Oxford Teknika tiene otras actividades aparte del turismo

que sus dueños no quieren que descubramos. No puedo seguir investigando sin autorización oficial. No me conviene que mis jefes me pillen. Pero, rebuscando en el servidor del JSBC, he visto otra transferencia sospechosa emitida el mismo día. Esta vez desde Estados Unidos, en dólares y por el mismo importe. El dinero, de una fuente aún desconocida, ha aterrizado en la cuenta de Oxford Teknika y desde ahí ha salido inmediatamente hacia las arcas del partido nacionalista noruego. Lo cual me lleva a hacerte una pregunta. ¿Qué no me has contado?

Janice vaciló antes de sincerarse con Noa. Pero no conseguiría nada de ella si no le daba un buen motivo.

—Un partido neonazi recibe fondos de Estados Unidos que transitan por un paraíso fiscal para pasar inadvertidos, ¿eso no aviva tu curiosidad?

—Con el peligro al que me expones, no —contestó Noa.

—Vale, de acuerdo. Ayer te hablaba de un país europeo en el que podrían actuar los PSYOPS, se trata de Noruega. Solo que esta vez no pensaban manipular las elecciones con ayuda de raperos y de consignas para la juventud. El partido neonazi preparaba un atentado en la universidad de Oslo, tenían intención de utilizar a emigrantes como cabeza de turco. No necesito precisarte los resultados que contaban obtener, a dos semanas de las elecciones.

Noa se quedó sin voz.

—Una guerra de comunicación es un acto indiscutible de injerencia —prosiguió—, pero aquí ya se trata de terrorismo.

—¿Podrías contárselo a tus superiores y convencerlos de iniciar una investigación oficial?

—Eso depende de lo que estés dispuesta a contarme además —insistió Noa—. Por favor, Janice, no me hagas perder un tiempo valioso. Has dicho «preparaba», ¿es que ese atentado no se va a producir? ¿Quién te ha proporcionado esa información y por qué los autores han renunciado a sus planes? Jugamos con las cartas sobre la mesa o me vuelvo a mi despacho —declaró levantándose del banco.

Janice se quedó callada. Contrariada, Noa se alejó sin despedirse.

—¡Espera! —gritó Janice corriendo tras ella.

La alcanzó a la altura de la verja y la retuvo del brazo.

—Una persona se ha infiltrado en el Partido de la Nación y ha descubierto sus planes, así como una prueba que involucra a sus líderes. Unas horas antes del ataque, la persona en cuestión ha enviado una copia de esta prueba a uno de ellos, amenazando con revelárselo todo a la prensa si mantenían el ataque.

—¿Por qué no hacerle llegar esa prueba directamente a la policía? La conspiración habría quedado al descubierto y habrían detenido a los culpables.

—Porque ya era demasiado tarde —le confesó Janice—. Quizá no fuera lo ideal, pero se evitó lo peor.

—¿Puedes explicarme por qué, al descubrir la inminencia de un atentado en Oslo, una persona —tu fuente, me imagino— infiltrada en un partido noruego contacta a una periodista de Tel Aviv?

—Digamos que esa persona es una vieja conocida mía.

—No sabía que frecuentaras a esa clase de gente —contestó Noa—. Y me imagino también que nada de esto tiene relación con el asesinato del jefe de ese partido y su inmediata sustitución por su número dos, ¿o sí?

Janice se quedó callada, calculando las consecuencias de esa conversación y hasta dónde debía llegar para lograr su propósito.

—Ya has hecho mucho —prosiguió—, no quiero comprometerte. Dame una copia de esa segunda transferencia, veré qué puedo averiguar por mi cuenta.

—¿Quieres decir que alguno de tus *conocidos* —y Noa recalcó la palabra— podría descubrir en mi lugar quién la emitió? ¡Ni hablar! Si me pillan, pierdo mi trabajo y me abren expediente disciplinario. Tenemos prohibido salir del recinto con el más mínimo papel sin una autorización firmada por nuestros superiores. Y, antes de cruzar la puerta, pasamos por detectores de metales para evitar toda fuga de información sensible en formato magnético. Estamos en Israel, Janice. Aquí, la seguridad exige una vigilancia total, no se desdeña ninguna medida de precaución.

—Vale, entonces mira a ver qué puedes hacer sin exponerte; ahora ya sabes el alcance de lo que está en juego.

—No te prometo nada. Venga, vamos a despedirnos como buenas amigas.

Noa se acercó para besar a Janice en la mejilla y salió del jardín.

El cuarto día, en Estambul

Maya arañaba un poco de sueño después de una noche agitada. Oyó un sonido ahogado en la puerta de su habitación y abrió los ojos de pronto. Eylem consultaba el correo en su móvil.

—¿Has pedido algo del servicio de habitaciones?

Concentrada en la lectura, Eylem le indicó que no con un gesto de la cabeza. Maya apartó las sábanas y se levantó. Vio que habían metido un sobre por debajo de la puerta. Se asomó al pasillo, pero el mensajero ya había desaparecido. El sobre contenía una postal, una foto de la terraza del Café Pierre Loti, situado en lo alto de una colina en medio de un cementerio. No había nada escrito en el reverso. Maya conocía bien el lugar, muy apreciado por los turistas, ella misma llevaba a menudo allí a sus clientes. La terraza ofrecía un panorama espléndido del Cuerno de Oro. Al observar la postal, sintió alivio por saber al fin algo de la misión que la había llevado hasta allí, si es que no era una trampa. Siempre recibía las instrucciones en su móvil seguro. Una postal introducida bajo la puerta de su habitación de hotel no era lo habitual. Y resultaba tanto más perturbador en cuanto que era la primera vez que se alojaba en el Pera, pues el Méridien, el que acostumbraba a elegir, estaba completo.

Se puso un pantalón cómodo, un jersey de color blanco roto y unas sandalias.

—¿Vas a salir? —preguntó Eylem.

—¿Te apetece desayunar en el Café Pierre Loti?

Eylem saltó de la cama.

Treinta minutos más tarde aparcaban al pie de la colina, en el barrio de Sultanahmet. Eylem le propuso a Maya hacer el resto del camino a pie. El paseo les abriría el apetito.

Subieron por las calles adoquinadas, atravesaron los senderos del cementerio, entre las estelas de varios siglos de antigüedad, y se instalaron en la terraza, abarrotada pese a la hora temprana.

Eylem se extasió, las aguas del Cuerno de Oro resplandecían bajo un sol que ya abrasaba.

—Tenías que venir tú a Estambul para que desayunara en este café... Yo no vengo nunca, y eso que es una maravilla.

—Normal —contestó Maya pensando en otra cosa—, los parisinos casi nunca suben a desayunar a Montmartre.

—Te he notado ausente esta noche. ¿Es por mí?... No tenías por qué llamarme —suspiró Eylem.

—No tiene nada que ver contigo, te lo prometo.

—Entonces, ¿qué hacemos aquí? Te conozco, si hay algo que te encanta es remolonear en la cama por la mañana.

—Todavía no lo sé, y te prometo que es la pura verdad.

—Mucho prometes tú.

Maya consultó su reloj, le habían indicado un lugar, pero no una hora. El camarero les trajo una carta que Eylem se apresuró a examinar.

—Discúlpame un momento —dijo Maya cuando sintió su móvil vibrar en el bolsillo.

Se refugió en el café, cruzó la gran sala y se encerró en el cuarto de baño para consultar el mensaje que acababa de recibir. Era breve pero muy elocuente; al leerlo, sintió un escalofrío:

Lastivka, no era solo impresión tuya.

Vitalik acababa de confirmar sus temores. Y si no le daba detalles, quería decir que su móvil estaba infectado. Se echó agua en la cara para calmarse. ¿Dónde y cuándo le habían puesto el chivato?

El Pierre Loti, un establecimiento de casi cien años, no había cambiado nada, de ello daba fe la vieja cabina telefónica de madera de cerezo. Maya fue al bar para cambiar en monedas los pocos billetes de libras turcas que llevaba encima. Si extraía la tarjeta SIM o apagaba el móvil, sabrían que lo había averiguado. Se lo guardó en el bolso y lo dejó fuera de la cabina mientras llamaba a Vitalik.

—¿Es una línea segura? —le preguntó este.

—Tan segura como puede serlo una cabina en un café. Tengo pocas monedas, date prisa.

—Así al menos no me estarás rectificando todo el rato. Te vigilan, pero no puedo asegurarte que sea por el móvil. He hecho unas comprobaciones, siento haber cotilleado tus asuntos telefónicos. Tus llamadas están desviadas, lo sé porque cuando la activo, la señal hace eco, eso es indiscutible, pero por más que he escudriñado tu terminal, no he encontrado ningún virus. Y eso es raro.

—¿Llevo un chivato encima?

—En cualquier caso, no está activo ahora mismo mientras hablamos, estoy mirando la actividad de tu móvil en mi pantalla y duerme como un bebé.

—¿En mi habitación de hotel?

—¿Estabas ahí cuando te he enviado el mensaje?

—No, estoy lejos del Pera.

—Entonces busca en tu bolso un mechero, un boli, un pintalabios, ¿has comprado algo nuevo hace poco? Da igual, tíralo todo a la papelera y haremos más comprobaciones. Lastivka, piensa en cambiar de destino para tus vacaciones, puedo organizarte una rápida estancia.

—Imposible, aún no tengo…

Maya oyó tres pitidos, se apresuró a buscar más monedas en sus bolsillos, pero ya se había cortado la llamada.

*

Salió de la cabina, cogió su bolso y se reunió con Eylem, que la recibió con una gran sonrisa.

—Me han confundido contigo, qué halagador.

—¿Cómo que te han confundido conmigo? —preguntó Maya inquieta.

—El camarero que nos ha servido el desayuno me ha entregado también este sobre, preguntándome si era Maya Mandel. Y, como eres mucho más guapa que yo, me he sentido halagada.

—Qué tontería —contestó Maya cogiendo el sobre, que estaba totalmente en blanco.

En su interior encontró una invitación para un cóctel, esa misma tarde a las seis, en el Instituto Francés.

—¿Qué camarero? —le preguntó a Eylem.

—Ya no lo veo.

—¿Estás segura?

—Sí, ¿por qué? ¿Es una carta de amor?

Le enseñó la invitación.

—Una invitación para una sola persona, viene a ser lo mismo —suspiró Eylem.

—Te llamaré cuando termine y quedamos en algún sitio.

—¿Quién te dice que te haya reservado esta noche?

Maya intentó besarla en los labios, pero Eylem apartó el rostro y el beso aterrizó en su mejilla.

—¿Ya te vas?

—No tengo más remedio. Nos vemos luego, prometido.

—Para ya con tus promesas, qué pesada.

Eylem no dejó que Maya pagara la cuenta y le ordenó con amabilidad que se fuera.

Maya bajó la colina hasta el embarcadero de Eyüp, donde esperó el barco para Eminönü.

La travesía duraba veinte minutos. Se acodó en la borda para disfrutar de la frescura de las aguas del Bósforo y se puso a pensar. ¿En qué momento habían empezado a espiarla y con qué fin? Consultó sus mensajes y no encontró ninguno que resultara comprometedor.

El puente de Gálata se aproximaba ya, el transbordador pronto llegaría a su destino. Hizo inventario del contenido de su bolso, no contenía nada que no estuviera ya allí antes de viajar a Turquía, salvo un paquete de pañuelos de papel y una caja de pastillas de menta. Renunció a arrojarlos por la borda. Era mejor no dar a entender que se sabía vigilada. ¿Por qué no le habrían introducido la invitación a ese cóctel directamente por debajo de la puerta de su habitación de hotel? Debían de saber que tenía compañía y habían esperado a que estuviera sola en la terraza del Café Pierre Loti para entregársela. Pero el mensajero se había equivocado de persona, por lo que no se trataba de un profesional... Y ¿por qué debía ser confidencial esa invitación? ¿Qué trampa trataban de tenderle?

Maya recorrió el horizonte con la mirada; el puente del transbordador estaba desierto, solo una pareja de ancianos había subido con ella en el embarcadero de Eyüp y estaban sentados en la cubierta inferior. Volvió a abrir el bolso y sacó la fotografía de la niña.

¿Quién era esa niña que la ponía en peligro así?

La cuarta mañana, en Londres

Ekaterina cerró su ordenador.

—¿A qué hora sale nuestro vuelo a Roma?

—¿Has cambiado de idea? —le preguntó Mateo hojeando tranquilamente *The Guardian*.

—Después de lo que acaba de contarnos Janice, es difícil no cambiar de idea. Voy a preparar mi equipaje —dijo.

Se paró en seco y se volvió.

—Hay algo que no me termina de cuadrar: Baron interfiere en las elecciones en Noruega, planea hacer lo mismo en Italia, pero el dinero de sus maniobras viene supuestamente de Estados Unidos. ¿Por qué?

Mateo dejó el periódico sobre el escritorio.

—Nada nos demuestra todavía que el dinero que financió el ataque previsto en Oslo tuviera el mismo origen que el de sus planes para Roma.

—No obstante... —prosiguió Ekaterina pensativa—, un exmiembro de las PSYOPS convertido en embajador de Estados Unidos; un primer ministro inglés recién nombrado, igual que el embajador; Robert Berdoch y Libidof, magnates de la prensa populista anglosajona, uno estadounidense, el otro de origen ruso; Kich, multimillonario ultraconservador estadounidense y lobista del sector de las energías contaminantes; Vickersen, Garbage y Malaparti, tres líderes de partidos de extrema derecha europeos...

—Puedes quitar a Vickersen de la lista.

—Thorek, su sucesor, que viene a ser lo mismo. En el centro de esta nebulosa, Baron, por supuesto, Ayrton Cash, otro multimillonario inglés, y, por último, el JSBC, un banco más que sospechoso, escondido en un paraíso fiscal.

—Enunciado así, tengo que reconocer que...

—... que detrás de todo esto hay un plan más amplio y que aún se nos escapa —concluyó Ekaterina.

—¿Y si Baron no hubiera venido a Londres para poner en marcha un nuevo plan, sino para recoger los frutos de un trabajo ya terminado? Estaban brindando con Jarvis Borson. ¿Quién nos dice que no recurrió a los PSYOPS para manipular la votación que ha llevado a Inglaterra a separarse de sus aliados más cercanos?

—Lo cual explicaría también el conciliábulo con el embajador —añadió Ekaterina.

—O peor aún —dijo Mateo—. ¿Y si estuvieran celebrando una victoria y preparando el terreno para otras sucesivas? Tanto en

Irlanda como en Escocia se alzan voces que reclaman el divorcio con Londres. Si se produce, será el fin del Reino Unido. Gran Bretaña es el puente principal entre Estados Unidos y Europa. Aislada, con su territorio y su población divididos, ya no tendrá ningún peso en el tablero de juego mundial.

—Para lo del Brexit, podría ser —prosiguió Ekaterina—. Jarvis se ha jugado su futuro político a la carta de la división del país, pero ¿qué interés tendría el primer ministro inglés en llevar su suicidio hasta la desagregación del Reino Unido?

—Ninguno, a menos que sirva a intereses que le importen más que su propio país.

—¿Cuáles? —preguntó Ekaterina—. ¿Qué lazos unen a todos estos peces gordos?

—¿*Ekaterina era la única que sospechaba lo que se estaba tramando?*

—Nadie puede quitarle ese mérito: fue la primera del grupo en entender todo el alcance.

—*¿Es decir?*

—Un grupo de fieras había decidido el nuevo orden mundial.

»Unos depredadores poderosos, carentes de sentido moral, que sembraban el caos y avanzaban juntos para devorar a sus presas, sin dejar escapatoria a ninguna. Mateo, que siempre prestaba mucha atención a lo que decía Ekaterina, comprendió a su vez. Decidió acelerar su partida a Roma para pisarle los talones a Baron… y equiparse con un material más eficaz que el que habían utilizado en Oslo. No se persigue a los grandes depredadores con las mismas armas que a la caza menor.

CAFÉ PIERRE LOTI

24

El cuarto día, en Madrid

Asaltada por una náusea, Cordelia se precipitó al cuarto de baño.

Diego se apostó en la puerta, dispuesto a ayudarla, aunque estaba tan sobrecogido como ella. ¿De quién era el cuerpo que habían encontrado en el canal? Según le había dicho el policía, estaba ya tan deteriorado que solo la tarjeta de un gimnasio hallada en el bolsillo de su cazadora había permitido una identificación preliminar. Pero tenía que ir a reconocerla para confirmarla.

Cordelia tenía tres cazadoras, una de cuero, una vaquera y una de ante. El policía no había precisado de cuál se trataba. Había dejado su tarjeta del gimnasio sobre la consola de la entrada cuando se marchó de Londres, estaba segura, de modo que ¿cómo había ido a parar a las oscuras aguas del Regent Canal? ¿Habían entrado a robar en su casa? El agente de Scotland Yard no había dicho nada de ningún robo... La única explicación posible la había precipitado sobre la taza del váter.

Salió del baño con los ojos enrojecidos. Diego la obligó a tomarse una copa de un licor fuerte y la abrazó.

Se oyeron unos gritos de niños en el patio, lo que le hizo sobresaltarse. Cordelia se asomó al balcón, el ambiente era sofocante, pero ver a los niños pelearse en la plaza la reconfortó algo... Ver la vida cuando no piensas más que en la muerte.

Penny Rose nunca le habría robado una cazadora. Y no era nada deportista. Cordelia se agarraba a eso como a un salvavidas. ¿Cómo soportar la idea de que hubiera perdido la vida por su culpa? Y Penny Rose sabía apañárselas, ¡con su típico carácter irlandés seguramente se habría resistido!... Pero quizá por ello precisamente sus rasgos no eran identificables. Era la bondad personificada, con un corazón tan grande como el suyo era imposible acabar ahogada en un canal...

Diego no iría a reconocerla. Le correspondía a ella hacerlo, le correspondía a ella cerrarle los ojos, decir una oración... y pedir perdón.

Diego le aseguró que ella no tenía culpa de nada. Ocurrían crímenes todos los días en las grandes ciudades, sobre todo en Londres, donde desde hacía un tiempo te llevabas una puñalada por un paquete de tabaco. Su amiga seguramente le había cogido prestada algo de ropa para ir a alguna parte y había sufrido una agresión. Y, además, nada garantizaba todavía que fuera ella.

Pero su voz sonaba impostada. Cordelia sabía que no pensaba ni una palabra de lo que decía. Por otra parte, si la creían muerta, ya no corría peligro, no por ahora, y eso, al menos, era una buena noticia.

—¿Qué voy a decirle a la policía? —preguntó Diego.

Cordelia se tiró sobre él, golpeándolo en el pecho. ¡Si Penny Rose había muerto, ya nada era buena noticia! Le habría gustado teletransportarse al patio de su edificio, quitar el ladrillo del escondite y coger sus llaves y las veinte libras, aliviada de que su protegida no hubiera ido a ocuparse de su apartamento.

Y aunque se hubiera instalado allí, buscando el refugio de un techo, para dormir en una cama de verdad, darse un baño y comer hasta saciarse de su nevera como le había ofrecido, nunca le habría abierto la puerta a un desconocido. ¿Por qué a Diego no se le había ocurrido preguntar dónde se había producido el crimen?

Diego le sujetó las manos y la abrazó. Saldrían de esta, todo eso no era más que una pesadilla. Iría a Londres y se encargaría de todo, ella no tendría más que esperarlo en Madrid y, durante su ausencia, podía ordenarle la casa si le apetecía.

Cordelia se abandonó en los brazos de su hermano, apoyó la cabeza en su pecho y lloró a Penny Rose con la esperanza de poder aún encontrársela tocando la guitarra entre los puestos del mercado de Camden.

*

Había transcurrido una hora desde la llamada de Scotland Yard. Abrumada por una jaqueca, Cordelia se fue a la habitación a tumbarse. Diego le puso un paño húmedo en la frente.

Mientras descansaba, se acercaría al restaurante a decirle a su cocinero que iba a ausentarse un par de días. Aprovecharía para comprar todo lo que pudiera necesitar, llamaría a Juan, el amigo que les había prestado la moto, y le pediría que velara por ella durante su ausencia.

Dejó entornada la puerta de la habitación, cogió las llaves y el casco y le prometió a Cordelia que volvería al cabo de dos horas como mucho.

*

Diego cumplió su promesa. Pero, al volver, encontró la casa vacía y una notita de Cordelia sobre la almohada:

Diego querido:
Es cosa mía ir a Londres. No te preocupes, Chiquito, y no intentes dar conmigo, por favor te lo pido. Te llamaré en cuanto llegue. Necesito entender qué ha pasado y no quiero que vayas a ver a la policía antes. Iremos a hablar con ellos juntos, más tarde.

Mientras tanto, cuida de Flores y, sobre todo, vigila que sigamos recopilando los datos de nuestros congresistas como estaba previsto. No te olvides de guardar todos los archivos. Nos reuniremos cuando llegue el momento, pero por ahora quédate aquí y, sobre todo, sigue ocupándote de nuestra misión.
Tu hermana que te quiere.

El cuarto día, en Tel Aviv

Su encuentro con Noa había embriagado a Janice. La idea de volver a introducirse en los arcanos del banco JSBC la sumía en un estado de exaltación extrema. En el periódico las conexiones informáticas no eran lo bastante seguras; podría haber utilizado la red wifi de la residencia, pero ya se había conectado por esa vía el día anterior y temía que alguien acabara por encontrar extraña su presencia si aparecía demasiado por allí. Tomó el autobús y aprovechó el trayecto para pensar en la manera más segura de operar. Iba a desviar sus comunicaciones hacia servidores de alta seguridad lejos de Tel Aviv, y para ello sabía a quién recurrir.

El bus se acercaba a su parada, Janice buscó las llaves en el fondo de su bolso, como siempre; sin éxito, como casi siempre. Entonces rebuscó en los bolsillos de su chaqueta y encontró un pañuelo de papel. Iba a tirarlo cuando, asaltada por una duda, lo desdobló.

Nunca habría imaginado que un viejo clínex pudiera ser tan valioso. Noa se las había agenciado para pasarle las referencias de la transferencia sin que se diera cuenta. Se sintió casi culpable pensando en los riesgos que había asumido su amiga para exfiltrar semejante información del mando central de los ejércitos.

Se apeó del bus y corrió hasta su casa, donde llamó a la puerta para que David saliera del taller y acudiera a abrirle.

—Eres la más pesada del universo —rezongó al recibirla.

—Cuando acabes con tus cumplidos, ¿podrías hacerme un favor inmenso?

—Me parece que acabo de hacerlo interrumpiendo mi trabajo.

—David —suplicó Janice dejando el bolso—, es muy importante, de verdad.

Él arqueó una ceja y la miró de arriba abajo.

—Bueno, sígueme hasta el taller, me explicarás de qué se trata mientras pinto y haremos como si no me molestaras.

Nadie podía entrar en su antro; fingiendo indiferencia, mientras daba los últimos toques a un retrato de pie, su obra cumbre, David pensaba deslumbrar a su amiga.

Volvió a colocarse ante el caballete, cogió un pincel fino y añadió una pizca de rojo, acechando una reacción. Pero Janice tenía los ojos y la cabeza en otra parte.

—Te escucho —dijo David como quien no quiere la cosa.

—¿Sigues llevándote bien con ese tipo que vive encima del colmado de la esquina?

—¡No conozco a ningún tío! —contestó él irritado.

—Que sí, uno más bien guapo, de unos treinta años, tiene una vieja Vespa y va siempre por ahí con un sombrero de paja y camisas hawaianas…

—¿Quién te ha hablado de él? —la interrumpió David.

—Pues tú, ¿quién va a ser?

—Pues no debería haberlo hecho, es agua pasada. Y mis relaciones sentimentales no son de tu incumbencia.

—Salvo cuando te mueres de tristeza. Pero lo que me interesa son las tarjetas telefónicas que vende de extranjis, presumías de que salías con un chico malo.

—Puede…, pero era algo sin importancia, un rollo de una noche, bueno, de varias noches.

—Varias semanas —lo corrigió Janice—. Y tardaste meses en recuperarte.

—Pues ya tienes la respuesta a la pregunta. ¡Es no!

Janice no dijo una palabra más, sabía perfectamente que nada irritaría más a David que su silencio. Estaba segura de ganar a ese jueguecito pues su amigo no tenía paciencia ninguna.

—¿Y bien? —suspiró él dejando el pincel.

—¿Podrías llamarlo? Me gustaría comprarle una, acepto el precio que me diga. Bueno, si puedes apañártelas para que no me arruine, te lo agradecería mucho.

—¡Pero que me traen al pairo tus tarjetas de mierda, te hablo de mi obra!

Janice abrió los ojos de par en par y se acercó al cuadro, un óleo sobre lienzo de un metro cincuenta por un metro que representaba a una mujer en una *chaise-longue*. Los colores cálidos revelaban una alegría que los rasgos del rostro no traducían. El rojo vivo de la boca le daba al personaje una sensualidad explosiva. Al fondo, una terraza dominaba un horizonte delimitado por un mar de un azul más intenso que el del cielo, que ocupaba la mitad del lienzo.

—¡Magnífico! —exclamó ella.

—No exageres, no lo piensas de verdad

—Si no me gustara, te lo diría. Es espléndido. ¿Quién es esta criatura tan arrebatadora?

—¡Tú!

Janice se llevó la mano a la boca para contener la risa.

—Largo de aquí, no te soporto.

—O sea…, es que estoy muy desnuda.

—¡No estás muy vestida cuando tomas el sol en el jardín!

Janice asintió.

—No tengo nada que objetar, es magnífico, parece un Matisse.

—Una comparación siempre es desagradable para un artista, pero bueno. ¿De verdad te gusta?

—Te lo vuelvo a decir, es deslumbrante.

—¿Cuántas unidades quieres en la tarjeta? —suspiró David.

—Las suficientes para comunicar una hora con el extranjero.

—¿Y para cuándo la necesitarías?

—Para ahora.

—Bueno, veré lo que puedo hacer. Pero que sepas que me cuesta un mundo —añadió David saliendo del taller.

Oyó el sonido de una conversación detrás de la puerta, un murmullo que se convirtió en voces y luego en risa. David volvió unos instantes después.

—Tienes suerte, está en casa. Puedes ir al colmado a recoger tu tarjeta. Te costará 350 shekels, o sea, casi nada. Encontrarás dinero en la caja metálica que hay en la balda encima de la mesa de trabajo; supongo que no llevas un céntimo. Si algún día me los devuelves, añade cien, no he tenido más remedio que invitar a mi amigo a cenar para agradecerle el favor.

Janice se arrojó de un salto a sus brazos y lo besó con todas sus fuerzas. Luego se puso de puntillas para llegar hasta la caja metálica, cogió 400 shekels, prometiéndole a David que le traería tabaco, y se volvió en el umbral de la puerta.

—Me pregunto si no has sido un pelín halagador con respecto a mis pechos.

—¡Largo de aquí! —gritó David.

Janice corrió calle abajo, recogió la tarjeta SIM, volvió, la introdujo en su móvil y llamó a un número de la periferia de Kiev.

*

—Pero ¿qué os pasa a todos últimamente? —preguntó Vitalik inquieto.

—¿Por qué lo dices?

—Si me llamas por este tipo de línea, es que tienes un problema… o que necesitas algo que mis servicios pueden proporcionarte.

Janice le explicó su proyecto. Le comunicó la secuencia de cifras y de letras de la transferencia.

—¿Quieres que me cuele en el servidor de un banco de negocios y que rastree el origen de una transferencia a una sociedad con domicilio fiscal en Londres?

—Exactamente.

—Pero, Metelyk, eso no es algo que se haga en lo que se tarda en comer un *rogalykys*. Es complejo, para entrar en la fortaleza hay que encontrar su eslabón débil.

—No hace falta, tengo acceso a una puerta oculta en sus servidores.

—Entonces es menos difícil, pero no fácil.

—Y puse un virus del tipo Conficker que aún no han detectado.

—¿Te has acostado con el cajero del banco?… De acuerdo, voy a ver lo que puedo conseguir. Pero ni hablar de conectarte a la vez. En este tipo de hazañas, Vitalik siempre trabaja solo.

—No es verdad, hemos hecho cosas mucho peores juntos… Y conozco sus defensas mejor que nadie; si surge algún problema, podré guiarte.

—Vitalik no necesita guía, déjame trabajar. ¿Por qué medio entraste la primera vez en su sistema?

—Apliqué el viejo truco de la llave USB perdida en el aparcamiento. Fui a la isla de Jersey y dejé caer unas diez entre los coches. Bastó un día para que uno de sus empleados encontrara una, picara el anzuelo y la conectara a su terminal para ver lo que contenía.

—Es increíble que ese truco siga funcionando.

—No falla… Bueno, configuro el ordenador y te doy luz verde.

—Y si estuviera muy ocupado en este momento, ¿me lo pedirías por favor?

—Te conozco perfectamente, este ataque te entusiasma más que a mí todavía, ya tienes las manos sobre el teclado.

—¡Estoy esperando! —contestó Vitalik.

—Por favor…

Vitalik soltó un gritito de placer. Janice conectó su ordenador al móvil en el que había instalado la tarjeta imposible de rastrear. Por prudencia, desvió la comunicación a un servidor en la India, luego a otro en Alemania y, por fin, a uno en Rusia. Si los servicios de ciberseguridad del JSBC detectaban la intrusión, concluirían que se trataba de un ataque perpetrado desde algún país del Este. Vitalik no necesitaba preparación de ningún tipo, su despacho era una auténtica fortaleza electrónica.

*

A las 15 horas GMT, dos aviones se cruzaron en el cielo de París. Uno volaba hacia el sur, Ekaterina y Mateo aterrizarían en Roma al cabo de menos de dos horas; el otro se dirigía a Luton, en la periferia de Londres, donde Cordelia llegaría una hora más tarde.

Desde Kiev y Tel Aviv se producía un ciberataque contra los servidores del banco situado en las islas Anglonormandas.

En Estambul, Maya corría a orillas del Bósforo, en busca de un plan B para escapar de lo que a todas luces parecía una trampa.

LA CASA
DE JANICE

EL MERCADO
DE CAMDEN

25

El cuarto día, en Londres

Cordelia avanzaba inquieta en la cola del control de pasaportes. Había salido de Madrid pensando que la policía no la declararía muerta antes de que el cuerpo encontrado en el canal fuera identificado formalmente. En caso contrario, sería difícil explicarle su situación al agente de inmigración. Se esforzó por adoptar un aire lo más relajado posible mientras este examinaba sus documentos sin decir nada, antes de dejarla entrar en territorio británico.

Un autobús seguido de un tren la llevaron a la estación de Saint Pancras, donde el recuerdo de su loca carrera en otra estación le hizo estremecerse.

Entró en el metro en Mornington Crescent, tomó la Northern Line y se bajó en Camden Town.

Con su bolso al hombro, recorrió el mercado en busca de Penny Rose. Al oír una guitarra, se precipitó al callejón de los anticuarios, antes de interrumpir bruscamente su pasos al oír las primeras palabras de «Yesterday» cantadas por un hombre.

La buscó durante dos horas, preguntando a los comerciantes

que conocía, a los barrenderos y a dos policías de guardia si habían visto a su amiga ese día.

La camarera de un restaurante de quesadillas que, de vez en cuando, le regalaba un almuerzo a Penny Rose, le dijo haberla visto por última vez tres días antes. Cordelia prosiguió su camino hacia West Yard, atravesó la chamarilería y bordeó el canal, gritando el nombre de la chica. Un vagabundo se acercó a ella y la agarró del brazo.

—¿Qué le quieres a la chica? —le preguntó echándole en la cara un aliento fétido.

—¿La ha visto? —quiso saber Cordelia.

—Puede —contestó el hombre.

Cordelia le dio un billete de cinco libras.

—Ayer, creo que andaba por el castillo de los piratas.

Cordelia conocía el lugar, lo veía desde las ventanas de su casa, estaba en la orilla opuesta del canal, enfrente de su edificio. Era una réplica en miniatura de una fortaleza, con su torre, sus murallas y sus aspilleras. El castillo de los piratas era una broma del arquitecto Richard Steifer, que lo había levantado al principio de la década de 1970 en pleno barrio de los muelles. En la actualidad albergaba una asociación infantil.

Penny Rose subía a veces al camino de ronda y se sentaba entre dos parapetos a tocar la guitarra.

Cordelia le dio las gracias al vagabundo y cruzó corriendo el puente levadizo. Llegó sin aliento a lo alto del torreón. Penny Rose no estaba allí. Echó un vistazo a las ventanas de su apartamento y vio que alguien había corrido los visillos. Probablemente los inspectores de Scotland Yard. A menos que Sheldon hubiera enviado a sus esbirros, como había pensado Diego.

Estaba anocheciendo, Cordelia decidió interrumpir su búsqueda. Deshizo el camino andado y entró a hurtadillas en el patio del número 60 de Oval Road. Apartó el contenedor de basura, con cuidado de que no chirriaran las ruedas, y quitó el ladrillo que estaba detrás. La copia de sus llaves y el billete de veinte libras no estaban en su escondite.

Cordelia inspiró hondo antes de entrar en el portal. Subió por la escalera de servicio y descubrió en su rellano el precinto azul de la policía, con las palabras *Prohibido pasar*, sobre la puerta forzada.

Pasó por debajo y se adentró en la penumbra de su apartamento.

Encendió la linterna del móvil antes de aventurarse más adelante. El salón estaba patas arriba, habían volcado los cajones del aparador y todo su contenido yacía en el suelo. No era el resultado de un robo, los únicos objetos de valor que poseía, dos candelabros de plata maciza heredados de sus padres, seguían en la encimera de la pequeña cocina. La puerta de la nevera estaba entornada, unas manos poco delicadas habían vaciado las baldas, en el haz de la linterna brillaban añicos de cristal. En el dormitorio habían destripado el colchón y las almohadas. La policía nunca habría dejado su casa en ese estado. ¿Se la habrían encontrado así los inspectores de Scotland Yard? ¿Se lo habían advertido a Diego o esperaban su visita? Volvió al salón, avanzó hacia la cristalera y renunció a descorrer los visillos para no delatar su presencia, por si alguien la vigilaba. La bolsa con el dinero había desaparecido. Por suerte, había dejado su contenido en un lugar seguro. Bueno, quizá no «por suerte», pensó. Si quienes habían saqueado el apartamento hubieran encontrado el dinero, tal vez no habría aparecido en el canal el cuerpo de una joven. Cordelia fue hasta el armario. Su ropa estaba amontonada en el suelo. Rebuscó nerviosa entre las prendas y encontró la cazadora de cuero y la de ante, pero no la vaquera. Barrió la habitación con la mirada y descubrió al pie del sillón, junto a la ventana, la guitarra de Penny Rose.

Se arrodilló delante del instrumento y se echó a llorar.

De pronto, alguien la agarró del pelo y tiró bruscamente hacia atrás.

Recibió una bofetada tremenda, seguida de un puñetazo en el estómago que le hizo doblarse en dos. Trató de defenderse, de arañar el rostro de su agresor, pero este la empujó violentamente hacia atrás. Su cabeza golpeó contra la pared y perdió el conocimiento.

El cuarto día, en Kiev y Tel Aviv

Janice y Vitalik se comunicaban a través de las pantallas.

—Vale, Metelyk, estoy dentro, no toques nada.

—Te veo avanzar como si estuviera en ese servidor.

—Entonces mira y no armes revoloteo en mis proezas.

—Se dice revuelo.

—¿Tú también te vas a dedicar a corregirme?

—¿Quién más se empeña en enseñarte a escribir correctamente? ¿Quieres ponerme celosa? No habrá otra Metelyk en tu vida, espero.

—No, solo tú. A Maya la llamo Lastivka.

—¿Tienes noticias suyas? Mateo intenta contactar con ella…

—Vitalik sabe, él también me ha preguntado.

—¿Y has podido darle respuesta?

—Si busca protegerla, es mayorcito para hacerlo solo. Vitalik tiene una norma, los asuntos de Maya son cosa de Maya, los de Mateo, de Mateo, y los de Metelyk, igual.

—¿Querrás decirme algún día lo que significa Metelyk?

—Que estás distrayendo mi mente en un momento crucial.

Janice levantó los dedos del teclado, solo un breve instante. Cediendo a la impaciencia, tecleó:

—¿Qué haces? Ya no se mueven las líneas de código.

—Estoy instalando una pequeña maravilla técnica, un *rootkit* que he fabricado yo mismo con el que vamos a tomar el control de todas las operaciones de este banco. Si tienes deudas, es ahora o nunca, puedo enriquecerte con lo que necesites, dólares, euros, shekels, no tienes más que pedírmelo.

—No estamos aquí para eso y esos ataques son cosa del pasado.

—Habla por ti, Metelyk, pero como desees. Bueno, ya está instalado el *rootkit*. Acabo de mandarte los códigos de acceso, no soy egoísta, pero la prudencia exige que nos demos el piro. Volveremos mañana.

—No puedo esperar a mañana.

—¡No hay más remedio! Te ofrezco una hazaña fantástica, no lo estropees todo. Esperemos a ver si nos han detectado. Mañana estaremos tranquilos. Y tengo una táctica chulísima que proponerte, Vitalik nunca se va con las manos vacías. Estudia el archivo que acabo de mandarte, luego hablamos, tengo otras ocupaciones aparte de ti.

Vitalik cortó la comunicación. Janice abrió su buzón de correo y encontró los dos documentos que le había enviado. Los desencriptó enseguida y comprendió lo ingenioso del plan urdido por su amigo ucraniano: aislar, entre los datos recopilados, todos aquellos que tenían que ver con la segunda transferencia sospechosa. Si dichas trasferencias se repetían, descubrir si existía un protocolo y, en tal caso, buscar la más mínima operación que no lo hubiera seguido. Un *hacker* busca siempre una grieta, el momento en el que su presa ha bajado la guardia, el fruto de un error, el eslabón débil. ¿Por qué atacar a un muro si se puede entrar por una ventana?

Janice recordó una obsesión de Ekaterina en un ataque que habían hecho juntas. Todo había empezado una mañana en la sede de *Haaretz,* cuando Efron había entrado furioso en una reunión. Tras arrojar sobre la mesa la edición de ese día de *The New York Times*, había clamado que los nuevos ayatolás de Estados Unidos obraban para devolver a su país a un siglo atrás. Janice se apoderó del artículo y vio la fotografía de un senador ultraconservador que acababa de aprobar una ley que prohibía el aborto en su estado, incluso en caso de violación o de incesto. Los médicos infractores se exponían a una pena de hasta noventa y nueve años de prisión. El parlamento de Alabama había ratificado el texto el día anterior. Al gobernador no le quedaba más que firmar para que la ley pudiera aplicarse. Esa misma noche, Janice le había propuesto a Ekaterina una operación punitiva contra dicho senador, que había declarado con orgullo: «Cuando Dios ha creado el milagro de la vida en el vientre de una mujer, el hombre no tiene derecho a oponerse».

«El hombre quizá no, ¡pero la mujer desde luego que sí!», había contestado Ekaterina, antes de aceptar la propuesta de Janice.

Dos semanas de vigilancia al senador y su entorno habían hecho aflorar correos que los delataban. El único autor de esa ley digna de *El cuento de la criada* era el dirigente de una asociación provida, y había pagado grandes sumas al senador para financiar su reelección.

Los correos de la familia del senador revelaron que, de cristiano, el buen samaritano solo tenía la fachada. Unos años antes había mandado a su hija a Canadá a poner fin a un embarazo no deseado.

Al día siguiente de la publicación de dicha información, el senador había dimitido, y desde entonces se había presentado un recurso de apelación contra su ley ante el Tribunal Supremo; eran muchas las probabilidades de que fuera anulada.

Durante esa operación, Ekaterina le había repetido muchas veces a Janice: «Aunque no sepas lo que estás buscando, búscalo con método». Aplicando al pie de la letra su consejo, Janice terminó por descubrir en el documento de Vitalik una sociedad cuyo nombre conocía. Incumpliendo las órdenes de su amigo, se introdujo de nuevo en los servidores del JSBC, utilizando su *rootkit*. Aisló las operaciones de BlackColony Capital, uno de los fondos de inversión más importantes del mundo, implicado en financiaciones ocultas y gran tesorero del Partido Republicano de Estados Unidos.

Antes de informar a Vitalik de su descubrimiento, decidió compartirlo con Noa. Le envió un SMS para informarla de que la salud de su abuela había mejorado y que estaba deseando tener noticias suyas.

Esperó su respuesta, que llegó una hora más tarde.

—He tenido que decir que salía a comprar un paquete de chicles —se quejó Noa, que estaba llamando a Janice desde una cabina telefónica—, al final me vas a traer problemas. ¿Qué pasa?

—En los diez últimos meses, BlackColony Capital ha transferido cinco millones de dólares a la cuenta de Oxford Teknika, la supuesta compañía de *marketing* turístico de la que me hablaste. ¿Crees en las coincidencias?

—¿Cómo has conseguido esa información? ¡Tu fuente está metida en esto, si no, es imposible!

—¡No perdamos tiempo! ¿Tengo que concluir que ya lo sabías?

—Sospechábamos que tenían algo que ver con esas transferencias.

—¿Quiénes?

—Una cartera de 7,5 trillardos de dólares no la gestiona una sola persona. Haz los deberes antes de molestarme. Ahora, si quieres que nuestra colaboración siga, envíame todo lo que has descubierto, si no, te juro que esta es mi última llamada.

—Voy a hacerme con los listados de las transacciones y te los entrego en mano, es más seguro.

—Vale, veré lo que puedo encontrar por mi lado. Esta noche tengo una cena con un hombre que me gusta, no me apetece anularla. Vente a mi casa hacia las diez, te dejaré una copia de las llaves en la maceta grande, al pie de la escalera…, por si tardo un poco. Y si llegas antes que yo, ahórrame tus comentarios sobre el desorden de mi apartamento. ¡Da la casualidad de que no he tenido ni un minuto libre en los últimos dos días!

—Noa, ¿qué hay detrás de todo esto? Da miedo.

—Ya lo hablaremos luego.

Noa colgó y se alejó de la cabina. En el camino de vuelta, paró en un puesto de venta ambulante y compró unos chicles y una cajetilla de cigarrillos Noblesse para su comandante.

Janice recorría nerviosa el salón, volvió al ordenador e informó a Mateo y Ekaterina de que tenía novedades.

El cuarto día, en Roma

Mateo le indicó al taxista que parara delante de la iglesia de Sant'Apollinare. Pasado ese cruce, el tráfico era de locos. Llevó a Ekaterina por Via Agonale. Esta se extasió al descubrir la perspectiva de la plaza Navona, que cruzaron juntos, y se detuvo a admirar la fuente del Moro. Era su primer viaje a Roma. En la pila, unos tritones soplaban en conchas y unas magníficas esculturas escupían agua alrededor de la estatua de mármol de un moro enfrentándose a una serpiente.

—Tenemos mucho que hacer —le recordó Mateo.

Ekaterina no le contestó y se dirigió a la fuente de los cuatro ríos, en el centro de la plaza, un obelisco rodeado por cuatro espléndidas deidades…

—La diseñó el papa Inocencio X —le explicó él—, cada estatua representa el río principal de los cuatro continentes conocidos al inicio del siglo XVII. Venga, ya haremos turismo otro día.

Mateo la condujo por una calleja estrecha que desembocaba en la Via della Pace. Se paró para comprarle un helado y cruzaron el Tíber por el puente Umberto I. Poco después, llegaron al pie de una villa romana en la Via Ezio.

Ekaterina levantó la mirada para observar los geranios y las buganvillas que proliferaban en un desorden deslumbrante en una terraza de la primera planta.

—¿Vives en este palacio? —le preguntó.

—Aquí están mis oficinas —contestó Mateo empujando la pesada puerta cochera de madera labrada.

Sus pasos resonaban en los peldaños de una gran escalera iluminada por un farolillo dorado. Ekaterina se sintió transportada cuatro siglos atrás. Imaginó lacayos con librea recibiendo a los invitados, damas con vestidos de seda y bordados de oro y plata, cortesanos con trajes de encaje y jubones de vivos colores.

Llegados al rellano de la primera planta, Mateo le cedió el paso. Al entrar, Ekaterina descubrió un gran espacio abierto cuya modernidad contrastaba con la apariencia de la villa. Unas mamparas de cristal que albergaban servidores de diodos centelleantes dividían el lugar geométricamente, el suelo estaba cubierto de haces de cables. Sobre largas mesas había hileras de pantallas y teclados. Contó unos cincuenta jóvenes concentrados en sus monitores, aislados del mundo; ni uno solo les prestó atención.

—Bienvenida a la colmena —anunció Mateo—. Vamos a mi despacho, estaremos más tranquilos.

Cruzaron la sala y Ekaterina distinguió, al otro lado de una mampara, otra sala tan grande como la primera, ocupada por otros tantos empleados.

—¡Cuántos sois!

—Doscientos, repartidos en tres plantas.

El despacho de Mateo le pareció más modesto; dos ventanas iluminaban una habitación de mobiliario minimalista. Este abrió un armario y le ofreció a Ekaterina un ordenador portátil.

—Toma, para ti.

—Con el mío me basta y me sobra.

—Este modelo es muy especial, te va a encantar.

—¿Ah, sí? ¿Y eso por qué?

—Hay métodos más rápidos para hacer un ciberataque que

por la vía del *software*... sobre la que no tengo nada que enseñarte. Interviniendo directamente en el material, por ejemplo. Todos los móviles disponen de un acelerómetro. Cada vez que alguien coge uno, emite una frecuencia propia en función de su ubicación. Basta estar cerca y grabar esas frecuencias, y luego reconocerlas mediante una pequeña aplicación para obtener la clave de desbloqueo tecleada por el usuario.

—¿Qué? ¿Me estás diciendo que con el ordenador que me acabas de dar te instalas tranquilamente en un café y, en el momento en que un tío sentado no muy lejos de ti teclea la clave de su móvil, se la birlas, así sin más?

—Sí, me alegro de que te guste mi regalo —se entusiasmó Mateo—. A esta clase de ataque se le llama *side channels*.

Ekaterina puso una mueca de incredulidad, que era tanta como su irritación.

—Y... antes de que fuera a jugarme el pellejo en ese café de Oslo, ¿la idea de hablarme de tus *side channels* te pareció superflua?

—Al contrario —balbuceó Mateo—, por eso mismo te propuse relevarte si no hacía buen tiempo.

—¡Tendrás cara!

Mateo la cogió de la mano y se la llevó consigo.

—Ven —le dijo—, aquí no acaban las sorpresas.

Cruzaron la colmena en sentido contrario, recorrieron un largo pasillo y llegaron ante una puerta blindada que Mateo abrió con su tarjeta. Ekaterina entró en un auténtico laboratorio.

En una encimera en el centro de la habitación vio un microscopio con una placa de silicona unida a una caja negra por un haz de cables.

—¿Qué es eso? —preguntó curiosa.

—Un dispositivo que permite descubrir los secretos de un coprocesador. Aunque antes hay que habérselo robado a su dueño. Pero una vez hecho eso...

—Caray, y yo que creía que trabajabas en redes sociales.

—Eso era la empresa que le cedí a FriendsNet, ocupa la segunda y tercera planta de esta casa. La primera sigue siendo mi feudo. Aquí diseñamos herramientas punteras de ciberseguridad, destinadas en particular a la protección de las carteras de criptomoneda.

—¿Pirateas o proporcionas seguridad?

—Ambas cosas son fruto de una misma postura, ¿no? La que nos ha convertido en lo que somos. Desde ese día en que, inclinados sobre un ordenador y fascinados por el poder que se podía obtener, tuvimos que decidir cómo utilizarlo…, lo que nos llevó a unirnos al Grupo 9. ¿Cuántos ataques hiciste al principio, por el mero placer de atravesar los muros de una fortaleza, por la estética del gesto, por reto, para demostrar a tu adversario que eras más fuerte?

—Los ciberataques tienen su nobleza; bueno, según el uso que les des.

—Yo siempre lo he visto como un torneo de ajedrez en el que, en cada movimiento, los campeones se miden con la inteligencia de su adversario. Aquí desarrollamos sistemas de protección y, en cuanto están terminados, nos esforzamos por *hackearlos* para identificar sus fallos, pues siempre hay alguno, lo sabes muy bien. Entonces trabajamos para corregirlos antes de que otro *hacker* los encuentre. Esta ventaja sobre el adversario es lo que permite ganar la partida.

—Ya sabía yo que no eras un tipo normal, Mateo. Hace años que lo sospechaba desde detrás de mi pantalla, pero tuve la certeza cuando te conocí en ese pontón en Ljan. Diría incluso que fue eso lo que me gustó de ti. Bueno…, explícame lo que se puede sacar de tus maravillas tecnológicas, hacía tiempo que no estaba tan entusiasmada —dijo Ekaterina.

—Bien, para darle un toque gracioso al día, ponte en la piel de James Bond y presta toda la atención que este le dedica a su fiel Q… incluso cuando no entiende lo que le explica.

Mateo sonrió, abrió un cajón de la encimera, eligió un componente electrónico y lo colocó bajo la lente del microscopio.

—Un coprocesador sigue el ritmo de un reloj interno, gracias a un cristal de cuarzo que envía impulsos cuando está sometido a una corriente eléctrica. A cada tictac, el coprocesador ejecuta una acción que corresponde a una instrucción. Esas instrucciones se clasifican en categorías. Resumiendo: los accesos a la memoria; las operaciones aritméticas, sumas, restas, divisiones o multiplicaciones; las operaciones lógicas y los controles. Estas se realizan mediante transistores reunidos en placas de silicio, recortadas en elementos rectangulares y colocados en una caja equipada con conectores de entrada y salida. Son esos brochecitos llamados chips o microchips. Y, una vez concluida esta explicación, que sin duda alguna te habrá fascinado, puedo por fin contarte cómo se opera la magia. Entre todos esos transistores, siempre hay alguno que tiene un defecto. ¡Nuestros eslabones débiles! Se identifican fácilmente al microscopio. Una vez identificados, colocamos el coprocesador sobre la placa objeto de nuestra atención. Está conectada por cable a un láser, esa cajita que puedes ver justo al lado. El juego se parece entonces a una partida de batalla naval. Golpeamos con el láser los transistores defectuosos, tocado y hundido. Abrimos una grieta en el coprocesador, que nos da acceso al cerebro del ordenador, y podemos tomar el control para transmitirle todas las instrucciones que queramos.

—¿Puedes controlarlo totalmente a distancia?

—¡Exacto! Imagina que logramos hacernos con el móvil de Baron, unos diez minutos, pongamos. El maletín que ves en ese extremo de la encimera contiene todo el material para abrirlo, extraer el coprocesador, identificar los transistores defectuosos y, una vez golpeados con el láser, realizar una copia perfecta, a la que le añadimos un programita casero nuestro. Introducimos esa copia en el móvil y, a partir de ese momento, la podemos pilotar a distancia y se comunica de manera simultánea con el original.

—¿Me estás diciendo que puedes abrir un *smartphone*, atacar el procesador, duplicarlo y devolverlo todo a su sitio en diez minutos? ¿En serio?

—El récord alcanzado en este laboratorio es de ocho minutos y veintinueve segundos. Un minuto y medio más en el terreno me parece un margen razonable. ¿Quieres que te lo demuestre con el tuyo?

—No, prefiero confiar en tu palabra.

—Puedes hacerlo —contestó Mateo con un deje de orgullo en la voz.

—¿Y cómo piensas birlarle el móvil a Baron durante diez minutos sin que se dé cuenta?

—Para eso hemos venido a Roma… Bueno, y para ver la plaza Navona, claro.

Ekaterina hizo caso omiso de la alusión y prefirió satisfacer su curiosidad. Pero, cuando se disponía a inclinarse sobre el microscopio, su móvil vibró, así como el de Mateo.

෴

—*¿Qué hacía Janice mientras tanto?*

—Lo que ella más odiaba, esperar pacientemente, pues no quería faltar una segunda vez a la promesa que le había hecho a Vitalik de no volver a introducirse en los servidores del JSBC antes del día siguiente. Y, para engañar la espera, reunió en un fichero todo lo que había descubierto hasta entonces. Tras encriptarlo, se lo envió a Mateo y a Ekaterina y les pidió que lo miraran enseguida. Aún no estaba al tanto de las conclusiones a las que habían llegado sus compañeros antes de dejar Londres, pero era ya parte de su equipo por completo. Parecía incluso que había tomado las riendas. En su mensaje no solo les decía que seguía investigando, sino que les recordaba también que su participación era imperativa. Les propuso un nuevo encuentro en el foro a medianoche GMT.

Ekaterina acusó recibo de los documentos y le prometió estudiar-
los enseguida. Pero Janice fue más allá, presintió que iban a necesitar otros recursos…

—*¿Diego y Cordelia?*

—Sí, las fieras ya no eran las únicas que cerraban filas.

LA COLMENA,   ROMA

26

El cuarto día, en Londres

Aturdida, Cordelia fue recobrando el conocimiento al pie de la cama. Sintió un intenso dolor en la mejilla izquierda que se agudizó cuando se la tocó con la mano. Su agresor, sentado a horcajadas en una silla, la miraba. Callado y sonriente, se daba golpecitos en la palma de la mano con el extremo de un bastón telescópico. Era un hombre corpulento, embutido en un traje de cuadros de mal paño y pésimo corte, demasiado grueso para esa época del año. Se le marcaban los michelines entre los botones de la camisa. Tenía el rostro cuadrado, el cabello cortado a cepillo y dos ojillos hundidos bajo una frente plana de cejas pobladas.

Se dirigió a Cordelia con una amabilidad desconcertante y le preguntó si se encontraba bien. Esperaba no haberla golpeado demasiado fuerte. Pero no debería haberse defendido, añadió, había estado a punto de sacarle un ojo. ¿Y para obtener qué? La partida estaba perdida de antemano, nadie había logrado tumbar a Mulvaney. Mulvaney era él mismo, explicó. Hablaba con una tranquilidad temible, seguro de su poder. Cordelia llevaba en Londres el tiempo suficiente para reconocer por el acento que se trataba de un hampón de Brixton. Probablemente uno de esos cobradores de deudas a sueldo de las casas de apuestas.

—¿Qué quiere? —masculló Cordelia.

—Ya hablaremos de eso luego —contestó sacándose una foto del bolsillo de la chaqueta.

Le echó un vistazo, se la volvió a guardar y chasqueó la lengua.

—Está borrosa —dijo—, pero el parecido es más evidente que con la niña. Estaba seguro de que me mentía.

—¿Qué niña? —preguntó Cordelia.

—Vamos, sabes muy bien por qué estoy aquí. Mulvaney estaba seguro de que volverías al redil, al final todos lo hacen, incluso cuando huelen el peligro. Es una cosa que nunca entenderé. Te aseguro que si Mulvaney me estuviera buscando, cogería el primer tren para la otra punta del mundo y no volvería a poner un pie en Londres hasta el fin de mis días.

Cordelia se preguntó qué enfermedad mental tendría ese hombre para hablar de sí mismo en tercera persona.

—Pensándolo bien, fue valiente, la chica. Podría haberlo dejado ahí, había cumplido mi misión; es lo que habría hecho la mayoría de los tipos de mi cuerda, de hecho, pero Mulvaney es un perfeccionista. Perfeccionista, bonita palabra, ¿verdad? Y, ¿sabes?, lo que me mosqueó fue un detallito: no cuadraba con el nivel del apartamento. Claro, en la calle, de noche, no es fácil darse cuenta. Cuando vine aquí es cuando me dije que algo no cuadraba del todo. Esta decoración es más bien minimalista, así que una cazadora vaquera, un pantalón de colorines, una bufanda jipi al cuello y ese perfume de pachuli no pegaba con la casa. Por más que me juró y me perjuró que era su casa, Mulvaney pensó: tú no eres trigo limpio, bonita. Y con Mulvaney hay que ir de legal, porque si no te meto un viaje. No te vayas a creer que me gusta la violencia. Al contrario, yo a mis chicos siempre les digo que no sirve de nada empezar pegando. Las cosas se pueden arreglar hablando, que no somos salvajes, ¿no? Ahora, por ejemplo, si me sueltas lo que quiero saber, pues no tienes ningún motivo para llevarte otro mandoble. Pero si no quieres, eso ya es otra historia. ¿Lo pillas?

—Sí —masculló Cordelia.

—Muy bien, un «sí, señor» habría estado mejor, pero te lo perdono, me la suda. Bueno, estamos de acuerdo en que tú eres la verdadera dueña. ¿Y quién era la otra?

—No sé de quién me habla.

Mulvaney apretó los labios, se sacó la foto del bolsillo, la arrojó al aire con un gesto vivo y, satisfecho, la miró aterrizar sobre el regazo de Cordelia.

—¿Estamos de acuerdo en que esta eres tú?

Cordelia reconoció el momento en el que se había subido a un taxi en la puerta de Heathrow. Asintió.

—Te lo vuelvo a preguntar. ¿Quién era esa tía que estaba viviendo en tu casa? Vamos a ganar tiempo, te voy a decir todo lo que sé, y luego te tocará a ti pero, cuidado, que no tengo toda la noche. El canal está ahí al lado, a ver si entiendes lo que Mulvaney quiere decir. La seguí hacia mediodía cuando salió a comer. Menudo coñazo seguirla toda la tarde, pero en Camden, con toda esa peña por la calle, es difícil tener una conversación privada. Como te he dicho, la foto no era muy clara, pero me habían mandado a esta dirección. Volvió hacia las seis, tengo un don para eso, puedo decirte la hora con solo mirar al sol. Para los días de lluvia están los relojes. Me escondí enfrente, al otro lado del canal, mola mucho ese castillo pirata, pero más te vale correr las cortinas si no quieres que te espíe un mirón; desde allí se ve todo lo que pasa en tu casa. Se paseó un buen rato en bolas después de ducharse. Estaba bastante buena, de hecho, pero eso también me la suda, no era de mi rango de edad. Mulvaney no es un pervertido. Después de eso volvió a salir. El resto es pura aritmética, a ver si entiendes lo que quiero decir. La dirección, la foto, bueno, tampoco era para tanto, pero con la tarjeta del gimnasio que le encontré en el bolsillo, tenía buenos motivos para confundirme de mercancía. Le hice la pregunta que te voy a hacer a ti también y si, al contrario que ella, me respondes con educación, mañana no tendrás más que un moretón en la mejilla. En caso contrario, ya sabes la tarifa.

—¿Qué le ha hecho?

—Empezó ella. ¿Acaso se le dice a un tío que se vaya a tomar por culo? ¿Acaso se le llama hijo de puta a una persona respetable? ¿Acaso son eso modales? ¡Francamente!… —dijo Mulvaney nervioso.

Recuperó la calma, se levantó con una agilidad sorprendente, revelándose menos alto de lo que Cordelia había imaginado y avanzó hasta la ventana. Apartó el visillo y suspiró.

—No soy un asesino. Conozco a más de uno que de verdad disfruta con eso, pero no Mulvaney. No te digo que a veces no se me vaya de las manos, pero nunca lo hago por gusto. Su falta de modales ya me puso de mala leche, pero es que encima me pegó, la muy cabrona, y en un sitio sagrado donde no se puede pegar a un hombre. ¡Mulvaney tiene sus códigos! Podría haberte metido un puñetazo, pero solo te has llevado una bofetada. En el momento duele lo mismo, pero con el puño habrías sangrado, y quien dice sangre, dice cicatriz; no se le destroza la cara a una dama, eso es así. Se le atiza en la tripa si no está preñada, en las costillas si es necesario, pero nada de marcas en la cara, eso no se hace y punto. Con los hombres, igual, los golpes bajos no están permitidos. Bueno, tengo otros clientes que ver esta noche, así que vamos al grano. Tu amiguita no se portó bien, llegamos a las manos y yo perdí los estribos. Lo que pasó después ya lo sabes. Ahora que te lo he contado todo, te toca a ti —explicó Mulvaney, arrodillándose delante de ella—. Seguro que no te apetece darte un baño a ti también en el canal, así que dime dónde está la pasta y no se hable más.

Cordelia reflexionó a toda velocidad. No creía que Sheldon hubiera mandado a un matón para recuperar solo el dinero. La cantidad era importante, pero el valor de los documentos que le había robado superaba con creces las cincuenta mil libras. Mulvaney la estaba tanteando. Para averiguar sus intenciones, para saber si el golpe de Heathrow era premeditado. Sheldon quería asegurarse de que, una vez recuperado el dinero, el incidente no tendría otras consecuencias para el laboratorio farmacéutico ni para su carrera. Llevaba encima la llave USB que contenía todos los listados de los laboratorios, escondida allí donde Mulvaney no se había atrevido a registrarla, tenía que impedir a toda costa que se hiciera con ella.

—¿Por qué una chica que puede permitirse una casa tan elegante necesita jugar a los carteristas? A no ser que seas cleptómana, que eso lo explicaría todo —prosiguió acercándose a su cara—. Eso me recuerda a esa actriz americana, no recuerdo su nombre, la pillaron mangando ropa en una tienda. Menuda mierda de enfermedad, se le fue la carrera al garete por una falda, ¿te das cuenta? ¿Y lo tuyo, entonces, por qué era?

—Tengo deudas —contestó Cordelia bajando los ojos.

—Entonces, ¿sabías lo que contenía el maletín?

—Pues claro que no, esperaba encontrar una cartera, tarjetas de crédito, billetes.

—Vale. ¿Qué clase de deudas?

—De póquer.

—¿No tenías una buena mano?

—Varias noches seguidas.

—Nunca te he visto en las casas de apuestas, ¿en qué círculo juegas? ¿Me sabes decir alguna dirección sin pensártelo demasiado?

Cordelia acababa de inventarse la excusa, era incapaz de decir el nombre de ninguna casa de juego.

—Jugamos aquí, a veces en casa de otra gente.

Mulvaney se acercó aún más, la agarró del cuello y la levantó del suelo a la vez que se levantaba él.

—Regla número uno, no se miente a Mulvaney. Regla número dos, no se toma por tonto a Mulvaney. Regla número tres, no se le hace perder el tiempo.

Mulvaney le apretaba el cuello, sus dedos gruesos y fuertes le comprimían las carótidas impidiéndole respirar. La soltó justo antes de que se desmayara.

—Te doy otra oportunidad antes de meterte un viaje —le dijo levantando la mano.

—Yo de usted no lo haría.

Mulvaney se quedó parado y miró a Cordelia sorprendido. Se echó a reír, llenándole la cara de perdigones de saliva.

—¡Esta sí que es buena! «Yo de usted no lo haría» —repitió divertido—. ¿Te crees que estamos en una película?

—Antes ha dicho que no le gustaba la violencia, entonces…

—¡¿Entonces qué?! —gritó él.

—Entonces nada —contestó con calma Cordelia justo cuando Diego golpeaba a Mulvaney en la nuca con un candelabro de plata maciza.

El golpe fue tan violento que le pareció oír crujir los huesos. Los rasgos de Mulvaney se paralizaron en una expresión de pasmo. Estupefacto, pareció buscar aire, se detuvo y cayó pesadamente de lado. Diego la emprendió a patadas con él. En la tripa, en las costillas, en la cara. El cuerpo inerte de Mulvaney encajaba el ataque sin un gesto. Cordelia se precipitó sobre su hermano y le suplicó que parara, pero era como si una rabia inextinguible se hubiera apoderado de él. Reunió todas sus fuerzas para apartarlo.

—¡Diego, para! —gritó—. ¡Lo vas a matar!

Él soltó el candelabro, que cayó con un ruido sordo antes de alejarse rodando por el parqué.

Cordelia se arrojó a sus brazos.

—Nunca me había alegrado tanto de verte —le dijo al oído.

Él la apartó suavemente, se arrodilló junto a Mulvaney y le puso los dedos en la carótida para ver si sentía algún latido.

—No está muerto —dijo poniéndose de pie.

—He oído crujir su nuca —murmuró Cordelia.

—Prefiero que sea la suya y no la tuya. Llama a la policía.

—¿Para decirle qué?

—¡La verdad, por Dios! —contestó Diego perdiendo los nervios—. ¡Un tío ha forzado la puerta de tu casa y ha intentado matarte! ¡Eres tú la víctima, no él!

Cordelia miró a Mulvaney con asco y se fue al salón.

—Diego, la puerta estaba derribada, y un precinto policial impedía el acceso. Ya han tomado nota del allanamiento, ¿cómo vas a explicarles, primero que estoy viva, segundo que he infringido la ley pasando debajo de ese precinto y tercero que, al ver en qué estado se encontraba mi casa, no los haya llamado antes de entrar? Querrán saber qué es eso que he venido a buscar para correr un peligro así. Te puedes imaginar su reacción cuando vean el cuerpo de ese matón en el suelo al pie de mi cama.

—¿Y qué es eso tan valioso que has venido a buscar, por qué te has ido de Madrid como un ladrón?

Cordelia bajó los ojos.

—Te lo iba a contar. Sígueme, prefiero que me acompañes.

Volvió a su habitación, abrió el armario, sacó el montón de ropa que había en el suelo y le dio una fuerte patada a la parte baja del mueble. La punta de una tablilla del parqué se levantó varios centímetros, Cordelia la quitó y sacó un sobre escondido en el intersticio entre el falso suelo y la capa de hormigón.

—¡Esto! —le dijo a Diego—. Libras esterlinas, unos sesenta mil euros.

—No me digas que este dinero estaba en el maletín de Sheldon.

—Así es.

—Estás loca. ¿Por qué no me lo habías contado?

—Para que no me llamaras loca.

Diego apretó los dientes. Volvió junto a Mulvaney para asegurarse de que seguía inconsciente y le tomó otra vez el pulso para quedarse tranquilo.

Cordelia se quedó callada mientras su hermano, furioso, daba vueltas por la habitación.

—¡Basta ya de tonterías! —exclamó—. Vamos a llamar a la policía y se lo contamos todo.

—¿Pero qué le quieres contar, maldita sea?

—¡Todo! Las razones de la muerte de Alba, mi deseo de venganza, tus ganas de ayudarme, diremos que en Heathrow actuaste sin pensar, que solo querías conseguir pruebas de los crímenes que han cometido. El hecho de que no hayas tocado el dinero demostrará tu buena fe… ¿No lo has tocado?

—Solo doscientas libras… para el taxi —contestó ella incómoda—. No me mires así, no tenía dinero en metálico, ¿qué iba a hacer, pagar con la tarjeta de crédito?

—Vamos a devolverlas enseguida al sobre —dijo Diego sacándose doscientas libras del bolsillo—. Porque a mí sí se me ha ocurrido parar en un cajero antes de subirme al taxi. Les diremos que huiste a España asustada, con razón, visto lo que pasó después, y que decidiste regresar a Londres para devolverlo todo. Hay circunstancias atenuantes, no tienes antecedentes… Yo pagaré tu fianza, y a este matón lo he golpeado yo, no tú. ¿A qué me expongo, en el peor de los casos? ¿A la condicional? Bueno, y encima les entregamos a un asesino, eso tiene que contar…

—¿Has terminado?

Cordelia había recobrado su autoridad de hermana mayor. Diego calló.

—Mi decisión de regresar… ¡después de que te llamaran para anunciarte que habían encontrado «mi» cuerpo en el canal! Va a ser muy facilito desentrañar toda esta historia… Seguramente me dejarán libre con el agradecimiento del capitán.

—¿Eso qué es, humor?

—Muy negro. Se te olvida lo esencial: estos cabrones han matado a dos personas a las que yo quería, es mucho, demasiado.

—¿Has ido a reconocer el cuerpo?

—No, pero la guitarra de Penny Rose está aquí, y el tipo al que acabas de tumbar ha presumido de haberla matado. Así que te juro, Chiquito mío, que el dinero que les he robado no es nada comparado con el precio que van a pagar. ¡Porque van a pagar, créeme! Te estaré agradecida de por vida por haberme seguido, por haberme salvado la vida, por haberte arriesgado tanto por la imbécil de tu hermana. Has cumplido con creces con tu deber de hermano. El abuelo estaría tan orgulloso de ti como lo estoy yo. Vuelve a Madrid con Flores si quieres. Yo voy a seguir. No voy a llamar a la policía, el cabrón que está ahí se despertará o no, me da igual. Si recupera el conocimiento, no irá a presumir a la policía, eso te lo aseguro. Y es demasiado soberbio para ir a contarles a sus jefes que no ha cumplido su misión. Mañana irás a la policía, Penny Rose está irreconocible, así que les dirás que no puedes identificarme. Te mostrarás preocupado, les dirás que llevas varios días sin noticias mías pero que tienes esperanza porque no es la primera vez; les dirás que tu hermana desaparece de tarde en tarde para irse a ver mundo. Y luego te vuelves a tu casa y les dejas que se las apañen.

Diego abrazó a su hermana con cariño.

—Ahora ya no hay duda, estás loca de atar. ¿De verdad piensas que te voy a dejar vengar a ti sola a Alba y a Penny Rose? Vámonos a un hotel, pagaremos la cuenta en metálico a expensas de Sheldon y mañana pensaremos algo.

*

Cordelia cogió algunas pertenencias y las metió en una bolsa. Guardó la guitarra de Penny Rose en el armario y se marchó del apartamento con su hermano.

307

EL CASTILLO PIRATA

PIRATE CASTLE

LONDRES

27

El cuarto día, en Estambul

Maya se vistió deprisa, cogió un bolsito negro en el que metió sus dos móviles, la llave de su habitación de hotel, su tarjeta de invitación y su pasaporte, así como la foto de la niña, de la que no se había separado desde que se marchó de París. Tras un último vistazo, escondió el ordenador debajo del colchón, cerró las puertas del vestidor y bajó al vestíbulo.

Media hora más tarde, el taxi la dejó en la plaza Taksim. Desde allí, recorrió a pie la calle Istiklal y entró en el número 4.

Los jardines interiores que el Instituto Francés comparte con los servicios consulares estaban ocupados por empresarios turcos y franceses. Un equipo de camareros, ataviados con chaquetillas blancas, recorrían los senderos de grava con bandejas de canapés y pastelitos o repartiendo copas de champán a los invitados.

Maya fue a presentarle sus respetos al cónsul; se habían conocido en Montreal seis años antes, cuando él estaba destinado en Quebec. Maya se disculpó enseguida y lo dejó para ir a saludar al director de un gran hotel con el que trabajaba regularmente. Evitaron comentar la evolución de la situación política en el país y se limitaron a hablar de un hecho alentador para sus respectivos negocios: los turistas habían olvidado el intento de golpe de Estado y estaban volviendo a Estambul. Prueba de ello, su hotel estaba completo toda la semana. Maya se lo confirmó, ella misma no había podido alojarse allí. El director puso cara de consternación: de haberlo sabido, le aseguró, habría puesto una *suite* a su disposición inmediatamente. Maya no creyó una palabra, pero le traía sin cuidado, estaba pensando en otra cosa. Recorrió a los asistentes con la mirada, buscando quién la había invitado y con qué fin. Un rostro le dejó suponer que había encontrado la respuesta.

François Verdier era un agregado consular del que Maya sospechaba, desde que se habían conocido, que trabajaba para el servicio secreto. Un hombre afable y poco hablador, dos cualidades tanto más apreciables a sus ojos cuanto que no era frecuente que se dieran juntas. Habían congeniado, se habían visto para cenar varias veces y, una noche en que el alcohol había corrido más que de costumbre, ella lo había informado de su orientación sexual… para evitar cualquier malentendido. Verdier no había cambiado su actitud, había seguido tan afable como siempre. Lo que demostraba que se podían encontrar hombres desinteresados, a menos que Maya no le interesara por otros motivos. Se reunió con él junto al bufé, cogió con cuidado una hoja de parra y se la ofreció con una sonrisita cómplice. Verdier no estaba de muy buen humor. Dejó la hoja de parra en un cuenco y se alejó. Maya lo siguió hasta el banco en el que se había sentado al fondo del jardín.

No le preguntó nada y esperó a que rompiera él el silencio. Hay detalles más elocuentes que las palabras. Las arrugas en su frente, la forma en que se retorcía los dedos y se ajustaba el nudo de la corbata eran señales claras de que Verdier se sentía incómodo.

—¿Me has invitado tú?

El agregado consular miró su reloj.

—He oído rumores en el consulado —dijo—. Se supone que no debo contárselos a nadie, pero…

Maya se llevó un dedo a los labios en un gesto de discreción, abrió el bolso y sacó el tarjetón con la invitación y le preguntó si tenía un bolígrafo. Verdier se sacó uno del bolsillo interior de la chaqueta y se lo ofreció. Ella le apartó la mano y le dio el tarjetón. Verdier comprendió y escribió deprisa:

—*Los servicios secretos turcos persiguen a un agente francés que ha venido a Estambul para una exfiltración delicada.*

Maya recuperó el tarjetón y escribió a su vez.

—*¿¡¿Una exfiltración delicada?!?*

—*Un oponente al régimen o información comprometedora sobre casos de corrupción en los que el poder podría estar implicado.*

—*¿Qué tiene Francia que ver con eso?*

—*Nada, precisamente se cree que el agente trabaja por cuenta propia.*

—*¿Por qué me cuentas esto?*

Verdier le arrebató el bolígrafo de las manos y escribió deprisa.

—*Porque si yo fuera ese agente, me iría en el primer vuelo, sin pasar siquiera por mi hotel.*

La mirada fulminante de Verdier dejó a Maya muy preocupada.

—*¿Estás loco? ¡¡¡No soy quien piensas ni lo que piensas!!!*

—*Lo que cuenta es lo que piensan los servicios secretos turcos.*

Maya se moría por hacerle una pregunta, pero al formularla se arriesgaba a delatarse. La mecánica de la trampa se cerraba sobre ella… Tan rápidamente que sospechó que Verdier era una rueda del engranaje.

—*¿Y si el agente se hubiera dejado el pasaporte en su habitación de hotel?*

Verdier puso la cara de un profesor abrumado por la incompetencia de sus alumnos.

—*Pues que se dé prisa en recogerlo. Aunque, en lugar de eso, yo intentaría cruzar la frontera por carreteras secundarias hacia Bulgaria.*

—*¿Cuánto tiempo le queda antes de que lo detengan?*

—Mándame una postal de París, tengo nostalgia de la patria —contestó Verdier en voz alta devolviéndole la invitación.

Dicho esto, se levantó y volvió al bufé.

El cuarto día, en Tel Aviv

El comandante con el que compartía despacho acababa de dejar su puesto para salir a fumar, un descanso que se concedía cada dos horas. Noa sabía que tenía diez minutos para actuar. Salió y tomó el ascensor hasta el tercer sótano, recorrió el largo pasillo y se asomó al ojo de buey con rejas de la puerta del archivo. Vio la sombra del encargado, que estaba ordenando carpetas en un pasillo. Pasó su tarjeta por el lector, abrió despacio la puerta y la cerró sin hacer ruido. Se escabulló detrás de las dos primeras hileras de estantes y se detuvo en seco cuando oyó al encargado volver sobre sus pasos. Esperó a que ocupara su silla y avanzó dos hileras más. El archivo tenía cuarenta hileras de estanterías, distribuidas a igual distancia en una superficie de quinientos metros cuadrados. Noa siguió avanzando, pero sus suelas de goma chirriaron sobre el suelo de hormigón y se quedó quieta, conteniendo la respiración.

—¡¿Hay alguien ahí?! —gritó el encargado.

Comprobó las pantallas de vigilancia y, al no ver nada, se encogió de hombros y volvió a enfrascarse en su lectura.

Noa llegó a la hilera donde estaban ordenadas las carpetas de los agentes muertos en acto de servicio. Recorrió las etiquetas y cogió una caja que llevaba el nombre de Sarah Weizman. Abrió la tapa, sacó la carpeta que contenía y se arrodilló para fotografiar las páginas con su móvil. Casi había terminado cuando la puerta del archivo se cerró de un portazo. Acababa de entrar un hombre que saludó al encargado. Noa los oyó avanzar hacia ella. Devolvió precipitadamente la carpeta a su caja y la dejó en la estantería. Luego volvió sobre sus pasos sin hacer ruido, deteniéndose un momento en cada pasillo. Era imposible salir de la sala sin llamar la atención de los dos hombres. Como le faltaba tiempo, decidió arriesgar. Se pegó contra la puerta, giró el pomo y se volvió enseguida, como si acabara de entrar en la habitación. La estratagema pareció funcionar. Reconoció al segundo hombre, un cabo que le hizo el saludo militar; el encargado del archivo se contentó con un pequeño gesto, una manera de decirle que enseguida estaría con ella. Noa recurrió a la autoridad de su rango, quería consultar de inmediato los inventarios de los lotes de armas incautadas. Su petición no tenía nada de extraño, pues oficialmente investigaba un caso de tráfico de lanzamisiles RPG-7. Una tapadera en los servicios del ejército en los que trabajaba extraoficialmente como enlace para agentes de información que operaban fuera de las fronteras del país. El archivista le indicó el pasillo 11, recordándole que consignara en el registro las referencias de los documentos que tomara prestados y que se los devolviera antes del final del día. Noa obedeció y salió del archivo.

Habían pasado nueve minutos, no tenía tiempo para esperar el ascensor. Subió corriendo la escalera hasta su planta, aflojó el paso en el pasillo para disimular y pegó la oreja a la puerta de su despacho. Al oír una conversación telefónica, dio media vuelta y se dirigió al aseo. Allí sacó una revista de una papelera, ocultó dentro la carpeta de pega que había cogido del archivo, inspiró hondo delante del espejo y volvió a su puesto.

Mientras tanto, en el tercer sótano, el archivista acompañaba al cabo a la puerta. Una vez a solas, pensó en la secuencia de hechos que se habían producido unos instantes antes. Lo asaltó una duda y encendió su ordenador. El lector de tarjetas de la puerta guardaba registro de las horas de entrada de cada visitante y, al consultar la pantalla, frunció el ceño. Noa había llegado cinco minutos antes que el cabo. El encargado se levantó y fue a explorar los pasillos. Se detuvo ante una notita adhesiva que había en el

suelo; al levantar la cabeza, constató que una de las cajas no llevaba etiqueta; la sacó de su sitio y comprendió que la habían guardado al revés en el estante. La carpeta de Sarah Weizman no tenía
nada que ver con ninguna investigación sobre armas incautadas.
Volvió inmediatamente a su escritorio para hacer una llamada.
Quince minutos más tarde, se presentó un agente del servicio de
inteligencia y le ordenó que consignara por escrito lo que había
observado. Mientras el archivero redactaba su informe, el agente
fue a buscar la carpeta sobre Sarah Weizman y se llevó también el
informe pormenorizado del empleado, tras conminarlo a no mencionar nada a nadie sobre el incidente.

La cuarta noche, en Londres

Diego insistió en alejarse de Camden.
Cordelia encontró un hotelito en pleno corazón de South
Kensington.
Su hermano se había marchado tan rápido de Madrid que solo
se había llevado su ordenador. Cordelia lo acompañó a comprar
un cepillo de dientes y algo de ropa para varios días.
Después entraron en un *pub*, se sentaron en un reservado y pi-
dieron dos pintas.
—¿Has avisado a Flores? —le preguntó al verlo pensativo.
—Ya lo haré mañana, no estaba pensando en ella.
—¿Y en quién pensabas, si no es indiscreción?
—En lo mismo que tú. En cuanto tengamos todos los números de cuenta, habrá que actuar rápido. No podemos arriesgarnos
a que acaben por descubrir nuestras intrusiones.
—La recopilación de datos terminará esta madrugada. En
cuanto a las contraseñas, las tendremos mañana por la mañana. El
virus se está propagando en los móviles de todos los asistentes al
congreso. Aún quedará separar el grano de la paja.

—Y resolver otro problema importante —subrayó Diego—. ¡Dónde transferir los fondos! La cantidad será considerable, hay que poner el dinero a buen recaudo antes de poder repartirlo entre las víctimas. Un buen motivo para reunir todas las habilidades del Grupo.

—Tenemos que salir de Inglaterra y encontrar un lugar seguro desde el que operar. Si Mulvaney ha ido a contar sus desventuras… Sheldon tratará de echarnos el guante por todos los medios, y no le faltan. Madrid ya no es una opción y, dondequiera que vayamos a ocultarnos, es impensable que viajemos en avión…

Cordelia le enseñó la pantalla de su móvil antes de proseguir.

—Hay un ferri que une Harwich y La Haya. Podríamos ir en tren mañana. Y, desde La Haya, en coche hasta Ámsterdam.

—Holanda, de acuerdo, Rotterdam estaría más cerca, pero hacemos como tú quieras.

—¿Y una vez allí? No podemos operar desde un hotel. Necesitamos un escondite equipado con una conexión a Internet de banda ancha —dijo Cordelia.

Diego reflexionaba.

—¿Por qué no vamos en coche hasta Oslo y le pedimos a Ekaterina que nos encuentre un escondite de esas características?

—No cuentes con ella para eso. Cuando salí de Madrid, hablé con Janice y me dio a entender que Ekaterina estaba en Italia con Mateo.

—¿Por qué contactaste con Janice?

—Para sentirme menos sola durante el viaje.

—¡Menuda tontería!

Cordelia tardó en contestar.

—Me mandó ella un correo. Quería hablarme de algo importante. No le dio tiempo a decirme más porque ya estaba embarcando.

Diego dejó el móvil sobre la mesa y miró a su hermana preocupado.

—¿Mateo y Ekaterina están juntos?

—Te lo acabo de decir pero, como es una tontería, pues no se hable más.

—¡Hay que hablarlo!

—¿Tienes hambre? —le preguntó Cordelia cogiendo la carta.

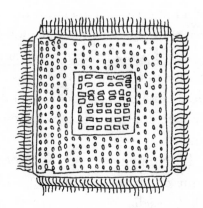

28

El cuarto día, en Estambul

Cuando salió del cóctel, Maya no sabía adónde ir. Le envió una llamada de socorro a Vitalik, que se la devolvió unos minutos después.

—Lastivka, tengo información que…

—Perdona, no he encontrado ninguna cabina, pero es urgente —lo interrumpió ella.

—No hay inquietud momentánea por nuestra charla, estoy vigilando tu móvil desde ayer: es de verdad extraño, ya no estás en eco.

—¿Ya no estoy en escucha?

—Es lo que te acabo de decir, parece que el chivato se ha estropeado. Tampoco me extraña tanto, los turcos compran una birria de material a nuestros vecinos, así que la fiabilidad deja mucho que desear.

Maya sintió un inmenso alivio al enterarse de que ya no la espiaban, pero no podía dejar de pensar en la advertencia de Verdier.

Le contó a Vitalik su conversación con el agregado consular en los jardines del Instituto.

—Es más que importante que sigas los consejos de tu amigo

francés. Entiendo que tu ordenador sea de gran valía, pero ya te comprarás uno nuevo.

Era la voz de la razón, Maya podía inutilizar su portátil con una simple conexión a distancia, pero ¿cómo decidirse a destruir ese compañero de viaje con el que había llevado a cabo tantas hazañas?

—Ahora mismo me ocupo de tu exfiltración —prosiguió Vitalik—. Hay una oficina de cambio en la periferia oeste de Estambul. Te envío la dirección al móvil y la borras enseguida. Nunca se sabe si el chivato puede ponerse a funcionar otra vez, desconfío de las averías aleatorias como del cólera. Tienes que estar allí mañana a las once en punto, dirás que quieres cambiar exactamente 180 289 libras turcas en grivnas. El dueño es amigo mío, irá a saludarte, te dará un nuevo teléfono y hará que te lleven a Sofía. Llámame en cuanto llegues a Bulgaria, ¿entendido?

—¿Por qué 180 289?

—Es mi fecha de nacimiento, ahora ya no tienes excusa para olvidar mi cumpleaños. Buen viaje, Lastivka. Hasta entonces, encuentra un lugar seguro donde pasar la noche y no estés mucho tiempo en la calle.

Cuando Vitalik colgó, Maya se sintió terriblemente sola. ¿Dónde pasar la noche en lugar seguro ahora que ya no podía volver a su hotel?

La solución se le presentó en un SMS.

Es una tontería pero te echo de menos, ¿dónde estás?, le preguntaba Eylem.

Maya le propuso quedar en un café de Karaköy cerca del puente de Gálata.

Eylem ya estaba allí cuando ella llegó. Maya le dijo que tenía que marcharse de Estambul al día siguiente temprano, pero le prometió que no se iría sin despedirse de ella.

Eylem, que no era tonta, exigió saber la verdad. Sin darle detalles, Maya le explicó que se había metido en una situación delicada con uno de sus clientes, temía que la estuviera esperando en su hotel y necesitaba su ayuda para recoger sus pertenencias más valiosas.

—Vale. Iré a buscar tu ordenador, tú mientras me esperas en el aparcamiento y luego nos vamos a dormir a mi casa.

Maya abrió la cartera para pagar la cuenta, desvelando sin querer la foto que guardaba en ella.

—¿Quién es esta niña? —preguntó Eylem cogiendo la foto.

Maya se la quitó y la guardó en su bolso.

—No tiene importancia —dijo.

—Me da curiosidad por qué llevas el retrato de una niña yazidí… ¿Tiene algo que ver con el lío en el que te has metido?

—No —contestó Maya, firmemente convencida de lo contrario.

—¿Entonces?

—Conozco a miembros de su familia que viven en París; esperaban que la conociera —contestó hundiéndose aún más en la mentira.

—¿Familia en París? ¡Me extrañaría mucho! Yazidí o kurda; por lo pálida que está y el polvo que tiene en la cara, yo diría que esa niña es una refugiada. Te deseo buena suerte para encontrarla. Son más de tres millones los que se han instalado aquí. Se los ve por todas partes en el centro, hay más todavía en Izmir, pululan por los campamentos en la frontera siria. Llegan más cada día. Es un auténtico drama lo que está pasando aquí, y vosotros, en Europa, cerráis los ojos y no hacéis nada.

—Comparto tu impotencia, pero no soy responsable de la política humanitaria europea.

—No, tú al parecer organizas viajes de lujo, pero aun así vas por ahí con la foto de esa niña en el bolso. ¿Sabes qué?, prefiero no saber nada antes que verte mentirme con tanto descaro. Vamos a por tu ordenador. ¿Has visto?, ni siquiera te pregunto por qué es tan valioso para ti. ¡Si esto no es amor…!

∽

—*Si esa niña está perdida entre millones de refugiados en Tur-quía, ¿qué probabilidad tenía Maya de encontrarla?*

—A la niña la seguían desde que había escapado.

—*¿Por qué? ¿En qué consistía verdaderamente la misión de Maya?*

—En encontrarse con ella. Pero, al darse cuenta de que la se-guían, la niña había desaparecido. Nosotros debíamos dar con su paradero y exfiltrarla antes de que las fieras se apoderasen de ella.

—*¿Nosotros?*

—La suerte de un niño nos concierne a todos.

—*¿Incluso a las fieras? ¿Por qué ella en concreto?*

—Porque era portadora de un símbolo.

∽

Eylem no pronunció palabra en todo el trayecto. Dejó el co-che en el aparcamiento subterráneo del Pera Palace, frente a los as-censores. Maya le entregó la llave magnética de su habitación.

—No tardo nada, recojo tus cosas y vuelvo —dijo abriendo la puerta del coche.

—Deja la maleta, coge solo lo que te quepa en el bolso —le suplicó Maya.

—Menos mal que esta noche he cogido un bolso grande —con-testó Eylem—. ¿Alguna prenda de ropa en particular?

—Basta con una muda para mañana, mi neceser de aseo y…

—¡Tu querido ordenador! Por cierto, ¿en qué lado de la cama duerme, en el tuyo o en el mío? —le preguntó Eylem antes de ale-jarse.

*

Eylem cambió de ascensor en el vestíbulo para coger uno que llevaba a las plantas. El pasillo estaba desierto, entró en la habitación, encendió la gran lámpara de araña y amontonó algo de ropa dentro de su bolso. Cuando entró en el baño, cogió el perfume de Maya y se puso un poco en la nuca. Ya no quedaba más que coger el valioso tesoro y volver sobre sus pasos.

En el coche, Maya estaba furiosa. Hasta ese día, nunca había buscado saber nada de la naturaleza de los mensajes que entregaba, ni había sido nunca consciente de estar corriendo peligro. Se juró que esa misión sería la última. La próxima vez que sonara su otro móvil, iría a arrojarlo al Sena.

Consultó el reloj: había transcurrido un cuarto de hora. Inquieta y sintiéndose culpable de haber dejado que Eylem se aventurase sola, bajó del coche para ir a su encuentro. En la pantalla de su móvil apareció un mensaje de Vitalik que la frenó en seco:

¡Chivato activo!

La campanilla del ascensor tintineó. Maya se escondió detrás de una columna justo cuando se abrían las puertas de la cabina.

La cuarta tarde, en Tel Aviv

Por una vez, Janice llegó con antelación. En la tercera planta, llamó a la puerta de Noa, esperó unos minutos y volvió a bajar a buscar la copia de la llave que su amiga guardaba en la maceta. Subió por la escalera, entró en el apartamento y llamó a Noa para asegurarse de que no estuviera en la casa.

En el salón reinaba un orden impecable. Janice se dejó caer en el sofá y cogió la primera revista de la pila que había sobre la mesa baja.

A las once le mandó un mensaje a Noa para preguntarle si pensaba volver pronto. No obtuvo respuesta.

Hacía tiempo que se había quedado dormida cuando el petardeo de una moto en la calle le hizo sobresaltarse. Eran las dos de la mañana y Noa aún no había vuelto. Su velada debía de haber ido mejor de lo previsto, al parecer no pensaba ir a dormir a su casa esa noche… Janice se alegraba por ella, pero podría haberla avisado.

Dio un largo bostezo y se desperezó. Antes de marcharse, devolvió la revista a su sitio, con cuidado de que la pila quedara perfecta, como estaba antes, cuando, de pronto, recordó algo que le había dicho Noa: «Si llegas antes que yo, ahórrame tus comentarios sobre el desorden…».

Otra frase de Noa la puso en alerta: «Su apartamento estaba más limpio que si se hubiera ocupado de él un batallón de limpiadoras».

Janice se precipitó al dormitorio y abrió el armario. Estaba vacío, como los cajones de la cómoda, los estantes del cuarto de baño o las alacenas de la cocina. Alguien había limpiado el apartamento de arriba abajo.

Recordó el contexto en el que Noa había pronunciado esa frase, cuando le había contado el asesinato de su compañera, y se le heló la sangre.

Janice cogió su bolso, bajó corriendo la escalera y paró el primer coche que pasaba por la calle, suplicándole al conductor que la llevara a su barrio.

Una vez en su casa, con el corazón a mil por hora, quiso cerrar la puerta desde dentro y, equivocándose de llaves, cogió las de Noa; entonces se fijó en que el llavero tenía una forma particular. Introdujo la uña en una pequeña muesca que hizo saltar una tapa, revelando una llave USB.

Janice corrió a su ordenador y conectó la llave. Se abrió una ventana con un fichero protegido.

A la luz del alba, el informe que Noa había logrado hacerle llegar apareció claramente en su pantalla.

Las tres primeras letras del texto confirmaban que era ella la destinataria.

HAL:

La cuenta que has descubierto en Jersey sirve de punto de confluencia de una nebulosa financiera mucho más amplia de lo que habíamos imaginado. No son una ni dos, sino multitud de transferencias las que se repiten mes tras mes. Esos trasvases de dinero conciernen a numerosas entidades. Un fondo de inversión americano, BlackColony, hace transitar por el banco JSBC sumas considerables desde hace años. El dinero sale enseguida hacia otra cuenta en German Bank. Transferencias similares, emitidas desde Rusia, transitan por esa misma cuenta. Los norteamericanos y los rusos se prestan dinero mutuamente.

Este método les permite dirigir sus negocios en territorio extranjero con total impunidad. Pero ¿qué negocios? ¿Y para qué importes tan considerables? Aún no lo sé. También he rastreado cantidades que parecen haber aterrizado en el Reino Unido, así como un nombre importante vinculado a toda esta historia. Tom Schwarson es el hombre al que estaba investigando Sarah Weizman, nuestra agente, antes de que la asesinaran.

Haz buen uso de estas informaciones y destrúyelas.

Si lees estas líneas, significa que ya no puedo protegerte.

Ten cuidado. Estás en peligro.

Tu amiga.

Janice envió inmediatamente por *e-mail* una copia de ese documento a Mateo, Ekaterina y Vitalik, y les hizo llegar la clave de cifrado por SMS.

*

Luego fue hasta su armario, se puso la chaqueta negra de un traje elegante y se miró en el espejo de cuerpo entero que colgaba de la pared del salón.

Observó su reflejo, se peinó un poco y, limpiándose las lágrimas que resbalaban por su rostro, rasgó el bolsillo superior de la chaqueta, como exigía la tradición.

PUENTE DE GÁLATA

ESTAMBUL

29

EL ÚLTIMO DÍA ANTES DE LA TORMENTA

Por la mañana, en Londres

Antes de dejar el hotel, hacia las ocho de la mañana, Cordelia guardó la información recopilada durante la noche y le anunció a su hermano que la primera fase de la operación estaba terminada. Diego ya no tenía más que enviar un mensaje a los demás y pagar la cuenta.

Un taxi los llevó a la estación. Cordelia miró la ciudad desfilar por la ventanilla, presintiendo que no volvería hasta dentro de mucho tiempo.

Ambos estaban exhaustos, los últimos días habían sido muy duros, y los faros de los coches que pasaban sin cesar por Old Brompton Road habían iluminado la pared de su habitación toda la noche perturbando su sueño.

Dos horas más tarde, hombro contra hombro, Cordelia y Diego dormían a bordo de un tren que cruzaba la campiña inglesa, rumbo al puerto de Harwich.

Esa mañana, en Roma

Ekaterina buscó el móvil en la mesilla de noche, consultó sus mensajes y se levantó para reunirse con Mateo. Cruzó el salón, bordeó la gran biblioteca y entró en la cocina.

—Janice nos ha mandado un fichero —le dijo a Mateo, que estaba desayunando.

—Ya lo sé, he recibido la clave de cifrado por SMS. ¿Café? —le ofreció.

—Me parece que es urgente —le dijo ella.

—Y qué no lo es con Janice… Estoy seguro de que puede esperar diez minutos. ¿Tienes hambre?

Ella no contestó y se sirvió una taza de café con expresión sombría.

—Solo tu cocina es más grande que mi apartamento de Oslo —dijo.

—No es más que una cocina… ¿Qué más da?

Ekaterina asintió con la cabeza, disponiéndose a volver a la habitación para leer el archivo que Janice les había enviado.

—¿Qué pasa? —insistió Mateo.

—Pues pasa que me estoy encariñando contigo pero pertenecemos a mundos distintos, y eso me da miedo.

—Siéntate, por favor, Janice puede esperar. Ya es hora de que te cuente mi historia.

La mirada de Mateo se perdió. Inspiró, porque hacía falta aire para sumergirse en el pasado y traer a la superficie lo que había hecho de él el hombre que era hoy. Luego apoyó las manos en la mesa, como quien está dispuesto a abrir la puerta de su mundo.

—Una mañana en que incendiaron tres aldeas en un radio de veinte kilómetros alrededor de su casa, Hoan comprendió que su familia corría más peligro si se quedaba allí que si se marchaba. Los testimonios de los que habían escapado no eran muy alentadores. Las fuerzas gubernamentales retenían a los civiles como rehenes

330

del conflicto que los oponía a la guerrilla. La tenaza se cerraba cada día más. Campos de minas, carreteras destruidas por disparos de mortero, aldeas bombardeadas. Y corría el rumor de que los jemeres raptaban a los niños para convertirlos en soldados. Por la noche, Hoan no conseguía calmar a su hija, de ocho años, ni a su hijo, de cinco. Así es que tomó una decisión. Había llegado la hora de la despedida, se marcharían al día siguiente. Era martes, al inicio de la estación seca. La claridad del día se deslizaba detrás de las colinas. Los que se aventuraban más allá podían ver el cielo cubrirse de un encaje rojizo en la llanura que se apagaba detrás de las montañas. Hoan había reunido en una bolsa el mínimo necesario para asegurarles a sus hijos unos días de supervivencia. Unas galletas, tres tortas de arroz, fruta desecada y dos trozos de regaliz. Había conservado esas golosinas como tesoros, reservándolas para el día en que volviera la paz. Antes de irse a la cama, fue a admirarlas discretamente, con el fervor de quienes contemplan la estatua de una divinidad, suplicando un milagro. Hoan le confió el pobre paquete a su hija y la instaló en la carreta al lado de su hermano pequeño. Los campesinos de la zona aún podían bordear la frontera al amparo de la oscuridad de la noche. Eran demasiado viejos para suscitar recelos, y sus carretas, demasiado destartaladas para poder ocultar combatientes. Pero dos niños podían pasar inadvertidos bajo una manta negra como la noche. Hoan besó a sus hijos y les deseó buen viaje, prometiéndoles que se reuniría con ellos en cuanto le fuera posible. Consoló a su hija lo mejor que pudo y abrazó a su hijo, haciéndole prometer a su vez que cuidaría de ella. Yo se lo prometí y esperé a que la carreta se hubiera alejado para llorar. Mi padre ya solo era un punto a lo lejos. Le tomé la mano a mi hermana y le juré que volveríamos pronto. Una mentira descarada, pero mi padre había sido el primero en mentir al decirnos que se reuniría con nosotros. Nuestro convoy fue atacado justo cuando cruzábamos la frontera. Nunca volví a ver a mi hermana y hoy ya ni siquiera recuerdo su rostro. De modo que, cuando dices que venimos de mundos distintos, igual tienes razón… Pero tienes que saber también que el miedo acompañó de tal manera mi infancia que ahora ya no soy capaz de sentirlo.

Mateo se levantó, besó a Ekaterina en los labios y salió de la cocina. Ella corrió tras él, lo alcanzó y se acurrucó en sus brazos.

Hacia mediodía, en Kiev

Vital tamborileaba nervioso sobre su mesa. Su hermano llamó a la puerta.

—¡Entra! Como si pudiera ir a abrirte.

—Estás de buen humor, por lo que veo. ¿Tienes noticias de Maya? —preguntó Malik.

—Si las tuviera, estaría de mejor humor.

—¿Estás preocupado?

—No sé nada. No se ha presentado a la cita… Pero confío en ella, seamos pacientes.

—¿Puedo hacer algo por ti?

—Inclinarme la silla y echarla un poco para atrás. Estos malditos reposapiés se han vuelto a enredar en los cables de mi ordenador.

Malik se acercó para maniobrar la silla de ruedas de su hermano gemelo.

Vital lo detuvo con un gesto y se inclinó sobre la pantalla.

—¿Ves lo que yo veo? —preguntó estupefacto.

Malik leyó el mensaje que había aparecido.

—Avisa a los demás —le dijo a Vital—. Dile a cada uno que venga aquí lo antes posible. Les pagas el viaje si es necesario. Precísales que es urgente y que no tienen elección, yo voy a mandar que preparen las habitaciones y me voy pitando a activar la Torre.

A las 11:30, en Tel Aviv

David encontró a Janice dormida en el sofá del salón. Al ver el bolsillo de su chaqueta rasgado, se sentó a su lado y esperó. En cuanto abrió los ojos, la abrazó y la consoló, sin hacerle preguntas.

Conforme a su costumbre, fue a la cocina y le preparó una bandeja con el desayuno.

Janice lo miró fijamente y le dijo que era un amigo extraordinario, probablemente el mejor del mundo. Y un artista consumado que debía volver a su pintura sin demora. Ya le había causado suficientes problemas.

David la miró, dubitativo, mientras ella volvía a su habitación.

Se dio una larga ducha y volvió a aparecer en el salón, vestida de negro.

—¿Te vas a trabajar? —le preguntó David, que no se había movido del salón.

—Es lo único bueno que puedo hacer.

—O quizá tomar un poco de distancia, viajar, dejar Tel Aviv por un tiempo. Bueno, eso… o nada.

—Quizá —contestó ella—, pero antes tengo que hablar con Efron.

David la acompañó hasta la calle. Cuando estaba a punto de subir a un taxi, la llamó y le preguntó:

—¿Qué has querido decir con eso de «probablemente»?

Hacia las 13 horas, en el mar del Norte

Pese al rocío de mar, al viento y a la espuma que lanzaba despedida la roda, Cordelia había preferido quedarse en el puente. Acodada en la borda, observaba el horizonte, por donde asomaba ya la costa holandesa.

—¿Nos vamos a la proa como en *Titanic*? —le preguntó a su hermano, que consultaba sus mensajes.

Diego levantó la mirada.

—Nos vamos a Kiev —anunció con seriedad.

—¿Por qué a Kiev?

—Han contestado a mi llamada, el Grupo se reúne al completo en casa de Vitalik.

—¿Te he oído bien? ¿Vamos a reunirnos todos? ¿Qué les has dicho? —preguntó Cordelia estupefacta.

—La verdad. Que Sheldon había tratado de asesinarte.

Cordelia adoptó una expresión decidida.

—¿Ves? —dijo—, estoy cumpliendo mi promesa. Todos estos años no habrán sido en vano, ahora lo sé. Pronto Alba será vengada, vamos a desplumarlos, vamos a aniquilarlos… —Sonrió y, volviéndose hacia la costa, gritó al viento—: ¡Y a hacer el ciberataque del siglo!

En ese mismo momento, en Roma

Mateo y Ekaterina se disponían a contactar con Janice cuando sus móviles vibraron a la vez.

Prepararon sus cosas deprisa y cogieron un taxi para ir al aeropuerto de Fiumicino. Perseguir a Baron ya no era la prioridad del momento, el mensaje de Vitalik no dejaba margen de duda.

En ese mismo momento, en Tel Aviv

Cuando llegó al periódico, Janice fue directamente a la sala de reuniones. La reunión de redacción llegaba a su fin, el equipo comentaba los últimos temas que había que tratar en la edición del día siguiente. Al ver su expresión seria, Efron se interrumpió y se la llevó al despacho de al lado.

—¿Qué ocurre? —le preguntó.

Lo puso al corriente de la información que contenía la nota de Noa, pero no le dijo más. Ni una palabra sobre lo ocurrido a su amiga.

—Es delicado, Janice. Es evidente que se trata de un caso sensible, huele a la noticia bomba con la que sueña todo redactor jefe. Pero es mi deber garantizar la seguridad de mis colaboradores. Así que, ¿qué quieres que te diga? ¿Que vayas a por todas o que lo olvides porque un caso así es demasiado arriesgado? Ayrton Cash era poca cosa comparado con Schwarson. Su fortuna asciende a cincuenta y siete mil millones de dólares, no hay nada más poderoso y peligroso que este hombre, o que su entorno, de hecho. ¿Entiendes mejor ahora a qué me refiero con lo de «delicado»?

El móvil de Janice vibró, leyó el mensaje de Vitalik y se disculpó con Efron.

—Tengo que irme, es urgente.

—¿Puedo saber adónde vas?

—A Ucrania, necesito que me pagues un anticipo, ¿podrías hacerme una transferencia? Tengo que salir ya, tengo el tiempo justo de pasar por mi casa a hacer algo de equipaje.

Efron la miró con una sonrisita.

—En realidad ya lo tenías decidido antes de hablar conmigo. ¡Buen viaje! Y te ordeno que me tengas al tanto con regularidad.

Janice corría ya escaleras abajo.

—*¿Una llamada de Diego bastó para convencer a Vital y a Malik de infringir la norma de seguridad más importante reuniendo a todo el Grupo en Kiev? ¿Qué les confería tal poder y qué suscitaba semejante urgencia?*

—No, no fue la llamada que hizo desde el puente del ferri. Desde luego que Cordelia y Diego necesitaban a los demás para llevar a buen puerto su proyecto pero, incluso para lograr el golpe del siglo, como lo había bautizado Cordelia con orgullo, el ciberataque podía hacerse perfectamente a distancia. En cuanto a Vital y Malik, no tenían ninguna autoridad en especial. Se habían limitado a utilizar una palabra clave convenida desde hacía tiempo. Nadie tiene más derecho que nadie a accionar la palanca de alarma de un tren, pero el que lo hace tiene que tomar la decisión y asumir las consecuencias.

—*Entonces, ¿qué habían leído los hermanos Vitalik en su pantalla para pedir una reunión del Grupo?*

—Una frase que resumía todo lo que Ekaterina y Mateo sospechaban ya en su habitación de hotel de Londres… Ese vasto proyecto que, como decía la propia Ekaterina, todavía se les escapaba pero cuyo contorno ambos entreveían ya… y que los había llevado a Roma:

Comienza el crepúsculo de las fieras.

Hacía años que se había formado una alianza, compuesta por oligarcas tan ricos y poderosos que ya no había fuerza alguna que pudiera detenerla. Tras apoderarse de los recursos energéticos, agroalimentarios y farmacéuticos, tras tomar el control y asumir la vigilancia de los medios de comunicación y de información —redes sociales, canales de televisión y la mayoría de los periódicos—, las fieras se disponían a lanzar la última fase de su plan, decisiva y sin vuelta atrás: hacerse con los países más ricos y someterlos, instalando gobiernos autoritarios dirigidos por sus adeptos. China, Indonesia, India, Rusia, Turquía, Brasil, los países del Golfo y, desde hacía poco, también Estados Unidos… Más de cuatro mil millones y medio de individuos vivían ya bajo su autoridad; la humanidad caminaba despacio hacia ellos. Solo quedaba un núcleo de resistencia, un último bastión: Europa. Y Baron, embajador de la Alianza, obraba para que cayera también. Deshacerse de las últimas democracias para reinar en exclusiva sobre los pueblos y sus riquezas. ¿Entiende mejor ahora la razón que llevó a Vital y a Malik a convocar al Grupo con urgencia?

—*El monstruo tiene varias cabezas… Ayrton Cash, Robert Berdoch, los hermanos Kich, Schwarson, Stefan Baron y todos aquellos cuyos nombres aún ignoro… ¿Qué podían hacer los nueve frente a tan temibles fuerzas?*

—Se lo decía al principio de nuestra conversación: no contentarse con indignarse, protestar o condenar, sino actuar.

—*Actuar ¿cómo?*

—Ekaterina, Mateo, Cordelia, Diego, Janice, Vital, Malik y Maya no fueron reclutados por casualidad. Todos sus años de ciberataques no habían sido más que un largo proceso de formación… Lo que ocurrió por la noche, en Oslo, fue un inicio. Todos estaban relacionados sin saberlo para librar juntos algún día esa peligrosa lucha. Su primera batalla, que empezaría en Kiev, consistiría en reunir pruebas. Sus talentos no bastarían para protegerlos de los peligros que los aguardaban. Ahora que las reglas se habían infringido, ya no imperaba ninguna, ni del lado del bien ni del lado del mal.

—*¿Qué relación había entre esa lucha y la batalla de Diego y Cordelia?*

—Aprender del adversario es hacer gala de humildad y de inteligencia. No íbamos a dejarles a los PSYOPS el monopolio de la manipulación. ¿Recuerda lo que Noa le enseñaba a Janice? Asustar al enemigo es una técnica muy antigua. Atentando contra el bolsillo de los dirigentes de los laboratorios farmacéuticos, Diego y Cordelia iban a enviar un mensaje al ejército de las fieras. «Existimos, no sabéis quiénes somos pero ahora sabéis que podemos haceros daño». Eso los tendría ocupados, crearía una distracción.

—*¿Confiscándoles cinco millones a cada uno? Eso sería una simple picadura de mosquito, por citar a Cordelia.*

—Un símbolo no tiene precio… Y les íbamos a quitar mucho más que eso.

—¿Y Maya? ¿Qué tenía eso que ver con la misión que la había llevado a Estambul, con la foto de esa niña de cara angelical?

—Se llama Naëlle y sería la llave.

—¿La llave de qué?

—De la jaula donde encerrar a las fieras.

—Pero ¿quién le envió esa foto a Maya, quién les envió ese mensaje a Vital y a Malik y, por último, quién accionó la palanca de alarma y decidió reunir al Grupo?

—Yo.

—¿Quién de ellos es usted?

—Soy 9.

Sala de videoconferencia.
Interrupción momentánea de la conexión establecida a las 00:00 GMT mediante protocolo cifrado.

La luna se elevaba en el cielo de Kiev haciendo brillar las aguas del Dniéper.

A orillas del río, un pequeño castillo del siglo xix emergía de su letargo.

Las aspilleras de la torre relucían como un faro en la noche.

En su interior, dispuestas en círculo sobre una mesa redonda había nueve pantallas.

Detrás, los diodos de los servidores informáticos parpadeaban en las paredes, en el interior de sus armarios climatizados.

Dentro de unas horas y por primera vez, el Grupo 9 se reuniría, casi al completo.

El crepúsculo de las fieras iba a comenzar.

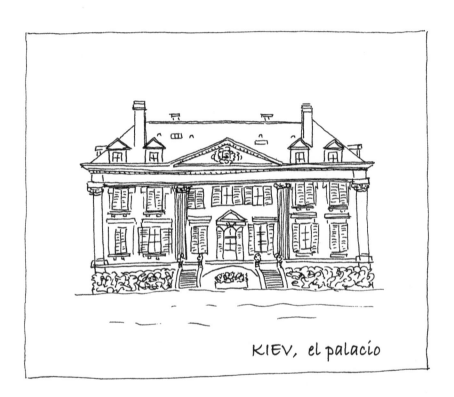

KIEV, el palacio

Agradecimientos

A
Raymond,
Pauline, Louis, Georges y Cléa.
Danièle y Lorraine.
Susanna Lea, Léonard Anthony.
Emmanuelle Hardouin, Soazig Delteil.
Cécile Boyer-Runge, Antoine Caro.
Juliette Duchemin, Sandrine Perrier-Replein,
Laetitia Beauvillain, Alix de Cazotte, Lydie Leroy,
Marie Dubois, Joël Renaudat, Céline Chiflet, Marie Grée,
todos los equipos de Éditions Robert Laffont.
Pauline Normand, Marie-Ève Provost, Jean Bouchard.
Sébastien Canot, Mark Kessler, Xavière Jarty,
Estelle Rolloy, Carole Delmon.
Devon Halliday, Noa Rosen, Kerry Glencorse.
Sarah Altenloh.
Rémi Pépin.
Carole Cadwalladr.
Gilles y Carine.
Elsa de Saignes.
La Sociedad Ledger y su genial equipo, que tanto me han enseñado.

CONNAUGHT HOTEL, LONDRES

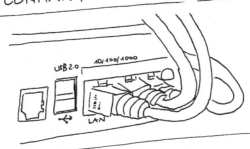

USB 2.0   10/100/1000

LAN

_ PERA PALACE HOTEL _

CENTRO NÁUTICO DE LJAN

LA CASA
DE JANICE

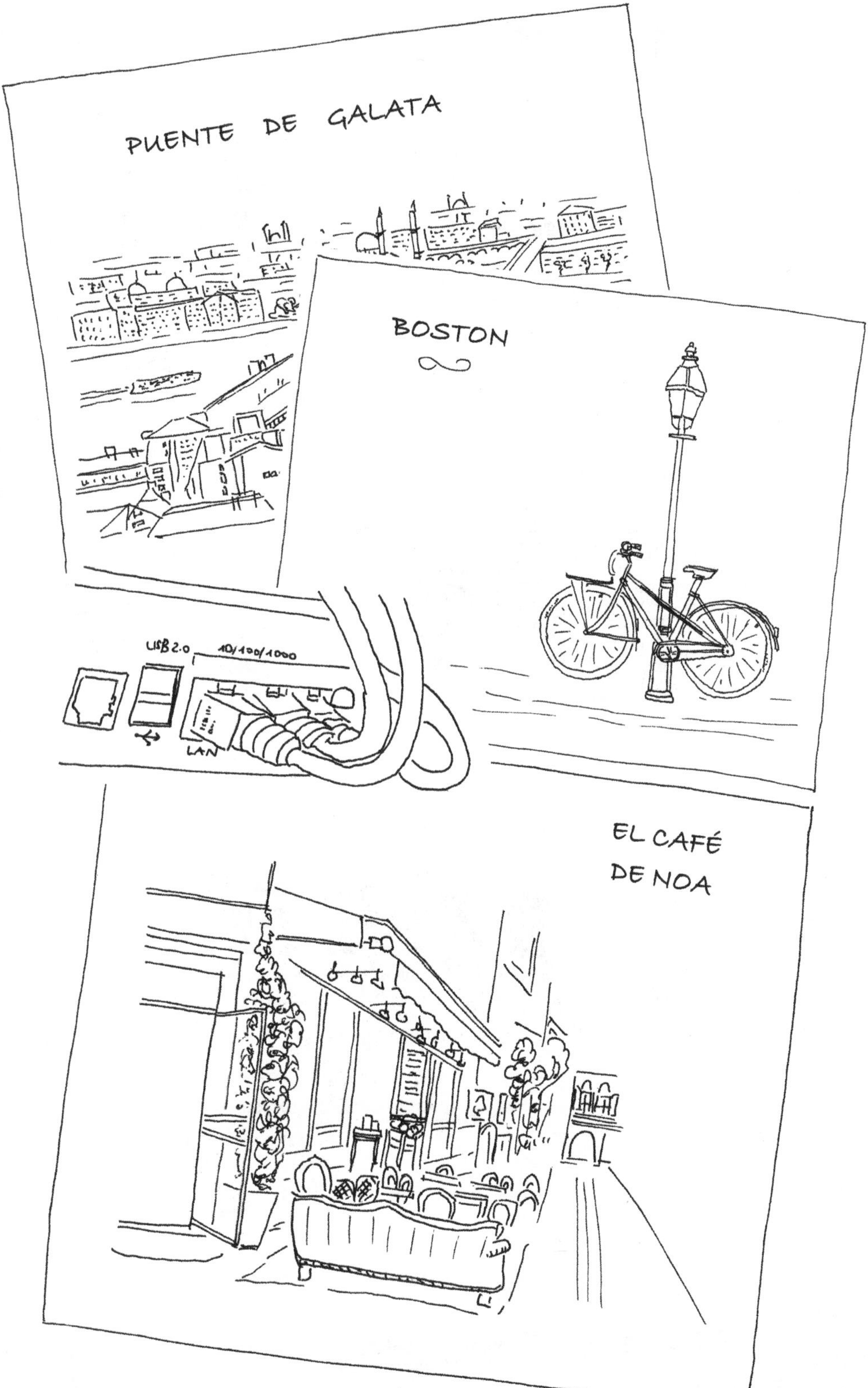

PUENTE DE GALATA

BOSTON
∞

USB 2.0   10/100/1000

LAN

EL CAFÉ
DE NOA

CAFÉ PIERRE LOTI

KIEV, el palacio

EL CANAL DE CAMDEN

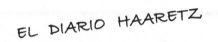

EL DIARIO HAARETZ

MERCADO
DE SAN MIGUEL

PADDINGTON STATION

PERA
PALACE
HOTEL

Printed in the USA
CPSIA information can be obtained
at www.ICGtesting.com
JSHW021023050324
58469JS00001B/8